咬·尾·蛇

YAO ———————— WEI ———————— SHE

李忠钦 著

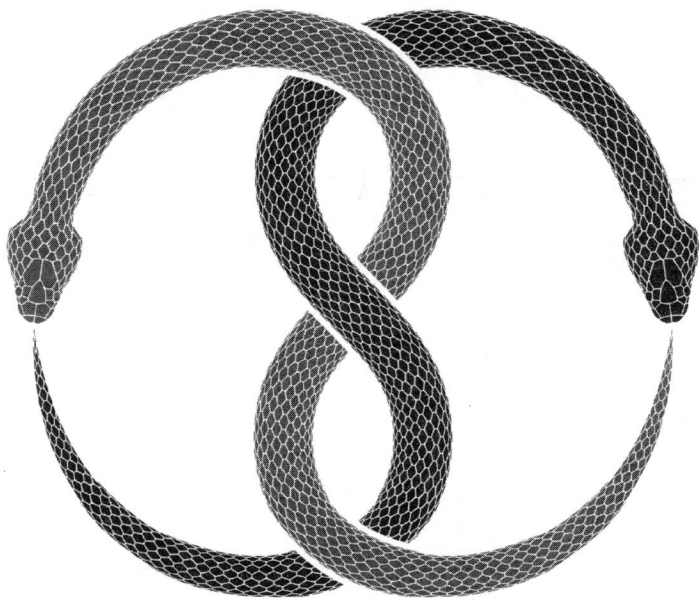

OUROBOROS

天津出版传媒集团

天津人民出版社

图书在版编目（ＣＩＰ）数据

咬尾蛇 / 李忠钦著 . –– 天津 : 天津人民出版社，
2018.8
ISBN 978–7–201–13551–9

Ⅰ . ①咬… Ⅱ . ①李… Ⅲ . ①长篇小说 – 中国 – 当代
Ⅳ . ① I247.5

中国版本图书馆 CIP 数据核字 (2018) 第 155949 号

咬尾蛇
YAO WEI SHE

李忠钦 著

出　　版	天津人民出版社
出 版 人	黄　沛
地　　址	天津市和平区西康路 35 号康岳大厦
邮政编码	300051
邮购电话	（022）2332469
网　　址	http://www.tjrmcbs.com
电子信箱	tjrmcbs@123.com
责任编辑	章　頳
封面设计	王　鑫
制版印刷	三河市龙大印装有限公司
经　　销	新华书店
开　　本	787×1092 毫米　1/16
印　　张	17
字　　数	154 千字
版次印次	2018 年 8 月第 1 版　2018 年 8 月第 1 次印刷
定　　价	49.00 元

目 录

楔 子

·

B 市五环处的一家精神病疗养院发生了一件离奇的事。

事情是这样的，这家疗养院里有一个病人，叫刘天一。2008 年的一天，他步入 B 市 ×× 大学，成为美术系的一员。他迷恋上了意识流，认为意识是世界的主宰，而且只有意识才可以不灭，因为意识可以通天。

这个"天"可以有太多的解释。

刘天一经常跟身边的同学吹嘘自己画中的精妙，毫不吝惜地对其中的神秘色彩大肆渲染。他身边的同学虽然没兴趣听他的那些话，却也总是免不了敷衍应付几句。都是一帮满腔热血的文艺青年，他们尊重彼此的想象力和火一般的热情，他们也相信刘天一的画具有丰富的创造力，总有一天会一鸣惊人，正像他们也相信自己总有一天会创作出令人惊艳的作品一样。

他们正处于火一样热情的青春时代，艺术正和他们有着同样的性质——激情与热爱。只是，或许他们掺杂了些许盲目。

事情在一次他们外出写生时出现了转折，这次的主题是：贫瘠与自然是艺术最原始的创造力。夹杂着略有些傻的文艺青年论调，可能这个主题本来就有很大的问题。

B 市的郊外完全剥离了国际大都市的影子，剥去了坚韧挺拔的建筑物、汽车呼啸而过和基础设施产生的轰鸣，同样也剥去了生动的人迹与灯火。

眼前的这条路，破坏了他们原本周密的计划。那是一条林荫路，路的两边是整齐的白杨树，直参云天，纵横交错的树枝混杂着张牙舞爪的树叶遮蔽着天空，在这片小地方，它可以完全弃天空于不顾，做黑暗的主宰。

这让黑夜早早地来临。

学生们不自觉地靠在一起继续往前走，可是这条路好像怎么走也没有尽头，依旧是整齐的白杨树，整齐、严谨、严阵以待。

女同学们被夹在队伍的中间，一个挺有主心骨的男学生在前方领队。轻轻的步伐，脚偶尔会落在树叶上面，时不时地发出"嗦嗦"声，像是蚕宝宝在黑夜里不断地吞食桑叶。

有时候我们并不会因为完全的漆黑而恐惧，甚至当我们身处母亲的子宫时还会觉得黑暗是那么温暖与安全。但是当我们看见黑暗中遥远的地方有一团飘飘忽忽的火光，没有根基，四处游走，时明时暗，我们就不得不对那遥远而诡异的未知产生恐惧。

正像此刻，黑夜般的死寂中，静得可以听见旁边人的心跳声；同样黑黝黝的树上，被风卷来低沉的哀鸣，像是不知名的并且会令人恶心的虫子发出的叫声。

"啊！"一声尖锐的叫声，一个女孩儿突然抱着腿蹲在了地上。

继而传来同样的几声惊叫，同学们迅速挤到一起。

恐惧就像病毒一样具有传染性，只不过与病毒不同的是，恐惧的传染让人们相互抱团，而病毒的传染则让人形同陌路。

只有刘天一不以为然地在一旁无动于衷，看他们缩成一团。

"没事，没事，不用担心。"领头的男生扶住女孩儿的肩膀说，"石头，就是块石头。"

女孩儿盯着绊住她的那块石头看了半天，才用力站起身来。一个男生自告奋勇地背着她继续往前走。

整齐的白杨树，没有尽头的白杨树，黑夜中它那白色的树干影影绰绰。

刚走了几步，又一个男生叫停。

"看这个，我做的记号！"男孩儿激动地说，突然他好像意识到了什么，脸色变得很难看，脸部夸张地扭曲着，仿佛要把眼珠子挤出来。

"这也就是说，我们一直在绕圈……"他说道。

一群人不自觉地靠在一起，这让人联想起八阵图中，诸葛亮布下的石头阵，不懂八卦，不晓五行，那就别想出去。

"哎！"后面那个背着女孩儿的男生跟了上来，黑夜中他的那双眼睛好像两个不见底的小黑洞，"刘天一，不见了。"

第二天，他们一行人在一个小山脚下被警察发现。他们在车站碰到了刘天一，他一夜憔悴了许多，蓬头垢面，脸上东一道西一道的疤痕还未结痂就被泥土染成了黑色，整张脸好像被消毒水泡过，苍白得毫无血色。

他们当天经过的应该是当地的环保林，外围一圈全是白杨树。只是，那里并没有路。

这件事当时被一家当地的报纸报道过，掀起了一番关于大学生的热议，标题是"大学教什么？大学生野外迷路险丧命"。社会有时候还是习惯于把大学生当作社会保育瓶里娇嫩的花朵。

从那件事开始，刘天一不再说一句话，半个月后，从学校退学。

画画，成了他唯一的说话方式。

也是从那件事开始，他宣称自己有预知未来的能力，"晓天洞地，预知未来"这几个字被他写来写去，写给妈妈看，写给爸爸看，写给邻居们看。大家都只当他是疯了，只是有些黄毛小孩子会过来逗他。他有一个本子，没日没夜地在上面乱画，画笔潦草，思路混乱，更谈不上所谓的抽象意义。

不过，也许那就是他当时的意识，像一片荒草丛生的野地，毫无章法可循。他画画的时候总是随意起笔，一条线随意就可以终止。又好像大自然，随机地创造出了山，随机地画出了一条河，再多来几笔，就出现了一块小平原——B市。

对于大自然，我们也许会说它巧夺天工；但是对于刘天一，父母简直既心恨，又心疼。

后来，他画画的时候，总会在画作的右下角写上一个日期，有的时候，甚至精确到几点几分。他的父母开始四处拜访名医，母亲甚至背着父亲找过街边的风水师，有段时间几乎只要在街边碰见算卦的，她都要卜上一卦。母亲抱有希望，尽管她每次卜卦结束后都会奉送上一句"骗子"。

最后，刘天一的家庭因为他的病从中产直接掉到了底层。可以说是病，也可以说是命运使然，他的母亲开始相信这一切都是天机所为，至少这样可以推卸掉一切人为的责任，最起码心里会得到不少的慰藉。

他们最终决定，将孩子送到疗养院里。

一切都准备好了，正要出发，刘天一却像发疯了一样，撒泼打滚儿，两眼直勾勾的，嘴里"哇啦哇啦"乱叫，就是说不出来一句话。

父母曾多次带他去看病，他都无一例外像小狗一样顺从，不曾有过任何抗拒。更何况这次，刘天一并不知道自己将要去疗养院了。

母亲已泣不成声，心疼地抱住在地上打滚儿的刘天一："别闹了，孩子……听话，孩子……"

窗外一声响雷传过来，下起了雨。

刘天一突然一把抓过来刚才画到一半的画，接着画，喉咙里不断地发出"呜呜"的响声。突然，"啪"的一声清脆的响动，画笔因为用力过猛折断了，刘天一狠狠地张开嘴咬破手指，接着画，另一只手还不停地指指这里，喉咙里一阵"呼噜呼噜"的声音，又指指那里，喉咙里再一阵"呼噜呼噜"的声音。

他母亲看着那乱七八糟的涂鸦，心里忍不住一阵酸疼。

刘天一被父亲强行抱上车后，反而安静下来了。他失望地抱着母亲，眼神里黯淡无光，不安地要钻进母亲的怀里，手里还紧紧地攥着那幅画。

疗养院所处的位置应该算是郊区了，父亲开着车渐渐地远离市区。

雨越下越大，雨刷不停地清扫挡风玻璃，可是雨水很快又漫上去，模糊了眼前的视野。

自从对面驶过来一辆黑色的小轿车以后，路上就再也没有其他车辆了。

父亲把油门踩得低了些。

刘天一像只受惊的小兔子般依偎在母亲的怀里。

雨滴裹挟着巨大的动能快速地击打着车窗，发出"砰砰"的声音。

好像一切都是注定好了的，注定要有一辆货运卡车从前面横过；好像一切都是注定好了的，注定所有的刹车都是来不及的。

十字路口，总被认为是生与死的交叉口。

他们的车被卡车撞上，就像刘天一小时候玩过的玩具车，很轻易地翻了几个滚。车头灯在化为齑粉前无力地闪耀了一下之后，人类工业的精品瞬间变成了残骸。

父亲死了。刘天一受了重伤，昏倒的时候，他紧紧地抱着母亲，把母亲的头埋在自己的怀里。他保护了母亲，还有，他仍然死死攥住那幅画。

疗养院里一直流传着刘天一的事，有人说他真的会预知未来，所以他一直紧紧地抱着自己的母亲；有人说他只是害怕，那都是巧了。无论怎么说，这件事都被人们当作笑话，当作茶余饭后的谈资，不过同样的，这一切也都会同茶饭一样，被消化、排泄、忘记。

就这样，刘天一在疗养院里生活了几年，他还是保持着那个爱好——作画。

直到有一天，有人听到他开口说话了。

"终于到你了。"

医生们欣喜异常，马上找他谈心，治疗。

可是他又不再说话了。

第二天，和他说过话的那个人死在了自己的房间里。

"终于到你了"，像一句死神的呼喊，同时也给他带来了第一嫌疑。

院方马上搜查了他的房间。房间里乱七八糟的，各处不时地出现颜料的泼痕，废纸和画好的成品杂乱地混在一起，上面画着的线条依旧很乱，可是很认真，清晰地表达着什么，却没有人可以理解。

桌子上的那幅画吸引了院长的目光，一张白描。画的第一层是一些杂乱的线，毫无规律，像是有人故意涂上去的，想掩盖下面真正的内容。下面是简单勾勒出的一个房间的模样，再往一角看去，隐隐约约地像一张床，充满褶皱的床。

"不可能！"院长张大了嘴巴，不可思议地摇着头。那确实像一张床，而褶皱是床单的扭曲而形成的，床上歪歪扭扭地躺着一个人。他的眼睛绝望地盯着天花板，床上被扯得一团糟。

这正是那个和刘天一说过话的病人死亡时的情形，和画上面一模一样。

画作右下角的时间正是昨天晚上！

警察来调查过，无果，然后整理好资料，束之高阁。他们当然认为仅仅凭借传言和一幅画，并不能说明什么。

其实，这是一件并不令人关注的案子。谁会去关注一个疯子的生或者死呢，在一个疯子身上什么事都有可能发生。

唯一不这么想的人或许是张起扬，也很可能只有张起扬。

第一章　案　发

张起扬家里。

桌子上的水晶玻璃烟灰缸显出一种晶莹的透亮，上面未燃尽的烟头的热量慢慢消失，冷却在雪片般的烟灰里。天花板上的吊灯变得嚣张的刺眼，泛着淡黄色的光晕向四周扩散，吞没。

张起扬感觉天花板上的格子的颜色仿佛在视网膜上旋转，眼球像被水泡了似的开始发涨，眼底像要撑破了一样，随即他感觉自己的脑袋在这样的压迫下慢慢沉下去。

张起扬最近的精神状态越来越差了，常常魂不守舍的，就连睡眠都变得十分轻薄，像蜻蜓点水一样，擦水而过。张起扬醒来时经常会觉得自己只是轻轻在脑子里有过众多纷乱的想象而已，不曾睡过去沉浸在梦中，他甚至能感觉到睡眠过程中时间的流动跟现实世界中的一样漫长，或者说可能他感受到的就是现实世界中的时间，所以每次醒过来的时候，总会带着一种绵延的倦意。

纵然精神状态如此，张起扬在人前依然跟平时一样。做过多年的刑警，他已经颇为懂得掩饰自己内心的感受，泰山崩于前而色不变。他认为这是一种长期训练出来的本能，只有这样才能保持敏锐的眼光和冷静的思考。

张起扬眼前一片黑暗，只有窗子透出淡淡的、柔和的白光，他挪着步子，有点儿近乎蹑手蹑脚带着试探性地向那一片白光走去。周围的漆黑仿佛给他带来了或多或少的未知与恐惧，那种缺乏任何可感知信息的黑暗就像丢失了记忆的空洞，让他无所适从。

他靠近窗子向外面望去，一个小孩儿在外面堆积木，做一个堡垒，他的每个动作都是那么流畅和发自内心，每搭上一块积木都充满了简单而原始的喜悦。孩子回头看他，露出白色的小牙齿微笑，这微笑传播得很慢，不紧不慢地传到张起扬眼前，显得有些虚无缥缈。

张起扬慢慢地走近，那孩子反而转过头去，继续堆积自己的堡垒，精心搭建每一间房子。

一层又一层，一间又一间。

未完成的堡垒反射出一层明亮的光膜。

不对，那是水！

积木上全是湿漉漉的水。

张起扬顺着积木看去，小孩儿正抬起滴着水的手拿起一块积木，前倾着身子准备放在堡垒的顶端。他的身子湿漉漉的，衣服贴在后背上形成曲折诡异的纹路；头发也湿漉漉地粘连在一起，贴在头皮上，"啪嗒啪嗒"地往下滴着水，正滴在衣服上。

张起扬睁圆了眼睛看着，这个小孩儿竟有些熟悉。小孩儿突然回过头来，一张苍白的脸，脸上的微笑一扫而光，眼睛死闭着，鼻子里反射着水汪汪的光亮，嘴唇好像粗大了好几倍，像一根香肠。

苍白的香肠，让人联想到一种招徕苍蝇的腐烂的气息。

小孩儿的整张脸像是被水浸泡过度一般，水肿、失色。

张起扬感觉心脏骤停，窒息般的不敢呼吸，这时一阵刺耳的声音打破了死寂。

他突然从梦中醒来，是手机在响。

"张队，有人来自首，不过她现在看起来有点儿神志不清，我想这个案子你应该有兴趣。"讲话的人是刑侦队的王元，电话刚接通就急忙撂出一大堆信息。

"地点在哪儿？"他直截了当地问，可是对刚才的梦还是心有余悸。

"花园路小区，A栋601号。"

"好，我会去现场。"张起扬说话间就已经出了家门，他随时可以像绷紧的琴弦，发出精妙的乐音，但是几乎谁都知道，琴弦绷得越紧，就越容易断掉。

王元和平时一样，提了一袋子卤味回来，边吃边消磨时光。他至今单身，下班之后没有什么事的话，他还是习惯在警局里待着。这时他手里捧着一本盗墓探险小说，看得津津有味，表情不时地跟着故事起伏变化；他完全沉浸在探险旅行中，以至于没有注意到灯下突然闪过一道黑影。

"我……我杀人了。"警局值班室里站了一个女人。

王元正看到精彩处，这才发现眼前突然站着个人，被吓得一激灵，刚夹在筷子里的鸭肝又掉下去，书也"哗啦哗啦"地合上了。

"你说什么？"王元挺直身子坐好。

"我杀人了，我杀了我的丈夫。"女人说话的时候头一直在随着每个字的进出而晃动，好像随时准备摇头否定什么。

"你别急，坐下说。"王元调入刑警队几年，很少独立侦破过什么大的案子，而且刚调来的时候一般也是靠边站，但他却是一个可以一直热情满满的人，摸爬滚打了几年，慢慢接近了队里的主力地位。最近原来的队长调到了市局，他现在在做代理队长，这令他更加兴奋。

每次有案子都会引得王元一阵激动，对于未知他总是抱有巨大的期许，这次也是一样，不过他稍稍冷静下来，无论如何要先了解一下真实情况。

"我不是故意的，真的不是故意的。"女人坐在椅子上，身体似乎只是和椅子有接触，却没有压力。她的身子略微佝偻着，像犯了错的小孩子，眼睛肿肿的，泛着潮湿的粉红色，同样潮湿的长头发垂到胸前，她哽咽了一下接着说，"今天他就像疯了一样，抓着我就打，我最后只好拿刀子吓唬他，结果……"女人的眼睛在桌子上扫来扫去，找不到落脚点，说话的时候手乱舞着，手腕下面还有被水冲淡的血渍。

王元看到女人脖子下面露出的伤痕，新伤、旧伤几乎叠在了一块，证明她说的话多少有些可信度。王元不禁有些同情她，但如果事实真是如她所讲的那样简单，又会令他沮丧，因为他心里一直希望有个扑朔迷离的大案。

王元马上打电话通知了张起扬，这是他们两个人之间形成的默契。虽然张起扬已经离开警察队伍多年，但是王元碰到什么案子思路困顿时，还是会向张起扬请教。以至于后来，张起扬也开始要求无论什么案子，一定要第一时间接触。因为他相信，任何简单的案件都可能和其他案子有着千丝万缕的联系。

在王元的眼里，张起扬依然像一个社会净化器一样监视着这片地方，不放过任何异常的举动，希望能抓住任何蛛丝马迹，最好将东阳区多年来的积案慢慢变薄。

一直留着积案的文件，有机会随时准备调查，这是张起扬在警队的时候就有的老习惯了。

"之前的他，很爱我的，很爱。我为了他换了几个工作，"女人垂着头自言自语，有一搭没一搭地说着，"以前的他不是这样的。"

王元不在意女人的胡话了，径直走出去，扔下一句："马上有人来给你录口供。"

"他……他有精神病的。"女人回过头来说。

"精神病。"王元念叨了一遍。

花园路小区的房子只能称得上是 20 世纪的佼佼者，很多基础设施都已经处在半退休的状态，老旧的墙皮有的已经突起或剥落，夜幕压得越深，那些剥落的痕迹在颓败的墙皮上反而显得更加分明，像伤痕累累的皮肤。

王元沿着狭窄破旧的楼梯往上走，矮小的台阶走起来很不方便。这时，楼上突然传来"砰"的一声闷响，王元的心跟着紧了一下，赶快往楼上跑去。

601 的门敞着，门外死死地躺着一个人，脸紧贴着地面，四肢软绵绵的，像在扶着地面。

王元的第一反应就是可能有其他人在场，自己是从楼下上来的，如果有人肯定会经过自己身边，于是马上往楼上跑去，只是这小区的楼房只有七层，楼上没有出口可以到达天台，只有一扇小窗户关着，上面还爬了些藤类植物，没有丝毫松动的痕迹。王元回过神来去看躺着的那个人，当他把那个人翻过身来的时候，立刻呆住了。

"张队！"王元几乎要大声喊出来。

空气中弥漫着淡淡的来苏水的味道，张起扬的脑袋被它熏得昏昏沉沉的。当他醒来的时候，妻子蓝欣正坐在床边呆呆地注视着他，疲倦的眼神中凝固着充满爱意的温暖。张起扬只觉得自己的脑袋好像还停在过去某一天，而眼前看到的只是暂时的存在，还没来得及存入记忆中，并没有带来可以真实感知的亲切感。

"你睡了一天了，医生说你压力太大了，加上劳累过度，所以才会昏迷。"妻子蓝欣说着，伸过手来紧紧地握着张起扬的手，她作为护士，多少会了解一些，所以也更加担心，"而且血糖极度偏低，这样下去很有可能……"

"放心，我自己的身体我自己再清楚不过了，不用担心。"张起扬打断蓝欣。

"你呢，身体怎么样了？"张起扬的手轻抚着蓝欣的脸庞问。

蓝欣知道张起扬问的是什么，现在已经不同于刚开始，这对于他们夫妻俩已经不再算是太敏感的问题了。

"我刚做过检查，胎儿一切正常。"蓝欣有些兴奋地看着张起扬。

"这一次，没问题的。"张起扬鼓舞妻子说道，实际上前几次流产的经历让他心里并不抱有全部的希望。这是他在破案中形成的思维，不能对任何表象抱有全部的希望，永远只有一条线索就意味着永远走不通。

"他应该有这么大了，而且他现在肯定在我肚子里游来游去呢。"蓝欣调皮地用手指捏出一个葡萄般大小的形状，嘟着嘴身体像游泳般左右摇动。

张起扬在妻子的额头上轻轻吻了一下。

"我想把工作辞了，专心照顾肚子里的宝宝。"

"嗯，这样也好。"

"还可以照顾你，你以后的饮食和作息都要规律一些了，回头我给你制定一个大体的食谱和作息时间表。"

"还是算了，我的工作本来就没有规律性可言。"张起扬真的觉得时间表对自己来说唯一的作用就是搞破坏。

"那也不行，还是要尽量保证规律一些。"蓝欣毫不让步。

警局里，王元正对着眼前的这份口供发呆。这个声称杀害了自己丈夫刘海的女人叫李欢欢，是超市的收银员，两人结婚四年，不曾有过孩子，丈夫在患上精神病以后便不再工作。

两口子最初从外地搬来，在这个城市，几乎可以说没有任何社会关系。可疑的恰恰是昨天的这份口供。在口供中李欢欢声称自己在争吵中失手捅了丈夫一刀，可是现在停尸房里的刘海身中两刀，一刀在胸口，一刀在大腿。按常理来说，她已经选择来自首，并没有任何撒谎的道理。不过王元不想放弃这个可能性，因为如果两刀都是李欢欢所伤的话，那她犯下的就是谋杀罪；如果她只是伤了刘海一刀，那她犯下的就是伤害罪。

但是假如她并没有撒谎，就不排除有第三者的可能性。这就意味着案件会更加复杂，而这种复杂毫无疑问会带给王元莫名的兴奋感。他喜欢未知的东西，更喜欢在未知的扑朔迷离之中拨云见日的快感。这种人是天生的，染色体中多了冒险与激情的基因。

昨天王元将张起扬送到医院，通知了蓝欣之后，自己就匆匆离开了。直到现在，王元还没有任何睡意，他还有一些问题需要张起扬来解答。

他到达医院的时候，张起扬已经穿好衣服，准备出发了。

"医生说，你需要彻底休息一下，干脆就在医院待两天。"蓝欣要求道。

"没戏，我这不好好的吗？"张起扬带着没有商量的语气说道。

蓝欣刚想反驳，话到嗓子眼儿又咽下去了。她了解丈夫的性格，也知道自己拗不过丈夫。医院对别人来说是人类健康与疾病、生与死的转换站，但对自己丈夫来说也许是一个最好的休息之处了，蓝欣这样想道。

"那……那记得早点儿回家……"蓝欣只挤出这一句话。

"自己回去时要注意安全，"张起扬爱抚着蓝欣的肚子笑着说，"还有他。"

张起扬突然想起昨天的那个梦，不禁打了个寒战，看着妻子的肚子，想到里面的那个小东西，竟然有些胆怯……

他笑自己瞎联系，这才停止了联想。

"走吧，车上说。"张起扬见到王元说的第一句话。

张起扬努力回忆昨天晚上发生的事，破旧的楼房、昏暗狭隘的楼道、敞开的房门、躺在地上的刘海、地上斑驳的血迹，这些景象清晰地呈现在脑海中，可是任凭他再怎么努力，也无法将它们在时空上有逻辑地组织起来，它们像记忆发生爆炸后迸发出的碎片，游离态般漂浮在脑海中。

"也就是说，可能有第三者？"张起扬听了王元的叙述之后有些狐疑。

"对，如果李欢欢没有撒谎的话。"王元带着十足的肯定。

"但只是如果，"张起扬点燃一根烟，"现场还有其他线索吗？"

"没有，刘海身上的两刀，是同一凶器所为，上面也没有其他人的指纹。"王元来之前早就尽力做足了功课，毫不犹豫地说道。

"想不留指纹很容易，这个动动脑子就可以做到。"张起扬表现得颇为老练与冷静。

"还有一点，目前不能确定。"王元顿了顿接着说，"死者虽然身中两刀，但都不能算是特别致命，即便是胸口那一刀，也未伤及心脏，从失血量来看能不能导致死亡在很大程度上要取决于个人体质。"

"还没查出明确的死因吗？"张起扬问道，用力嘬了一口手中的香烟。

"目前可以这么说，除了脖子上的几处抓痕之外，死者身上并没有其他明显的痕迹。"王元拐过一个路口。

"抓痕？"张起扬愣了一下，"有没有可能是窒息而死？"

"不可能。"王元笑道，"蹭破点儿皮，几乎跟小孩儿打架似的，具体的死因等尸检报告出来就明白了。"

"对了，你有提过，死者患有精神病，对吧？"张起扬问道。

王元肯定地点了点头。

"掉头，去花园路小区。"张起扬按灭手中的烟头。

"嗯，目前李欢欢还是有最大的嫌疑。"王元一打方向盘，进入另一条路。

老旧的楼房很少有人住了，年轻人早已插上翅膀飞出了这个破败的小区。花园路小区，有的只是一些对这里恋恋不舍的老人，他们离不开这些与自己年龄相仿的事物，也习惯了在这里生活，打算在那四五十平方米的小空间中度过自己的余生。所以，这里的住户并不多，李欢欢两口子只有对门的一个邻居——一个退休的公务员——张天磊。

"我睡眠比较轻，有点儿动静就醒，昨天晚上确实听到他们在吵架。"张天磊平淡地说。

"您有没有听到他们吵架的内容？"张起扬追问。

"还能有什么啊，无非是有个什么事引起来，然后鸡毛蒜皮的事就都来了。"老爷子觉得这些好像并没有什么稀奇的，"车轱辘话来回说呗，不记得什么了。"

"他们之前经常吵架吗？他们夫妻关系怎么样？"张起扬从老爷子的话里感觉到了什么。

"以前倒是没有，不过最近这段时间好像越来越多了。对了，"老爷子突然说道，"好像是男的因为女的天天在外面上班，疑心越来越大，总指桑骂槐地猜忌她在外面有什么搞不清的关系。"

"有提过人名吗？"张起扬连忙跟紧话茬儿。

"没有，我估计男人也是瞎说。你们应该知道吧，他精神有点儿不正常，天天闷在家里。"老爷子不以为然。

"谢谢，有问题我还会再打扰您的。"貌似有点儿收获，张起扬想。

虽然是白天，超市里显得比外面还要亮堂，也挺气派。这个时间，人不多，都是些没有工作的家庭主妇在漫无目的地逛。

"是吗？我说她今天怎么没来上班。"一个年轻小伙子站在收银台后，脸皮动也不动地说。

"你不知道？"王元说。

"你真有意思，我怎么会知道？我平时很少和她说话。"小伙子利落地结完一笔账，斜坐在柜台上。

"你看看我们这个超市，十几个收银员。喏，"小伙子用手一指，"她就在那儿，离我这么远。"

"不好意思，我就是随便问一句，你不用紧张。"王元递给他一支烟，作势要点上。

"我没什么可紧张的，这里不能抽烟。"小伙子摆摆手。

"好吧，"王元顺手将烟卡在耳朵上，瞥了一眼小伙子胸前的工作牌，上面写着"李峰"，"我只是有点儿奇怪，我很少见到男性的收银员，这家超市只有你一个吧。"

小伙子条件反射似的扫视了一下四周，点头道："确实，不过这也没什么吧，我以前还做过公交车售票员呢。"他已经有些不耐烦了。

"谢谢你的配合，这些帮我结一下。"王元一边从柜台旁挑了一些口香糖和固态咖啡，一边递过去一张一百元的人民币。

小伙子依然面无表情，他们的职业惯性好像不要求他们的面部肌肉每天收缩上千次来保持微笑。他熟练地扫码，打开钱柜，关上柜门，装袋。

王元走出门后，取下耳朵边的香烟点着，深深地吸了一口，直接将烟咽进肚子里，摊开手中的零钱。

"找多了。"王元转头对在一旁等着的张起扬说。

超市经理办公室里，复古样式的琉璃吊灯使得光线更加柔和，但在一间如此宽敞的房间中，竟然也显得有些不足了，酒红色的沙发因而黯淡下去，呈现出一种暗红色——血一样的颜色。

"谢谢，我只喝茶。"张起扬抬手将杯子推向一边的王元。刚煮好的咖啡还在杯子里打转，空气中渗透着它浓重的香气，仿佛飘散出尼古丁的味道。

"这个尽量在三分钟之内喝完，不然会走了味道。"经理眉毛一翘，颇为得意地说。

王元拿过来尝了一口。杯子的材质十分考究，给人的嘴唇一种温软的触觉，与流入口中的咖啡的柔滑细腻融为一体。

"我会全力配合你们的。作为经理，维护我们的声誉更是我应该做的。"经理顿了顿接着说，"我们超市满足了这个城市百分之八十的消费需求，特别是高端商品，我可不想因为这件事而受到什么影响。"

"这次拜访，我只是想了解一件事，"张起扬直视着经理，一字一板地强调，

"贵公司对员工的福利保障是怎么样的？"

"五险一金，跟其他公司都差不多。"经理说。

"没有其他的吗？"张起扬啜了一口刚沏好的清茶。

"当然有，我们公司有着几乎同行业内最强有力的住房保障。"经理跷起二郎腿，脸上洋溢着掩饰不住的得意。

"这个怎么说？"张起扬问。

话题开始越来越和张起扬的思路吻合了，他脸上的疑惑与平静自然地掩饰着内心闪过的一丝灵光。

经理接着说："我们为员工提供市区内的保障房，而不需要支付任何费用……"

"肯定有什么条件。"王元打断他。

"当然，必须要成家以后才可以，结婚的双方必须都是本公司的员工，而且他们要为我们公司工作满十年；十年以后，房子的产权才会完全移交到他们手里。"经理滔滔不绝。

"为了一套房子，献出自己十年的时光，值得吗？"王元一脸的不屑。

"如果只靠自己，他们能保证用十年的时间就可以在这座城市买一套房子吗？实际上，这很难……"

经理的话让王元默然。

"其实这样做公司付出的更多，但我坚信，这样可以凝聚员工的热情与精力。这也是我们能够在全国有数百家口碑极好的连锁店的原因。"经理颇有成就感地伸手拿出一则报告，"看这个，最近的报告显示，我们在泰国的营业总额在上个月就已经超过了沃尔玛。"

"的确，这样的福利对员工而言可以说是很奢侈了。"张起扬起身。

"对于竞争对手来说，这是非常致命的软实力，不是吗？虽然我只是无数个小经理中的一员，但我依然信奉这一条。"经理神秘地笑笑。

"对了，这个和案子有关系吗？"经理一脸疑惑地追问。

"可能吧。"张起扬笑笑。

"张队，你为什么不向他提起那个收银员？我是说李峰。"走出办公室后，王元好奇地问。

"为什么这么说呢？"张起扬很高兴他能这么问。

"问的越多，线索可能就越多啊。他没说的可能才重要。"王元回答。

"你知道犯罪事实是怎么发生的吗？"张起扬故作神秘。

"你说。"

"我们之所以会犯罪，是因为我们作为个体而生活在社会这个大的整体中，其间我们不可避免地要保持着各种各样的社会关系，一旦有些社会关系的处理偏离了我们现在的社会规范，就会引发犯罪。"

"然后呢？"王元追问。

张起扬抽了一口烟，不等吐出烟来接着说道："完美的犯罪者总是可以藏匿自己的各种社会关系，包括隔断他所在的环境，但是这很难，"张起扬从鼻孔里喷出烟，"因为他在掩饰自己的各种关系时又会不可避免地产生更多的关系，所以我相信案子都是可破的，包括我不断收集的积案。破案就像代替别人去生活一遍，去发现和怀疑每一道关系。而在你不确定的时候，每道关系的对象都是嫌疑人。"

"所以，你在怀疑每个人咯？"王元开玩笑道。

"哈哈，对，包括你。"张起扬拍拍王元的肩。

"也得包括你自己啊！"王元故作正经。

"我之所以不问他太多，正是因为这一点。我们破案者本来就在明处，但是更要做暗处的明智者，尽量避免没有必要的发问。"

"那接下来呢？"王元认可地点点头。

"瓮中捉鳖！"张起扬打开车门，转身坐到了车座上，又朝向王元双手飞舞起来比画着说些什么。

王元的嘴角慢慢向上勾起，他果然没看错张起扬，昔日的老队长还是那么不一般。

史进的办公室很简洁。

"你是说你认为自己是双性恋？"史进靠在椅背上，吐出一个大大的烟圈，平静地凝视着眼前的女人。

"差不多是这个意思。"女人看着桌子上摆着一个缩小版的王尔德的塑像，伸手去胡乱地摩挲，"不过，我想你应该知道这很正常，据研究表明，百分之八十的人在一定程度上都是双性恋。"女人有些紧张，急忙为自己辩护。

"明白，其实我在上学的时候，也对同性产生过好感。"史进尽力给予女人肯定与认可，只有这样才能让女人最大限度地敞开心扉。这是他的职业习惯，或者更应该说是职业准则。

"我们分手了，其实应该说是她对我的感情已经名存实亡。"女人眼里流露出一丝亮光，她不由自主地看着史进的眼睛，"但是，直到前几天我才发现，我竟然疯狂地爱上她了。"

史进看着女人的眼睛，它好像变得锋利了，像一把割断世俗的刀子。

"但是，你要知道……"史进抬起手在眼前摆来摆去，试图驱散刚喷出的烟雾。

"请不要打断我！"女人猛地抬起头来，接着说，"但是这时我才清醒地意识到，我是在和一个女人谈恋爱，而且在我确定我真正爱上她的时候，我被她甩了。我每天醒来总觉得周围全是眼睛在盯着我，我好像在野生丛林里迷路了一样，而那些眼睛好像喷薄着饥饿的欲望，有的充满了赤裸裸的猜疑，它们干脆就是在说：'看那个女孩儿，她被同性恋甩了，而且不止一次！'"

史进往前推过去一杯纯水。

女人拿起杯子，又放下："我坚信，我是收获了爱情。你可以想象吗？我是把她当作男朋友来看待的，最起码在只有我们两个人的时候，我对我们的爱情从未有过怀疑。你说，一个人可以只从爱情里面汲取营养吗？我是指放弃与其他任何人的接触。假如只是沉浸在爱情中，就能获得与外界交流的满足感吗？这样，我们是从孤独中解脱，还是陷入了另一个孤独的深渊呢？"

史进此时想不到比倾听更好的方法，眼前的这个女人，她有着很强的经过深思熟虑和生活打磨的个人观点，目前她最需要的就是有人可以认同她的思考方式和行为方式。她只是心里存了太多的垃圾，需要找个地方一股脑儿地倒出来。很多时候，史进认为自己的工作恰恰是充当一个垃圾站，代谢社会源源不断的情感垃圾。

许久，女人都没有再说话，只是用力稳定着自己的呼吸。

"我想我还会再来找你的。"女人嘴角露出淡淡的笑容。

"随时恭候。"史进指了指桌子上的王尔德的塑像，"送给你了，他曾和你一样爱过。"

黑铜色的王尔德给人一种骨感坚硬的触觉，女人握在手里反复掂了掂。

"实心的。"她说。

"对了，"她回过头来说，"我可以把你当作我的男朋友吗？"

史进有些惊讶，脑袋突然条件反射地向后一闪。

"我知道这有点儿冒犯，"女人尴尬地说，"但是……"

"没问题！"史进干脆地笑笑。

女人走后，史进想起了自己的学生时代，当时的自己不善于与人交流，他曾经一度这样想：人之于世，与外界的所有交流无外乎是想在求得安全感和追寻个性中寻求一个平衡点，所以才会不自觉地寻求他人或周边世界的认同，同时也在不自觉地反抗着一些东西。

能跟他聊得来的，只有张起扬。

史进觉得张起扬跟自己有着共同的思维，认为他们是一类人。后来读研究生的时候，导师改变了自己的研究方向，学校也引进了一些先进的心理学研究仪器，整天做实验、搞分析，没日没夜地跟计算机和各种量表生活在一起，几乎很少有休息的时间，但是史进现在回忆起来，那个时候依然是他们最难忘的时光。

第二章　瓮中识鳖 (1)

　　警局走廊里的灯光和外面的夜色相比反而有些昏暗了，劳累一天之后队里的人多半都在家中享受晚餐与休息。王元这次单独拉来张起扬进行调查，自然也没有通知队里其他人。因为张起扬毕竟已经离开警察队伍了。

　　事实上，张起扬也有些疲惫了，但他相信精神力量的强大，保持旺盛的大脑活动就能保持敏锐锋利的目光。

　　"你确定要这样做？毕竟我们还只是猜测。"王元有些犹豫，一把拉住张起扬。

　　"你还有什么更好的办法吗？"张起扬反问道。

　　王元确实没辙，他早年来到队里学会的第一件事可能就是破坏规矩。为执法者而立的规矩原本是为了起到一个自我监督的作用，但是面对错综复杂而多变的案情时，所谓的规矩却又显得那么苍白无力。

　　"对了，刚才嫂子来找你，没什么事吧？"王元说。

　　"没事。"张起扬打开手机关掉刚才收到的短信：注意休息，爱你的欣。

　　"没忘记我们计划的吧，"张起扬做出个手势，两个手指猛地往下一戳，"明白？双管齐下！"

　　"明白。"

审讯室里的灯光仿佛有人故意将它调得昏暗，走廊里的脚步声挤过门缝儿清晰地传进来。桌子静静地立在中间，完全被一种静穆的颜色包围。灯光洒在桌子表面，融化得像精油一样光滑明亮，上面映出一张女人的面庞。

张起扬一声不吭地走进来，见她的状态已经比王元描述的好太多了。

"看你好多了。"张起扬说。

"还好。"李欢欢抬起头来，她的脸庞在灯光下显得越发苍白。

"结婚四年了，你们没想过要孩子？"张起扬试探性地问。

"刚开始怀过一个孩子，但是流产了。"李欢欢说完后低下头。

"流产？"张起扬的心不禁"咯噔"一下。

"嗯。后来他患病以后，对孩子的期盼已经不亚于一种奢望了。"李欢欢抬起头，目光看向一边，似乎不愿意提起往事。

"我的妻子也曾流产过，"张起扬尽力表现出同情心，"你觉得这对你们的感情有影响吗？"

"这些问题我是不是应该同心理医生讲，而不是你。"女人的眼睛中深深隐藏着一种软弱无力的幽怨。事实上，这种目光更令人难以直视，它间接化作了征服他人同情心的武器。

"没关系，你可以任意表明你的态度。据我了解，你们所住的小区早在一年前就应该拆了，只是政府暂时停止了对那个片区的开发。"张起扬盯着女人的眼睛。

"是这样的，不过还好吧。"

"还好？和十年工作换一套市区的房子哪个更好？"

"你什么意思？"女人习惯性地缩了一下手。

"如果是我，我可能会选择后者。"张起扬的目光像一把刀子，不断地向前逼近。

"那是你……"

"你喜欢潮湿阴暗的地方吗？每天回到家之后还要受自己丈夫的种种猜忌与怀疑。"

"没有，我们的关系一直很好。"

"试想一下，你每天站在狭窄的房间里，你的丈夫骂骂咧咧，你不停地从一个房间走到另一个房间，可是他的声音依然不依不饶地跟着你。"

"那不是骂，我理解他。"

"是，你理解他，几年来你每时每刻都在倾注自己的心血去理解他，可是他不理解你，直到你想离婚。"

"没有，我没有想过离婚。"

"你认识这个人吗？"张起扬掏出一张照片。

"不认识。"女人的头向下低一些，又僵住。

"他和你一起工作！"

"认识……"

"到底是认识还是不认识？"

"认识……不……我是说不熟。"李欢欢已经来不及判断自己是否是词不达意。

此刻另一间审讯室里，王元坐在椅子上，抽着烟。

"所以你杀了他？"王元一口气将吸进去的烟喷在李峰脸上。

"你在说什么？"李峰别着脸看过来。

"不是吗？这样你就获得了爱情和住房，一箭双雕。"王元步步紧逼。

"我不希望到这里来只是听你一通胡乱猜测。"李峰的平静让王元有些无所适从。

"你无法让她离婚，所以就要选择杀人吗？"

"你有什么证据怀疑我？我怀疑你在对我进行非法审问，我有理由不回答你的问题。"

"你很聪明，你清楚自己无法让一个人凭空消失，所以干脆让他的死亡变成公开的事实。"

"你到底要搞什么鬼？我想如果是正常审讯，不会只有你一个人。"

"请个律师而已，像她这种情况，几乎可以无罪释放。"王元站起来，双手撑在桌子上镇定地说。

"我想我该走了，我没必要听你胡言乱语。"

"可惜你没得选择了，看看这个。"王元将两份口供材料掷在桌子上，封面上无一例外地签着李欢欢的名字，"一份是昨天的，一份是刚才的，不用我多说了吧。"

李峰看着眼前的口供材料，慢慢地坐回到椅子上："不可能……"

"怎么不可能？你的完美计划。"王元冷笑。

"不可能，我本来怎么都不会被拖下水的。"李峰伸出去准备翻开口供材料的手又闪电般缩了回去。

"现在你可以说了吧，在这里等我一下。"王元出门将手中两份材料中的一份扔入垃圾桶。

李峰看着桌面，上面折射成团状的灯光有些刺眼，喃喃道："我们都不忠诚，我们先后选择了背叛。"

这时走廊里响起了一阵脚步声，寂静了三秒钟之后，又接着响起来，直到越来越远，消失在黑夜般的寂静中。

这是张起扬和王元约定的信号，看来王元那边已经搞定了。

"你以为你们真的可以逃脱遁形吗？你是在背一个永远都无法摆脱的黑锅。"张起扬看着李欢欢，直奔主题。

"我们……不，没有我们。"李欢欢呢喃着。

"你肯定记得你的那份口供吧，你……"

"人是我杀的。"李欢欢打断张起扬的话。

"是你吗？"张起扬提高了音量。

"是我。"李欢欢开始近乎机械地回答。

"我不明白，你既然来自首，为什么要撒谎？你丈夫明明身中两刀。"

"两刀？"

"你想泄愤？"

"不，不对。"

"什么不对？"

"他明明刺了一刀。"

"他？"

"他……"李欢欢来不及合上嘴巴，怔住了。

"你终于说了。"张起扬深吸一口气。

张起扬几乎是回到办公室才将这口气吐出来。

王元那边也进行得很顺利，他看着手里李峰的口供，嘴角撇了撇，又看了看眼前，李峰目光呆滞地看向一边。

王元的脚刚迈出门去，又停住了，回头跟李峰说："其实，刚才我手里那两份口供，有一份是假的。"

李峰突然心里一颤，头猛地抬起来，顿了顿又低下去，他已经完全绝望了。

王元深吸一口气，径直走向办公室。

"你怎么知道李欢欢和李峰是联合起来的？"王元坐下给自己点上一根烟，吐出烟圈，问道。

"我也不确定，"张起扬笑了笑，将两人的口供拍在桌子上，"但正是因为不确定，所以才要这样做，诈他们一下。"

"所以，故兵以诈立。"王元摇摇头，笑了。

"哈哈，对，如果按照《孙子兵法》的说法，这叫造势。水以势往低处去。如果事实就是如此，只要把势造就了，就不怕他不认。"张起扬嘻哈着说。

"但是，如果我们猜错了呢？"王元的神色有些黯然。

"那就只当作一次试探吧。"张起扬叹了口气，又转过头去看着王元说，"不过，我不会出错。"

张起扬的眼神中好像包含了一切，或许别人还会有另外一种说法，叫目空一切。

王元看着张起扬，想了想没说话。应该还不是目空一切的，他对自己说。

这时一阵急促的脚步声生硬地割裂了安静的氛围，紧接着门被猛地推开，是负责验尸的刘松。

刘松冲进办公室的时候，才发现张起扬也在这里，急忙停下脚步，招呼了声"张队"。张起扬在东阳区还是有些影响力的，以前跟过他的人还是称呼他为"张队"，有的时候在破案中张起扬反而有更多的话语权。

"有重要发现！"刘松上气不接下气地说。

等到刘松说完，张起扬脸上呈现出十分惊讶的表情，他对这突如其来的消息有些反应不过来，脑子一时像电脑死机了一样。

"你是说腿上那一刀是死后所伤？"张起扬说。

"对，我检查了腿部的伤口，发现伤口干净得可疑，本来流血后产生的血块会很不规律地分布在伤口的各层，但是现在血块很少，而且是在刺中了动脉的情况下。"

"所以，你怀疑这一刀在刺下去的时候，血液基本上已处于不流动的状态？"张起扬说。

"不是怀疑，是确定。伤口太整齐了，几乎像是凶器的倒模，很多细小血管都出奇的平整，肌肉纤维也没有粗糙的撕扯痕迹。"刘松一丝一缕地认真分析着，"对一个人造成这样的伤口，这个人只能是……"

"死人。"已经在一旁站了一会儿的王元说。

"这是李峰的口供，一刀。"王元将李峰的口供材料递给张起扬。

"李欢欢的也是。"张起扬的精气神下降了一截。

张起扬跑向审讯室，"咣"地推开门。

"你在耍什么花招？"张起扬冲到李峰面前说。

"我失算了，我没想到你用了一份假的口供。"李峰将脸转向一旁的王元说。

"可惜你还是相信了。"王元没好气地说。

"没错，可能我潜意识里还是认为，李欢欢既然可以背叛她的丈夫，同样也可以背叛我。其实现在我倒觉得自己挺可怜的。"李峰在喉咙里发出两声苍白的干笑。

"但是我一点儿都不同情你，你有做到忠诚于自己的感情吗？"张起扬的眼睛直逼李峰的脸，"可悲！"

"随你怎么样。"李峰抬头，两眼无神地望向天花板。

"我真是小瞧你了，"张起扬坐在桌子上，靠近李峰，"或许我本来就不应该相信你，一个可以把他人生命不当回事的人怎么可能会有为爱献身的勇气？"

"什么？"李峰看向张起扬，依然是空洞的目光。

"你心计过人，你不确定让李欢欢来自首就能蒙混过关，所以你还为自己准备了后路。"

"我不明白你在说什么，不过你说得对，我对待爱情的确不坚定。"

"你不明白？你再清楚不过了，一旦李欢欢被抓住什么把柄，导致你们的计划败露，那么你就是蓄意谋杀。"

"难道现在不是吗？"

"你别装糊涂，你竟然可以想到在刘海死后，背着李欢欢再给他补上一刀。"

"什么补上一刀？"

"这样即使李欢欢最后将你供出来，她只能指认其中的一刀，我们也不能判定你是伤了刘海还是杀了他。"

李峰眼神无光，呆呆地看着张起扬。

"因为我们目前还无法找到证据来确定案发现场没有出现第三者，更何况你捅伤的那一刀并不一定可以致命。"张起扬接着说，"恭喜你成功地将自己的蓄意谋杀变成了杀人未遂。"

"我本来不就是为了谋杀吗？"李峰没有任何反应，他的情绪已经低到了极点。

"一刀杀人，一刀退路，最后你还是可以保全自己，你不觉得你很自私吗？"张起扬反问他。

"你是说刘海身中两刀？"李峰空洞的眼睛散发出疑惑的光彩。

"你还在装！"张起扬大声说。

"你还在猜！"

"这看起来对我确实是件好事，但是我的确没做过。"李峰变得心平气和。

"我看他不像是在撒谎。"王元附在张起扬耳边说。

张起扬突然感觉热血冲上脑袋，好像没有听到王元的话，他可能已经有些失控了。

"撒谎对我来说已经没有意义了，当你和你爱的女人一同失去了仅存的那一丝信念，你也会这样，虽然我不确定我们之间算不算是深爱。"李峰仿佛已经懒得争辩一切了，他仿佛看到自己的未来已经被一团漆黑笼罩。

"你小子别给我装！"张起扬冷笑了一下，盯住李峰。

"你完全没必要这样，这样只能证明你无能。"李峰头也不抬地说。

"我告诉你，反正你小子无论如何都逃不了法律的制裁，你现在也是杀人未遂！"张起扬几乎从胸腔里喊出来，"无论是谁，都不能置法律于不顾！"

张起扬觉得血液流到大脑瞬间停滞，眼前一黑，身子顺着重力倒在地上。

王元在一瞬间想到的是，不知张起扬这次是所谓的"诈"还是真的已经情绪失控了。此外，王元何尝不是有些担心，张起扬的性格还是那么刚烈，虽然无伤大雅，但是自己却不可避免地要在工作中担着某些责任，让张起扬进审讯室其实已经有悖了相关规定，不过王元乐在其中，只好在心里摊摊手。

第三章　被催眠的梦

　　梦境，是那些在真实世界中闪闪发光的碎片在造梦者手下巧夺天工的产物，它不曾在现实中发生，不曾置你于现实般的风起云涌和扑朔迷离中，可是它却毫厘无差地带给你同样丰满生动的细节、细腻入微的感觉、热烈饱满的情感，它比现实要更为真实，这是每个沉浸在梦中的人共同的感受。

　　张起扬上学的时候最为痴迷的便是解构梦境，他着魔了似的分析现实生活中周边同学塑造梦境的触发点。

　　"自杀与杀人难道是不一样的吗？"

　　"刺耳的声音让我感觉撕心裂肺，好像有千万条小虫在身上乱爬，我会恶心。"

　　"我竭尽全力地做到跟别人不一样。"

　　"我出入各种交际场所来填补我的空虚感，却感觉越来越空虚。"

　　"狗对我来说是比老虎还要危险的动物。"

　　"当我照镜子的时候，我永远都不能相信自己对自身容貌的判断。"

　　……

　　张起扬坚信每个触发点都在塑造着我们的梦境。当所有触发点都开启的时候，会产生什么呢，越来越完整的梦的世界？它将我们生活的各个方面塑造得栩栩如生，却很可能将现实中的我们改得面目全非，那么我们又该如何确立真实的自我呢？

史进的办公室里，张起扬窝在沙发上想着。

"说实在的，我也不是很清楚。"史进点燃一根烟，"想喝什么？"

"茶，你知道的，我不喝酒。"张起扬耸了耸肩。

"当然，不过我新备了恩施玉露和天山绿芽，要不要换一种口味？"史进得意地抖了抖手中的两个铁罐子。

"随便吧。"张起扬疲倦地瘫在沙发上。

"我一直说你在这点上很偏执，现在都有些懒得说了。"史进摊开双手，摇摇头。

"什么偏执？"

"喝茶这一点……"史进为自己倒上一杯红酒。

"茶可以帮助我清醒，而我的工作……"

"你的工作要求你有一颗清醒的头脑，它必须要像一台精密的仪器分毫不差地运转，你是不是又想这么说？"史进调皮地吐吐舌头。

"对，但是酒就像酸性的雨水，会腐蚀掉它的精密，更重要的是，"张起扬顿了顿，"会让它的运行失去准确性，而我必须完美地操纵自己的大脑。"

"完美，你相信你能完美地操纵你的大脑？"

"这是要求，不是相信与否就可以决定的。"张起扬还是不容商量的语气。

"每天最多会有十多个人来找我做心理咨询，我该让我的大脑保持什么样的状态呢？"史进神秘地笑笑，他总是习惯性的这样笑，从他的笑容里面几乎发现不了其他的内容。

张起扬看着史进，并不打算说什么。

"事实上，我不曾刻意试图保持任何一种状态，就像我喝红酒，"史进晃晃手里的杯子，"但是偶尔也会喝茶。"

"你又想说，不要太刻意，刻意就意味着控制。"张起扬的嘴角撇出微笑。

"而控制有两种结果：控制自己可以控制的东西叫征服；控制自己控制不了的东西无疑就是受控。"史进哈哈大笑，"对了，你来找我，不会就是为了说关于梦的事吧？"

"当然不是。"张起扬笑道。

"哦？"史进一贯神秘地笑笑。

前一天夜里。

王元虽然认为，刘海腿上的那一刀李峰不会有太大的嫌疑，但还是不愿意搭理他，加上张队刚刚昏倒。王元用手推着李峰向前走，其实按照平时的习惯他还要在办公室待上一会儿。

"你不觉得现在的我比他还要惨吗？"李峰是指刘海。

"少废话，我现在没时间听你忏悔。"王元往前推了李峰一下。

"我没有忏悔，我只是觉得，可能精神病的世界才是完美的，最起码他们自己认为是完美的。"李峰不情愿地往前挪动着步子，嘴里东一句西一句地胡扯个没完，"不是吗？正是因为这样，他们才会被认为是精神病。"

"那么你呢？"王元认为李峰已经有些痴狂了。

"我曾经尝试设计一场完美的犯罪，现在搞砸了，只不过我是个正常人，所以我现在很后悔。"

"你可以相信自己的所作所为是完美的，但是它永远不能冒犯法律。"王元看着李峰走进那个阴暗的小房间，锁上门。

"介意帮我一个忙吗？"李峰的眼睛中闪过一丝希望，"给我本子和笔。"

王元回过头去，犹豫了一下说："可以。"

休息室里游离着浅浅的呼吸声，像丝状的烟雾，蜿蜒着钻进每一个角落。张起扬的脑袋像经过无数次的重击，温热的血液凝固了，静止的触觉、静止的鼻嗅、停滞的知觉，眼睛也被同样寒冷的黑暗攻陷、笼罩、侵入、溶解，不知不觉地陷入冰冷的冬眠之中，这像极了死亡的感觉——没有任何感觉。

直到张起扬觉得僵硬的眼皮开始慢慢渗透进暖红色的光，随着光在眼睛中慢慢扩散、融化，僵硬的知觉开始苏醒，浑身的细胞仿佛又重新尽情地舒展、呼吸了。

"张队，回家休息几天吧。"王元走进门对张起扬说。

"我想我确实是失控了。"张起扬的目光在天花板上游移，把王元的话抛在一边，"我们应该重新整理一下思路了。"

"那现在要不要起诉李峰？"王元问道。

"现在还早，"张起扬闭上眼睛，脑海里徘徊着一个又一个零碎的方案，期待它们排列组合，发挥出巨大的威力，"我总感觉还没到时候，说不定这小子还有什么猫儿腻。"

"那下一步怎么办？"王元无奈地问道。他有时候对张起扬毫无疑问地信服，这可能不符合他这个代理队长的身份，但在张起扬这个老上级面前，王元却真的是心服口服，就好像人们在父母面前的时候，还会有着回归孩提时代的愿景。

"不知道。"张起扬的眉头攒成一团，同时起身穿上外套走了出去，然后想了想又说，"你还记得我家书房里的办公桌上一直都放着什么吗？"

"案底？"王元想了想，猜道。

"没错，是我自己整理的，包括近几年来的积案。"张起扬的眼神在突然的兴奋后又变得黯淡，声音低了下来，"没事的时候我就会翻来覆去地看，我以为会让它越来越薄，没想到它却越来越厚了。"

"有些还是我刚工作的时候我老师留给我的。"张起扬又说，不停地摇着头苦笑。

王元看着张起扬，眼睛中流露出感激与钦佩："能坚持就很好，坚持久了则成了信仰，一辈子也就无敌了。"

"你这样看待信仰？信仰不需要去实现吗？"张起扬问道。

"这要看信仰什么了，信仰博爱的人总不能整天琢磨着如何拯救世界吧。渺小的人该怎么投入到宏大的博爱当中去呢，从小事做起就够了吧。"王元诚恳的语气像是气氛的催化剂。

"可是无力的践行又会造成多么大的无奈，我可不想过段时间它变得更加厚了。"

张起扬想起那个角落里厚厚的一摞积案，不再说话，所有浓密复杂的感慨全都像胶水一般凝滞在喉头。

"我出去见个人。"过了一会儿，张起扬才开口说话。

"张队，我还是建议先停下几天，你先休息休息。"王元拉住正往外走的张起扬。

"可能他才能让我更好地休息，"张起扬回头说，又补上一句，"挺重要的一个人。"

"用不用我跟你一起去？"王元也挺好奇这是一个什么样的人。

"不用。对了，我觉得尸检还不能放松，"张起扬坚定地说，"不要漏掉每一个细节。"

"没问题！"

"对了，春天了吧？"张起扬突然没头没脑地问这么一句。

"嗯，怎么了？"王元有些摸不着门路。

"没事。突然想到，人的意识是不是也存在冬眠，像做梦一样。"

"这样做有必要吗？"王元问。

"或许吧。"张起扬耸耸肩。

灯光铺满了整张桌子，以前张起扬的办公桌就是这个。王元看着，想起了那个经常堆满各种资料的办公桌以及那个总是一脸倦容、目光却如狼似虎的张起扬。

王元好像看见那里有一摞积案，静静地躺在桌角。

史进的办公室里，桌子上静静地躺着几本书。

"你不觉得自己太相信爱情了？"史进对着女人，用略带质疑的语气说道。

"难道你不相信？"还是那个女人，一身休闲的装扮，上下一水的清新与阳光，只是眼睛好像更加锐利了，尖锐地发现每一个细节，捕捉着每一道话语。

"我相信啊，"史进啜了一口茶又补充道，"一定程度上。"

"这怎么说？"女人丝毫不想做出让步。

"你可以尝试着跟我回忆一下，在你的孩童时期，获取快乐的源泉是什么？"史进看着女人的眼睛。

"你喜欢胡同转角处就有的豆汁，你喜欢隔几天就会在巷子里飘香四溢的糖人儿……"

"我还喜欢回家做针织小人儿。"女人突然说道，"我不用回忆。大槐树，你知道的吧，当你很小的时候总觉得它非常高大，简直是一个美丽而又可以带给你安全感的巨人。"

女人打开了回忆的话匣子，又可以说个没完。

"现在的你同样可以找到很多使自己快乐的东西。"史进说，"你之前为什么假设爱情会是你生命的全部呢？人是高级的动物，不会被所谓的生理冲动完全控制。"

"不懂。"女人疑惑地看着史进。

"你上次问我：人是否可以仅仅从爱情中来获取与外界交流的满足感？还记得这个问题吗？"史进问道。

"记得，但我没想到你会回答我。"

"我现在可以告诉你，我喜欢艾瑞克·弗洛姆对'爱'的观点。你可以这样理解，爱情只是爱的一种形式，当人和外界发生作用时，需要的是爱，却不一定是爱情。"

"不理解……"

"你只要这样想就可以了，你既然可以死心塌地地爱一个人，那你同样没有任何理由拒绝去爱整个世界。"史进挺直身子，双手放在桌子上，有些激动地说。

"我不知道这对我有什么实际意义。"女人有些不解。

"我只是想告诉你，你需要一种放松的状态。"史进重新倚到椅背上，"你上次说想要我做你的男朋友，实际上是你还处于一种紧张的状态，你认为即使没有'女朋友'，至少也应该有个男朋友，你不觉得这是你被爱情控制的表现吗？"

"嗯，"女人沉默了许久，"我不否认。"

史进起身开始舒展腰身，坐的时间太长了，让他感觉要被石化在椅子上。

"人不能对某个事物有着极端的认知，"史进看向女人，"不然可能会有危险哦！"史进做着跳跃运动说。

"我要走了，"女人说，"希望下次来找你不是因为这件事了。"

"哦？那因为什么？"

"因为我爱上你了。"女人大胆地说。

史进笑着歪歪头。

"我睡了多久了？"史进身后传来张起扬的声音。

史进突然想起张起扬还在这里。

空气中蠕动着淡淡的鲜血的气息，混合着潮湿发霉的空气扩张到鼻孔里，继而被直接吸进肺里，止不住的一阵恶心翻上来，张起扬顶住喉头一阵撕裂的酸痛，胃里紧接着一波又一波的波涛翻滚，却都只涌到喉咙便沉下去，引得喉咙一阵阵麻木。

阴暗的房间，渐渐熄灭视网膜的活力。

恶心的空气，催生出对身体巨大的压抑。

张起扬几乎是拖着自己的身子，一步一步地往前挪动。

房门被推开的瞬间，重新激起空气中腐烂的气息。

张起扬以为自己推开了水底的隔断门。他的身体被房门内涌出的水轻而易举地卷起，旋转，顺着离心力的作用，被甩向一个又一个更大的圈子，不停地旋转。

鼻孔、嘴巴、眼睛，被水的压力挤得畸形，苦涩的水不断地灌进身体，一口正欲呼出的气猛地被压到肺底，引得一阵急促的涨疼。

张起扬的身体在水流中软弱的像根藤条，顺着水力，四处鞭打，五脏六腑被冲撞揉搓，感觉要在痉挛中化为齑粉。

他努力地睁开双眼，泪水不断地涌出。

在水流急速旋转的中心，分明是一个孩子娇嫩的身躯。

张起扬好像失去了挣扎的能力，或者说现在根本就是挣扎过后的死寂。他的四肢被拉扯成任意一种形状，不停地变换，像是跟着水流在起舞，没有任何的生机，每一个动作好像都在召唤着死亡的阴影逐渐逼近。

那是死神的舞蹈。

张起扬挣扎着使出浑身的力量，张大嘴巴，要向水流中心的孩子喊些什么。

突然一股水流灌进去，宛如一把锋利的刀，无情地砍断器官。

张起扬猛地从梦中醒来，醒来的一瞬间，他仿佛看见一张脸，一张狰狞的脸，龇牙咧嘴。那张脸的背后突然伸出一双粗壮的手，紧紧地扼住那个孩子，紧接着，孩子的身躯被撕扯得变形。

一双腿在地面上支撑着，继而好像可以听到关节扭断的声音。

腿上还深深地扎着一把刀子！

是刘海的脸！张起扬心下一惊。

张起扬的汗水从脸上蔓延到胸口，画出江河湖海的脉络。双手紧紧地抓住椅子的两边，手指甲嵌入柔软的皮料中。

张起扬清楚地听到呼吸不断划过肺腔的声音，每吐一口气都像卷着风沙一般发出粗粗的叫声。

难道他们曾经有过孩子，而刘海杀了他？张起扬的思绪紧张地蔓延。

"因为我爱上你了。"另一个房间传来明快活泼的女声。

张起扬渐渐地回过神来，闭着眼睛不去想刚才在梦境中发生的事，肌肉渐渐地放松下来，突然又像根面条一样软绵绵地倚进椅子里。

张起扬一时想不起来自己是何时坐在椅子上的，只是觉得阵阵的恶心。

那是一张著名的子宫椅，立在房间的中央。地板上的花纹从正中间放射开来，简直围绕成了一个温馨的花篮守护着中央。

子宫椅，催眠师最青睐的精品，它安静地躺在地上。

张起扬像个安静的胚胎被包裹在子宫的怀抱里，蓝色的怀抱。

静谧的颜色，让人沉睡的颜色。

张起扬定了定神，特意整理下思绪，尽量使自己保持在一种正常的状态下。他推开房门，史进正在接待一个女子。

"我睡了多久了？"张起扬略有警惕地问道。

史进送女人出去，轻轻地关上门，不动声色地说："一天多了。"

"你怎么不叫醒我？"张起扬大惊。

"我看你累了，就随你睡了，"史进平淡地说，"你不是也在梦里待一天了吗？"

"你怎么知道我梦到了什么？"张起扬狐疑地看着史进。

"谁说的，我怎么知道你梦见了什么，你梦见什么啦？"史进觉得张起扬问的不免有些奇怪，真是有些好笑。

"没什么，我就是好奇。"张起扬说，回想起刚才的梦，不禁一阵冷汗。

"只是我看你一直很难进入深度睡眠，我又没办法，所以我想你应该避免不了什么精彩的梦境。"史进认真地说，"怎么？做了什么梦啊，要不要同我分享一下？"

"没什么，不值一提。"

"查案嘛，一时没有什么线索也是很正常的。"史进给张起扬倒上一杯茶，让他坐下，"查案就是不断地假设，如果错了，那就再换一个，没什么大不了的。"

张起扬刚醒，正口渴得喉咙要干掉一层膜，只顾不停地一口一口地抿茶，不在意史进要发表什么高论。

"你知道吗，我在做心理咨询的时候，就像是在破案，紧紧抓住他们所说的每一句话，捕捉每一条线索，慢慢推理出来他们到底在想什么，"史进又说，"不过这还不是最重要的。"

"嗯？"张起扬抬起头来，他知道老伙计又想发表什么议论。

"最重要的是，它还与查案具有同一个特性，就是我在找线索的时候还要花费一定的心思去甄别我的客户说的话哪些是可信的，哪些是不可信的，毕竟没有任何一个人能向另外一个人完全地敞开自己吧。"

史进眉头挑起，手指不断地随着语气划来划去："查案也是一样，应该也要分清楚哪些是真正的线索，哪些是伪造的线索，哪些是为了伪造线索而留下的线索。虽然现在我对凶手还没有什么方向，但是那一刀……"

"你对我进行了催眠？"张起扬突然从史进的话中听出异样来，身上的毛孔不由得一紧。

史进脸上突然挂上了满满的不可思议。

第四章　消失的案底

"你怎么也算半个内行人，没有理由这么说。"史进说。

张起扬一觉醒来，只觉得自己好像忘记了要做什么事，大脑一片空白，于是问史进："我来找你做什么？"

"你说要来我这儿好好休息一下，所以……"史进耸耸肩，表现出很无奈的样子。

"那你怎么知道我正在办的案子？"张起扬惊诧地看着史进。

"你自己告诉我的喽，临睡前。"

张起扬想起自己睡得一塌糊涂，感到不寒而栗，他最怕的就是自己进入不清醒的状态。

史进顿了顿又说："一年前我有一次兴致大发，找你要过一份你们内部的档案，全都是涉及儿童的故意伤害案，你还记得吗？"

张起扬摇摇头表示不记得。

"看这个。"史进拿出一份文件，是复印的档案。

文件的塑料封皮下隐约出现一张熟悉的面孔。

刘海！

张起扬飞快地浏览着文件，一页，两页……他的眼睛中放射出惊喜的光彩。

离开史进那里后，张起扬开着车飞快地在城市里穿行。这个时间已过了高峰期，路上没有任何拥堵的痕迹。他把两边的车窗全都打开，任凭风轻快地吹进车里，吹得他浑身上下一气的熨帖。

张起扬的脑海里幻灯片般回忆着每一个细节。

到底是谁在刘海腿上插了一刀？那一刀究竟是不是故布疑阵？谁还有可能出现在现场？这一系列的问题飞快地在张起扬的脑海中闪过。史进给他的那份档案为他升起了曙光。

事情是这样的，一年前，天气同今天一样，暖暖的，和煦的风同样肆无忌惮地给大地挠着痒痒。

小家乐背着父亲偷偷出了门，街边的小伙伴们和往常一样在比赛纸飞机，小家乐活蹦乱跳地追着纸飞机，他年纪最小，别人都带着他玩。

风很暖、很轻柔，带着纸飞机可以飘得很远很远。如果那天你能看到纸飞机在天上划过的轨迹和嬉笑着的小孩子，你可能会联想到轻快、放松和欣喜。

一切都没有任何预兆。

同样没有任何预兆，一架纸飞机突然栽到地上。

"乐乐，帮我捡回来。"后面传来一声。

小家乐朝纸飞机落地的地方跑去——马路的中间。

一辆箱式小货车摇摇摆摆地冲过来。

小家乐这一走，却一不小心走向了死亡。

开车的正是刘海，他在患病以后被吊销驾照，也丢掉了工作。在这个安谧甜美的午后，他趁同事不在，爬上了同事的驾驶座。

鬼知道他把方向盘当作了什么，一路冲来撞去，那天还伤了三个人。

小家乐的身子被卷入车底，一条腿像小木棍一样被轻易地折断。

后来，由于不能对精神病人定罪，这个被人骂得狗血淋头的疯子回家了。

小家乐死后，他的父亲李国胜悲痛欲绝，不过因为妻子患有心脏病，他只好装作坚强的样子，安慰着整日以泪洗面的妻子。

有时候，他挥起坚强的臂膀，将妻子搂进怀里，感受着妻子胸膛里"咚咚"

的心跳声，就会不自觉地想，这哪是一颗心啊，对于妻子来说，那简直是一颗会痛的定时炸弹，随时会带走她的生命。

后来，李国胜一咬牙，干脆丢掉了所有与小家乐有关的东西，照片、玩具、衣服……又找人把家里重新装修了一下，主色调改成暖色。皇天不负有心人，过了一段时间，妻子的心态果真慢慢步入正轨，眼神也活泛起来。

时运并无常。

没过多长时间，妻子突发心脏病，悄无声息地离开了这个世界。

这个城市的车流还是像往常一样川流不息，夜晚的灯火还是一样笼罩……

这个世界没有因为她的消失而产生任何变化，除了李国胜。

李国胜无法不把妻子的死与儿子的死联系起来，而儿子的死与那个在马路上横冲直撞的司机脱离不了干系。

夜晚，等这个城市的灯火暗下来，车流静下来，天空中渐渐浮现出星光影影绰绰的痕迹，他会想起儿时流传的老人对死的一种至为美好的解释，人死后会化作天上的星星，或大或小，或熹微，或明亮，在遥远未知的夜空闪着光，向怀念他们的人招手。

自己的儿子和妻子在哪里？李国胜想探入夜空追寻。

二锅头呷入口中，流进胃里。

泪水涌出眼眶，滑下脸颊。

李国胜恨得肠子都青了，闷闷地发着狠。

他还是同往常一样勤奋地工作，勤奋地生活。

晚上他会在这座城市里逛来逛去，犹豫着什么。

他像个无名氏一样，到处奔走，跑遍城市的每座天桥，走过城市的每个街头，在这里，他留不下丝毫的痕迹。

这座城市记不住他。

越记不住他，他就越悲观；越悲观，就越放纵。

直到有一天，一封匿名信从门缝儿塞进了他的家里。

幽凉的月光下，他那坚定的信念开始生根发芽。

王元在张起扬走后一直在揣摩，刘海腿上的那一刀到底是谁所为。

早上一来到警局，他便黏在椅子上想来想去。

桌子上放着一大杯沏得很浓的茶，不时地啜一口，这是他来到警队后养成的习惯。

手上的烟总是不等抽完就续上一根。

也许那一刀果真就是李峰设计的，为了给自己开脱；也许是有人想要报复刘海，可是，如果真的是要报复那未免有些太明显了，这不是明摆着把嫌疑引到自己身上吗？

王元想着，总觉得眼前的一切好像都不是真实的。

此刻他有些期待张起扬的到来，或许，他会有什么发现。以前张起扬在警队的时候，王元就很崇拜他。那时候，对王元来说，张起扬就像一只经久磨砺的雄鹰，而他则是一只刚跃出警校没多久的小鹰雏儿，只是不停地扑棱扑棱翅膀，向往着有一天会变得更强壮。

张起扬，硕士毕业的高才生，毕业后毅然去了警校。在警队的人眼中，以前的他是辣手神探，做事雷厉风行；是罪犯克星，曾以一敌十，追击千里打趴下一个十几人的贩毒团伙。

只是，警队的人在说起张起扬的时候总是要加个"以前"或者"那时候"这样的词，好像现在他们心目中的张队，这只城市上空的雄鹰，已经断了翅膀。

王元不知道是不是因为两年前的那件事，从那以后，张起扬离开了警察队伍。但是那件事在王元看来只是让张起扬做不了警察，并不能让人对他的破案能力和英勇才气产生任何的质疑。

所以队里很多人对张起扬这个老队长还是很佩服的。

但是现在张起扬这只雄鹰却断了翅膀。

有什么可以摧毁一个人的坚韧呢？王元这样想着被一个人的声音打断。

"我怎么看着有点儿眼熟啊？"早先转做文职的老刘看着桌子上刘海的案情资料说道。

"哦？"王元这才注意到旁边站着的老刘，转而一脸疑惑，突然又想到什么，两眼放光，伸出手摇着老刘的胳膊，"是吗？你好好想想。"

老刘在局里算是骨灰级的斗士了，年轻的时候，也经历过不少风浪。

老刘说："哦，我想起来了！刘海！以前驾车伤了很多人，还撞死了一个，不过后来……"

王元听老刘滔滔不绝地讲着，眉头慢慢地紧锁。还没等老刘讲完，他一下子跳了起来。

"这个是张队的办公桌，这个是老刘的，这个是……"

王元一口气翻遍了所有的计算机，失望地大吐一口气。

当时的案底呢？

这个问题一下子涌上王元的心头，憋得他喘不过气来。

文件没有，电子档案也没有。

王元突然有些紧张，浑身像触电般无力，身体瘫在椅子里，嘴里呢喃着："案底呢？丢了？这么巧？案底……"

张起扬很快和王元会合，两人一起来到了李国胜的家里。

李国胜穿着一身浅灰色的休闲装，身材颀长，只是显得有些消瘦。他的脸色很白，却不是苍白，而是那种很自然——深入肌肤、深进骨髓的白。

有人说，相由心生。如果一个人不再有一颗热情的心，而内心充满抑郁、阴暗和幽冷，他的容貌同样会发生相应的变化。

这个当然不是绝对的，只是隐隐加重了张起扬的直觉。

"是，我是捅了他一刀。"李国胜平静地回答王元的问题。

张起扬在一旁十分惊讶，李国胜的干脆、平静反而让他有些无所适从。

王元突然也有些不知所措："哦，好，你当时去了现场？"问出这句话之后，王元感觉这个问题很蠢。

"我当然去了，不然我怎么捅他那一刀。"李国胜很平淡，没有任何的愧疚，甚至好像还有些遗憾。

"哦，我是想问你是事先计划好的吗？"王元嗫嚅着，他受不了李国胜无所谓的样子。这竟然让他有些恐惧，然后是愤怒。

"算是吧，刚开始我没想过要杀他，我一直在尝试忘记所谓的仇恨。直到有一天……"李国胜突然止住。

"直到什么？"张起扬马上接过来。

"最后我还是决定要杀他。"李国胜避开他的问题接着说，"不过那天我到的时候，他已经死了，总之我没有杀死他，对着尸体捅一刀，还不至于犯什么罪吧。"

张起扬正在后悔自己当时昏倒前为何不记得刘海的腿部是否已经中刀。

"我没预料到他已经死了，说来还真有些不甘心。"李国胜说着，竟然流露出一丝真诚。

你能感觉到他是那么真实地袒露自己的心声，那么深情饱满地想要杀死一个人。

李国胜的眼睛毫无目的地注视着地面，一滴晶莹的泪珠挤出眼角，掉在地上，摔成一层水膜。张起扬竟有些同情眼前的这个男人，生活把他磨砺得更加冷静，但其实他的内心也更加脆弱。

"目前，我是说目前，你还是要跟我们回去录口供。"张起扬说道。他现在思绪纷乱，这一切太顺理成章了，反而显得不正常，走出李国胜的家很久，他的情绪依然不能平复。

李国胜说"直到"，直到什么？他在隐藏什么？

张起扬的直觉告诉他，李国胜在刻意隐瞒一些事情。

案底的事，也有些蹊跷，王元在警局并没有找到关于刘海以前肇事的案底，而现在手里这份关于刘海的案底是史进交给自己的，张起扬想着。

那一系列档案是他以前给史进的，不过自己现在已经记不清楚了。其实这样做并不合规矩，不过张起扬交给史进却没有任何担心，就因为两个字——信任。

但还是很巧合，队里的案底丢失，史进正好拿了出来。难道……张起扬打断自己的思路，怪自己多想。

难道是队里的人动了档案，但目的是什么呢？如果是为了干扰调查方向也不对啊。事实上，李国胜好像根本不担心会不会查到他那里，什么时候查到他那里。

张起扬的心"扑腾扑腾"地跳着，这未知的一切都令他感到紧张。

李国胜等张起扬他们走后，小心翼翼地打开一个信封。

李国胜想过什么人才会用这种信封。

他打开信封，里面掉出一张纸。他拿起来看了看，在桌子上找了半天，找到一本很厚的书，将信封夹在里面。

第五章　抚上他的胸膛她的手

路边划出两道拥挤的人流，随着脚步上上下下起伏着的脑袋，在远处简化为一个一个的黑点，做着规律的流动。若再放远了看，视野越来越宽，视野范围内的黑点也越来越多，直到它们可以真正简化为一个个没有大小、没有空间的点，这时，他们的运动竟然是杂乱的，却一致地做着没有任何规律可言的布朗运动。

一个黑点随意地在人流中穿插，像喷出的泼墨撒出的散点，自然地在人群中显得更加的惹眼。

那是一个拾荒者，衣服轻轻地贴在身上，每走动一步，都会像波浪一样清扫着地面。衣服的颜色同他手中的编织袋一样的老旧，上面同样有着老旧的污渍。他淡定自若地在人流中穿梭，不断地停下，弯腰。每次停下，人流便会自动地让开一个通道，可以说，不是让开，而是避开，并伴随着一副副难掩嫌恶的表情。

这些表情肯定像幻灯片一样不断地在拾荒者的眼中进行着淡入淡出，同样，也分毫不差地进入了蓝欣的眼中。

所有的生物都会多多少少地排斥与自身不同的物种，在他们的眼里彼此可能都是怪物。但人是一种连对自己的同类都会竭尽全力地排斥的生物，所有的人好像都坚信人类群体之中，必然有着异类，比如变态者以及形态或心智上所有的怪咖，蓝欣这样想着。

此时蓝欣刚下了地铁，慵懒地迈着步子走向医院。看看别人，想想自己，试图给现在的自己下个定义，思绪只是在脑子里徘徊，却没有一个答案。

虽然来得比较早，但是排队的人依然很多，尤其是妇产科这里，蓝欣的眼睛在不由自主地扫描着。

对面一对二十岁左右的小夫妻小声说笑着，小伙子不停地侧过头去说着什么，逗得小姑娘不时地笑着，那一笑仿佛能撇到耳朵根儿，荡漾着恋爱的甜蜜，散发出依然新鲜的热恋的味道。蓝欣看着他们，心里的羡慕抑制不住地开始发酵，直到酸酸的味道在胸腔里漫延。

旁边的一对夫妻，大概三十出头，身旁还跟着一个四岁左右的小男孩儿，好奇地摸着妈妈隆起的十分明显的肚子，眼睛仿佛要钻进去一探究竟。男孩儿又眨巴眨巴自己明亮的小眼睛，问起什么问题来。爸爸听了之后略有窘迫地回答着，那模样在孩子眼里肯定显得慈爱又智慧。只是孩子好像一直对答案不满意，不停地抛出一个又一个问题出来。爸爸耐心地回答，不时地伴着发自内心的笑声。

整个等候室里，只有蓝欣旁边的座位是空的，在旁人的眼里，这里本应坐着一位丈夫的。蓝欣的丈夫，可能只是暂时离开了，所以位置才会空出来，但事实却多多少少有些讽刺。

仅一个空空的座位，在蓝欣看来，竟会有着如此空荡荡的感觉。

她本来是和张起扬约好了的，但是看到张起扬匆匆忙忙离开家的样子，她就知道他忘记了。

忘记，这好像快成了他的一种习惯。

蓝欣能做的只是尝试着习惯这一切，最近她想的越来越多了，她时常担心这次不会流产了吧，不会吧……想到最后，完全演变成了夹杂着些许酸楚的自我安慰。她也曾想起他们恋爱的那段时光，重复地挖掘、回味着那些记忆中永远珍贵的老相册。

"蓝欣！"蓝欣的思绪被打断。

"没什么大问题，但是……"医生一脸认真的表情，往上推了推眼镜说。

"但是什么？"蓝欣的神经猛地紧张起来，搓着手指，打断医生的话。

"但是因为以前有过流产的经历，所以习惯性流产的可能还是会有的。"医生说，"不过，不用紧张，现在没有发现任何问题，保持一个良好的心态也是很重要的。"

"嗯嗯……"蓝欣认真地听着，不停地点头。

回家的路上，蓝欣像丢了一半魂儿似的。

进了家门之后，蓝欣迈着步子在屋里转了几圈，百无聊赖地长嘘一口气。

不对！她突然觉得好像有什么不对。

蓝欣又在屋里转了一圈，还是感觉有些不对。

一圈又一圈，蓝欣最终停在了张起扬的书房里。

与其说是书房，不如说是一个简易的办公室。一个书架上放满了各种书籍，另一个书架上摆满了各种资料，全都是和工作直接相关的。这是因为张起扬认为，有的职业是为杂学家准备的，或者说要求从事这项工作的人是一个百科全书式的人，比如他的工作，就像导演和小说家也有类似的性质。

他们结婚之后，张起扬就把这个书房当成了他的第二个阵地，他似乎没有办法将生活与工作分开，或者根本就是将生活投入到了工作当中。

中间的桌子上摆放着一台电脑、一台小型打印机和零散放置的一些本子、书籍、笔。

放满资料的那个书架显得有些乱糟糟的，很多文件夹都是不规律地插放着，好像被人翻过一样。蓝欣还是觉得不对劲，丈夫整理东西向来是近乎强迫症的，她之前还笑他是一个顽固的老小伙子。

蓝欣的眼睛扫视了一圈之后，目光停在了那台打印机上。

上面多了两张打印好的 A4 纸。

但是，丈夫这两天都没在家啊！蓝欣心里闪过一丝恐惧，头皮突然生出一丝凉意，随后迅速地向脊背扩散开来。

而且自己昨天并没有看到这里有打印好的 A4 纸。

蓝欣拿起那两张纸看去，她紧锁着眉头，那是两个人的档案。

蓝欣开始回忆，自己这两天什么时候出去过。昨天去了趟超市，或许是自己出去的时候，丈夫回过家了？

丈夫若是回过家的话应该会告诉自己一声的吧，难不成家里进了别人？

蓝欣不愿意接着往下想，定了定神，突然想起晚上好像隐隐约约听到过什么声音，是昨天晚上？前天晚上？还是只是恐惧映射出来的幻觉？蓝欣记得当时自己睡得迷迷糊糊的，并没有太在意，现在想来那的确像极了打印机的声音。

深夜，万籁俱寂，"吱吱"地传来打印机的窃窃私语，刺穿卧室的水泥墙壁，甚至还伴随着电脑散热风扇"嗡嗡"的声音，这个时候几乎可以看到电脑屏幕发出幽蓝的光，安静地运作着。

蓝欣好像又听到那声音飘进耳朵，身上的毛孔不自觉地收缩着。

她紧张地捏住那两张纸，她不认识这两个人，但是，这个档案可能会很重要吧，她想。

张起扬有些丧气地走到警局，没有进去，就在门口停了下来，站在一侧发呆。王元看他没有说话，便自己一个人径直走进去了。

张起扬不停地喷吐着烟圈，看它们一个个往上飘去，飘出去没多远又都慢慢变大，像锁链随机地锁扣在一起，混合成一团，已经再也分不清楚哪里是起点、哪里将是终点，没头没尾地循环着，线索在哪里？张起扬觉得它此刻像极了一个案子，错综复杂的案子。

透过眼前缭绕的烟雾，一名女子正朝这边急匆匆地跑过来，裙摆似波浪般起舞。

张起扬看到她，连忙一拍脑门儿，心想：坏了！

是蓝欣。

张起扬赶紧跑过去说："呀，我又忘了，今天应该带你去医院检查的。"他是真心感到愧疚，心里像塞了团棉花似的，软绵绵的压抑。

"不是，不是……"蓝欣喘着粗气说。

"不是什么？"张起扬一边惊讶地看着妻子，一边用手扶住妻子的肩膀。

蓝欣拿出两张 A4 纸，递给张起扬，示意他看一下。

张起扬拿过那两张纸来，手不禁一抖，条件反射般锁紧眉头，慢慢地从嘴里蹦出几个字："你在哪里弄到的？"

蓝欣向张起扬讲述了事情的来龙去脉。

张起扬感觉自己的脊背不断地渗出汗来，他看着妻子说："不是我弄的。"

蓝欣听了更是吓得变了脸色，如果不是丈夫，那就意味着自己家里闯进了别人，明目张胆地穿梭自如，并且留下两张纸离开，而且自己完全不知道，想到当自己熟睡的时候，门口可能就有一双眼睛望着自己，不时地眨来眨去，像在闪着令人捉摸不透的光，她的心里就不禁打起冷战来，感觉脊柱从后脑勺一直发麻到尾椎骨。想到这里，蓝欣紧紧地抓住了张起扬的手，沁出湿腻腻的汗。

张起扬更加吃惊的是那两张纸，那是两个人的简单档案。

一个是刘海，另一个是李国胜。

张起扬和王元刚从李国胜家里回来，李国胜和刘海的档案就出现在自己家里，这带给张起扬一种不祥的预感，好像这两张纸预知了他们会调查到李国胜身上。

"昨天，昨天没发现吗？"张起扬握紧妻子的手问道。

蓝欣只知道类似档案之类的东西对丈夫很重要，只害怕来过家里的神秘踪影，但是她并不知道这两个人是谁，又有何关系。

"我没在意。"蓝欣说，看着丈夫突然有些紧张的表情，她像做错事的孩子一样低下头。

"没关系。"张起扬一边说着一边慰藉地将顺了一下妻子的头发，他又拿出那两张纸，看到刘海的那一页，姓名、年龄……他认真地观察着每一个细节。

这差点儿没让张起扬叫出声来。

局里关于刘海车祸肇事的资料都莫名其妙地消失了，但是这份档案上却明确地记录着，虽然只有简短的几句话。

上面写着：刘海，肇事伤人，导致多人受伤，李家乐死亡，死者父亲是李国胜。

是谁？张起扬在心里大声质问。

突然，他感到自己仿佛喘不过来气一样，莫名的紧张，感到内心是那么脆弱与无力，像是在被牵着鼻子走，自己已然成了一颗棋子，任人摆布，却不能跳出来看破棋局。

在家里吃过晚饭后，张起扬去书房待了一会儿。这种有家的感觉，让他安心。

张起扬熄掉书房的灯，视野立刻被黑暗完全侵占。他踱着步子走向卧室，心里突然多了些对妻子的愧疚，一时想不起来自己上次在家里过夜是什么时候，上周？脑子像拌了糨糊一样，竟然完全想不起来了，或许就算回家也是倒头就睡，甚至有时候直接在书房里耗到天蒙蒙亮。

"我到处检查过了，没有任何明显的痕迹，窗户也看不出丝毫的松动异常。"张起扬长嘘一口气，躺在床上，"我有些不放心你。"

"没事的。"蓝欣搂紧了张起扬，她想做一个体贴的女人，不愿意给张起扬施加任何的压力。

"要不你先去母亲家里住吧。"张起扬指的是他的岳母。

"不，就在这儿，人民警察的妻子要勇敢，坚决不能退缩！"蓝欣调皮地说道。

人民警察？张起扬心里立刻流过一阵过电一样麻麻的疼痛，但他还是撇嘴笑笑，看着蓝欣，心里还是有些放心不下。

黑暗中，很轻微的光线也变得显而易见。这反而带给蓝欣一种暖暖的安全感，心脏有力地跳动着，仿佛可以听见"咚咚"的声音，或许是因为旁边睡着一个男人的缘故吧。她伸出手轻抚着张起扬温热的胸膛，厚实的胸膛像肥沃的土壤，蕴含着大地的充实。她又用手指在张起扬的胸口不停地打转，她的手有些发凉，像温软的白玉。

张起扬的胸脯随着呼吸一下一上地起伏着。

蓝欣紧紧地抱住丈夫，又凑上去吻他，脸颊、肩膀、胸口，却只听到丈夫粗粗的呼吸声。

张起扬一动不动的，像个死猪一般。他睡着了，也许是他已经心乱如麻，无法对妻子做出回应。

蓝欣微微地叹口气，又重新依偎在丈夫的身边，心脏像小鹿一样跳来跳去，却只能撞在四周的铁栅栏上，远不及跑向大森林的惬意和快乐。

天花板在黑暗中朦胧成一层灰蒙蒙的色块，若隐若现地遮挡在眼前，仿佛和星空只是隔了这么薄薄的一层，触手可及。

夜慢慢沉下去，几乎所有的声音都隐没在无边无际的星空里，藏进黑暗和点点闪光的背后。

"吱吱"，熟悉的声音飘浮在空气中。

蓝欣迷迷糊糊中听见了那刺耳的声音传来，好像就在隔壁的书房。她的心脏紧急地收缩了一下，接着不敢再呼吸，这么静的环境中，清晰的呼吸声反而会给人带来极大的恐惧。

她紧紧地闭着眼睛，脑子却更加的清醒，但还是不愿意睁开眼睛，万一睁开眼鬼知道什么会突然出现在眼前。她伸手去推张起扬，却推到一片空气，又两手抓过来抓过去。

蓝欣突然睁开眼，丈夫人呢？床上只有她自己。

蓝欣差点儿没大叫出来，又用手捂住嘴巴，害怕真的叫出声来。

她爬下床，蹑手蹑脚地走出卧室，腿有些软酥酥的发麻。

"吱吱"的声音钻进空气中的每道缝隙。

书房的门半开着，渗出淡淡的蓝光。

蓝欣透过门缝儿看过去，电脑屏幕的背光映出一个男人的身形轮廓，手里正拿着一张纸端详着。

那分明是张起扬！

蓝欣大叫一声，从梦中惊醒，手捂着胸口，喘着粗气。突然她又伸手在旁边摸了摸，丈夫果真不在。

又有"吱吱"的声音传来，蓝欣的心提到了嗓子眼儿。

张起扬听见妻子的叫声，赶忙跑过来，紧紧地搂住妻子的肩膀。

"你去哪儿了？"蓝欣急得眼泪要掉下来。

"我去打印个东西试试，我实在不明白留下这两张纸的人究竟是什么心态。"张起扬边说边扶着妻子躺下，"你怎么啦，害怕啦？"

蓝欣点点头，依然拉着张起扬的手，丝毫没有松开。

张起扬把妻子搂进怀里，两人依偎着，张起扬不停地找些闲话来说，冲淡妻子的情绪，两人就这样渐渐睡去。

第六章　三号线的窗前

　　李国胜在快递公司上班，负责货运调度，他早就明白了，这是一个上不去下不来的职位，有时候真觉得自己已经老了，才会选择窝在这里，等着自己油尽灯枯的那一天的到来。

　　每天上班的时候，看着一车车的货物被拉来，取走，又拉来，取走，他就仿佛预见了自己的命运，好像那个沉重的木柜，被人立在房间的角落里，一天又一天，直到主人衰老、房子拆迁，直到自己周身开始散发陈旧的腐味，蜘蛛乐此不疲地结网捕食。

　　在这座城市里，大多数的地铁线路都呈环状排列着，而环线地铁好像也成为这个城市的特点之一。李国胜每天下班后唯一的乐趣，就是在公司附近坐上三号线，在三环绕上一圈，过了一个多小时，又从这里下来。没有人知道他这么做的意义，但也许正因为是一种乐趣，才可以不必用言语去解释。

　　西斜的太阳在整片天空抹出淡红色的光晕，反射到人的脸上，像极了鲜血泛出的红晕。

　　结束了一天的工作，李国胜照例开始了自己的三环之旅，他还是一身浅灰色的休闲装，背着黑色的旅行包，显得干净整洁。只是他这个年纪好像不应该耽于这个颜色，略泛着忧郁的灰白。

李国胜走出公司，他的公司在三环占据了一个小胡同，小胡同的里面是封死的，所以李国胜只能从胡同临街的这边出来。今天胡同口旁照例停满了货运的卡车，只是外侧靠近马路的地方，多了一辆黑色的轿车，他好奇地看了一眼，注意到车头上闪闪发亮的奥迪图标。

他突然想起自己曾许诺过儿子，要开着自己的车带他去××山郊游的。奥迪××是当时他最中意的选择，他是如此喜欢它引擎发动的声音，低沉、稳重，像孟加拉虎宣示自己领地时的嗥叫，更重要的是像雌虎护崽儿时的低吼。

那辆车的主人是客户？他没多想，径直往前走。到七贤广场地铁站大约要步行一站地，然后跨过一个天桥。这个时间，人群会像蜂群一样密集，潮水般汇聚、分散，涌向各个地方。

李国胜对于被跟踪没有任何察觉，但是他对嘈杂喧闹中的奥迪××的引擎发动声却有着超强的敏感，当他耳边隐约又响起那熟悉的声音时，耳膜便自觉地攫取，好像可以完全过滤掉其他的声音。

他回过头去的时候，那辆奥迪已然不在原来的地方了。

一张被帽子和口罩遮挡得严严实实的脸从人群中划过。李国胜双手扶住背包带往上拉了拉，心中闪过一丝疑云，他已经好几次感觉到被跟踪了，好像是一样的身影，一样一闪而过的黑色。

李国胜决定甩掉后面的尾巴，他走上天桥，故意把脚步放慢，干脆走"之"字形，不顾周围人的嫌弃只为避开那个跟踪他的人。

他停在一个小摊儿前，天桥上有很多这样的小摊儿，摆满了各种各样的杂货。他在小摊儿前挑来挑去，有心无意地跟老板搭着话，目光却时刻注意着身后的一侧。

每个人都是忙碌的脸庞，不屑于在这里有任何的停留；每个人的眼里都装着自己的目的地，自顾自地向前走着，并无任何异常。

李国胜在人群中不断地穿梭，当他站在刚刚驶来的列车面前时，开始故意往后退一步，周围的人蜂拥挤上地铁，随着一阵启动的声音，只剩下他一个人在等车了，进站口又开始有人涌进来。

我多想了？李国胜狐疑地在心里默认。

下一班列车到站的时候，李国胜毫不犹豫地走了上去，静静地站在窗前，看着眼前不断飞过的花花绿绿的广告牌。在李国胜眼里，三号线是 B 市地铁最伟大的发明，它默默地潜伏在 B 市的地下，环绕着这个城市奔流不息；在李国胜的世界里，它可以到达任何地方，把他的生活串在了一起；它那环形的路线同样让李国胜以为，他会永恒地跑下去。

事实上，如果你也是三号线地铁的常客，那么你可能也会注意到这么一个人，他一身灰色的休闲装，背着黑色的旅行包，显得干净整洁，然后你可能也会不由得感到奇怪，他这个年纪好像不应该耽于这个颜色，略泛着忧郁的灰白。

李国胜抬头看了看路线图，他再熟悉不过了，要在五站地后第一次下车。

王元在胡同口等一下午了，车里的烟灰缸塞满了烟头，整个上班的时间李国胜都没有出来过。此刻的王元像一个猎人，默默地等待着自己的猎物，随时准备拔地而起，但是也难免有些疲倦，他吞下一大口浓得有些发苦的茶，继续等待着李国胜的出现。

到了下班的时间，路上的行人开始密集起来，李国胜一身熟悉的装束，出现在了王元的眼前。李国胜走到胡同口停了下来，好奇地往这边看了看；王元条件反射连忙往窗外看，给李国胜留下一个后脑勺。

他发现我了？王元心想。

李国胜面无表情地走开，等他刚走出一段距离，王元马上利落地发动车辆，转过弯将车子停在了旁边卡车的后面，然后迅速地跟上去，李国胜的脑袋在人群中晃来晃去，感觉一不小心就会被人群淹没。

在这种情况下，如果要跟踪一个人，显得异常的简单，但是也会更加困难，王元默默地想。

王元跟着李国胜上了天桥，却发现李国胜总是在人群中绕来绕去地走，难道他真的发现我了？王元不禁这样猜想，但是自己有多大的能力，他心里还是有数的，最起码不会这么轻易就被发现了。

李国胜停在了一个地摊儿前，王元若无其事地继续往前走，从李国胜身边走过。

这是王元第三次跟踪李国胜，前两次的时候，他判断如果李国胜要回家，断然不会很早就下车，但是刚过了几站地，他就发现李国胜已经不在了。于是这次，王元打算一定要牢牢盯紧他。

列车呼啸着进站，李国胜依旧呆呆地站着，不打算上去，直到列车又呼啸而去。王元连忙两步退回到电梯上，避免李国胜发现自己，王元确信李国胜已经在怀疑有人跟踪他了。

这时，对面的通道里，突然闪过一个身影，同样退回到了电梯上，留下一个躲避的黑影。

王元诧异地看着他，还有那一张被口罩和帽子遮挡的脸。

王元随着李国胜上了车，他在车厢的另一侧，靠在车厢壁上，漫不经心地看着手机。李国胜还是站在同前两次一样的位置，面对着窗户，背对着人群，背对着列车上这个小的社会形态，只是盯着窗外广告跳跃变化出的一幅幅连环画，仿佛身后的一切都与他毫不相关。王元看着他的背影衍生出一种淡淡的凄凉，时刻注意着他，希望不要像前两次那样一不小心就跑出自己的视野。

列车开到四坪村站的时候，李国胜忽然转身下车。王元所料不错，四坪村站并不是李国胜回家的终点，王元也准备下车，跟上李国胜。

不过……

王元的眉头微微锁了起来，眼神变得奇怪。

在李国胜旁边的车厢中飘出一个身影。地铁到站的时候，总会开放三个车厢，最起码三号线是这样的。那个身影跟了上去，抢在王元的前面。

王元迅速地跟上去。如果他也在跟踪李国胜的话，那我不妨先跟着他，王元想。王元习惯性地嗅出了这个人的异常。王元看他，黑色的休闲装，白色的运动鞋，盖帽扣在头上，故意压得很深，戴着很平常的医用口罩，让人看了也不会多想些什么，就算有的话，也只可能是远离他。

跟到街上的时候，天色已经渐渐地沉了下来，天空的鱼肚白开始从里面晕出灰蒙蒙的黑色。

王元越发感觉不对劲，那个人看上去应该是十分擅长跟踪的，一般的人不会带给王元这种感觉。王元和他保持着距离，转过一个又一个街口，路灯散发的淡黄色的光随着夜色越来越深而变得更加的明亮，同时这对于跟踪不利的是，任何人的影子都会慢慢地从地面上浮现出来，而且夜色越来越深，有时候它又会被灯光拉得很长，一览无余地铺在地上。

王元没有注意到，李国胜已经跑出了他的视线，他觉得这个无名氏好像才是关键。

那个人依旧往前走着，有时候还踏在人行道的地砖上一格一格地蹦蹦跳跳，好像一切都尽在他的掌握之中。

王元跟进了一条胡同，像这样的胡同在 B 市已经越来越少，它们多半奇形怪状，四通八达。

胡同里的光亮相比外面更暗了。

王元来不及想到的是，善于跟踪的人必然也善于反跟踪。他走到一个拐角的时候，那个人已经不见了踪影。王元这才发现，原来那个人早就注意到他了，并且一直在想甩掉他，而早已放弃了跟踪李国胜。

王元的脸火辣辣地烧个不停，他感觉自己倒像个新手一样，被耍了。

这个人到底是谁？王元在心中打了一个大大的问号。

把人跟丢了，王元只好返回地铁站。当他掐灭进站前的最后一个烟头的瞬间，他又看见李国胜正背着包平静地进站，他马上跟了上去。

李国胜依然守在地铁的窗户前，呆呆地站着。

三号线依然在跑着圈儿，李国胜也依然在跑着圈儿，看着窗外重复的广告。

李国胜几乎绕了城市一圈之后，终于下车了，这个时候，已经是深夜了。

如果他要回家，坐反方向的地铁反而更方便，完全没必要绕这么一圈，他要去干什么呢？王元在心里疑惑着。

王元又想到了那个半路杀出的无名氏，脑子里突然蹦出一个想法：难道自己才是半路杀出的那个？

"办公室里的烟味几乎渗透进了每一件家具或者办公用品里，让人不禁怀疑桌上的草稿纸是否都会被熏出一种淡淡的焦黄色。"局长吴文未开玩笑似的说，"这些都是张起扬的杰作。"说话间他熄掉最后一根烟。

"不要太有压力，松紧有当，你不要太操心这里的事，还是先管好自己。"吴文未脸上是担忧的神色。作为张起扬曾经的上级，他对张起扬的脾气再了解不过了，工作起来不要命。

"没什么事的话，我就先回去了。"张起扬一边笑着说，一边往嘴里扔一块糖，可以缓解低血糖。今天他是应了妻子蓝欣的要求，开始随身携带一些糖。虽然张起扬自己也清楚，以他的记性，没准儿不过三顿饭的工夫就抛在脑后了，不过吴文未问话的时候，反而可以拿出来当防御盾牌，做做样子，表示他一直在细心地呵护着自己的身体。

张起扬走后，吴文未的表情又开始凝重起来，目光转向王元。

"张起扬之前是我带着的，我清楚他的禀性，也很爱惜他。两年前的那件事让我很心疼，"吴文未说话的时候语重心长，眼神又特别的真切，"但是这对他来说或许是一件好事，他很有能力、很有才干，但并不代表就适合这份工作，你也知道，他工作起来不要命，当初把他从缉毒处调过来，也是希望他可以做一些稍微低强度的工作。"

王元听着，皱了皱眉头。他以前听说，张起扬曾单枪匹马连续三天三夜追一伙毒贩，从 B 市一直到 G 省，受了重伤，回到家身体就崩溃了，此后就没再参与过缉毒活动。局里认为他风格太强硬，再这么搞下去，不到三十就得因为身体状况提前退休了。

"所以我想，毕竟张起扬现在是咱们外部的人了，案子的事让他参与太多了也不好。最重要的是，你也要让他喘口气，他着迷，你不能跟着疯魔。"吴文未接着说。

王元点点头，其实吴文未的话他也没怎么听进去，反而让他想起，两年前，他在胡同口听到的两声枪响。

也正是这两声枪响，改变了张起扬的命运。

王元闯进胡同口的那一刻，张起扬定在原地，手枪还抬在空中。

枪口朝向的方向，两个人躺在地上，一男、一女。女人的肩膀上浸满了鲜血，挣扎着起身；男人的头部中枪，眼睛瞪得圆圆的，直视着天空。

男人是个抢劫犯，也是个杀人犯，抢劫了市区的六家金店，最后一次在三环外的一家，打伤了店内的一个服务员。

发现他的行踪的时候，张起扬是第一个赶到的。抢劫犯钻进胡同的时候，从口袋里掏出了一把刀，架在了一个路过女人的脖子上。

女人的肚子微微隆起着，她怀着孩子。

所以张起扬钻进胡同的时候，也打开了手枪的保险。

热血上脑，枪发毙命。

王元看到的时候已经是这样了。

"他想要动手。"张起扬冷静地说。

之后王元为张起扬做证，歹徒当时已有伤人企图，开枪的确是有必要的，但是误伤了人质却无论如何都说不过去了，吴文未同样也保不了张起扬，最后只得被开除公职。

雄鹰，断了翅膀。王元叹了口气。

"我和市局打过招呼了，会有人调过来担任队长，你给他做副手。"吴文未并没有打算商量。

王元听着，只好任从，他早就知道可能会有这一天。他记得张起扬做队长时并不喜欢身边有所谓的副手存在，因为张起扬不想身边有那么一个人不停地给自己灌输各种所谓的建议，更重要的是这个副手有着和自己差不多的权力，这使得那些所谓的建议多多少少会带着一定的强制性。所以在张起扬眼里，副手很多时候都是在拖他的后腿。

总之，虽然张起扬不愿意承认，他这个人固执己见，甚至是一定程度上的独断专横。但事实证明张起扬大多情况下都站在了正确的一方，这个竟然也构成了他的魅力所在。

王元的思绪好像还在张起扬的身上徘徊，他的注意力一直没在谈话上。关于这个案子，他还没向吴文未做过任何汇报。吴文未走后，王元的脑子里又不断地回放起和张起扬的对话。

"那个人肯定不一般，我倒感觉我们像是半路杀出来的。"王元说。

"你有没有看清楚那个人的长相？"张起扬问。

"没有，不过我对他的眼睛有印象，那一双眼睛，镇定、深邃。"王元看着张起扬的眼睛。

张起扬还不想把家里发生的事告诉王元，最起码不是现在，他从来没有这么狼狈过。

"嗯……"张起扬说，他不知道王元看到的那个人是否就是出现在他家里的那个神秘人，但是就目前来看的话……

他受过专业的训练，他在警校心理素质的训练成绩现在还保持着最高纪录，多年来都是把后辈远远地甩在后面。

但是这时他心里却有点儿打鼓。

此刻心里同样忐忑不安的还有负责验尸的刘松。

当灯光瞬间洒满整个停尸房的时候，刘海安详地睡着，脸上没有任何表情，这个世界上发生的一切都无法再与他产生任何联系，他已然听不到外面微风轻抚窗台的声音，听不到汽车飞驰而过的呼啸，听不到醉酒青年走在路上放肆的呼喊和歌唱，无法看到窗外映出的温馨的万家灯火和人们脸上挂着的愁容或笑颜，虽然那些都是他曾经拥有过的，但他现在已经无法对这一切做出回应，哪怕是任何消极的回应。

于是，死人成了世界上最寂寞也最为冷漠的人。

刘海面部僵硬的肌肉渐渐地干结，这对刘松来说，并不是一件好事。这时的刘松正在尝试将刘海的尸体重新检查一遍，不然他将抱着巨大的愧疚。他认为自己唯一的职业责任感就是对尸体负责，不然如果他不能完全搞清楚，将是对死者最大的不公平。

当他发现刘海腿上的刀伤是死后所伤后，就对其他可能的死因产生了巨大的好奇。回到验尸间的时候，他看着刘海的脸庞思索着。

他内心跳出的第一个想法就是，解剖。已经是夜晚时分了，他立马打电话告诉家里人他今天不回去了，明天还说不好。当他心里涌出工作的热情的时候，便不想被打断，这一点，他和张起扬很像。

但是正当这时，他收到了局里的通知，西阳区的一个科长连同一个科员被杀，需要人手，要他立马过去，这是命令。

他们向来分得了"轻重"，刘松想。

但是他已经开始后悔把未完成的验尸报告交上去了，不过职业本能还是促使他去完成。

刘松此刻心情复杂地看着刘海，他把刘海当作一个可以对话的生命体，心里压着一丝愧疚。因为他非常清楚，对于验尸官来说，时间是最为宝贵的，时间越长，他能获取到的信息就越少，也越不精确。

这时刘海胃部的两块交叉的深色区域引起了刘松的注意，交叉的区域颜色更深一些，两块区域各自的颜色深浅也不一样，一般这应该是组织受损留下的痕迹。

只是刘松没有注意的是，刘海的嘴巴僵硬地微张着，嘴巴已经近乎凝固的组织上有了几个松动的裂纹，这说明……

尸体被人动过！刘松的脑子里突然冒出这样的一个念头。

刘松的双脚好像被黏在了地上，丝毫无法移动。他突然意识到这次的工作很可能完全失败了。

第七章　干　冰

书房里，光线有些昏暗。

张起扬白天没有开灯的习惯，无论光线暗不暗，他只是把窗帘全都拉开，好让阳光照进来，他喜欢这样平和自然的光线，能带来别样的安静。张起扬看着直挺挺的墙壁，头也不回。刘松知道这时候无论说什么都无济于事了，情况紧急，王元又不在，所以他直接来到了张起扬的家里。

刘松微倾着头，等待着张起扬开口。

"这就是说死亡原因可能另有其他了？"张起扬突然回过头来，眼神中带着明亮的光彩。

看着张起扬的反应，刘松心里不免有些惊讶，他知道张起扬是个急性子，原以为他会一下子跳起来，破口大骂，可事实上他不仅没有，反而眼睛中流露出一丝愉悦。想到这里，刘松脸上紧绷的肌肉也放松了下来。

"对，有这个可能，"刘松迟疑了一下，叹息一声，"但是恐怕没有办法确定了。"

张起扬好像并不在意刘松的话，两条腿一蹬，身子随着转椅转过来，手往腿上用力一拍，大叫道："我就说还有鬼！"

"鬼？"刘松一脸疑惑地看着张起扬。

"嗯，鬼。"张起扬若有所思地点点头，这好像印证了这几天发生的事，包括家里打印机上留下的档案，张起扬想起来还有些心惊。

刘松听得一头雾水，还没反应过来什么，呆呆地站着，不知道如何接话。张起扬当然没有跟他提及家里发生的事。刘松还怀着做错了事的愧疚，他发现自己说话的时候，嗓音都是压着的，明显的底气不足，此刻他反而期待张起扬说一句责备的话。

"我想我肯定耽误了这次的调查……"刘松说。

"没事，"张起扬挥挥手打断他，脸色又转为平静，"你先回去吧。"

刘松犹豫了一下，转身惴惴不安地离开。刚打开门，张起扬又喊住他。

"对了，这种事下不为例吧，我不在职了，但这也算是我的一个建议吧。"张起扬说，他是指刚开始的尸检结果汇报的事。这种事，张起扬十分理解，有时候自己也会因为突然的调令而不得不放下手头的一些事。

"一定！"刘松心里的石头这才算放下，长嘘一口气离开。

刘松走后，张起扬若有所思地走来走去，突然又停下脚步，披上外套准备出门。

李国胜从公司里走出来的时候，张起扬特地看了下时间，和昨天王元汇报的时间是一致的。他的生活倒还是规律的，张起扬想。

李国胜好像从昨天起就消除了戒心，一路上只顾快步赶地铁，坐上地铁之后依然像往常一样伫立在窗前，然后，依然是在四坪村站下车。

他到底要去干什么？即便是蚂蚁，也绝对不会沿着同样的轨迹爬行觅食，何况是人呢？人不会不对这种一板一眼的重复式生活感到枯燥的，如果这是工作倒还可以理解，张起扬想。

张起扬感到有些奇怪，一路上并没有发现其他人在跟踪李国胜。

李国胜出了站，脚步还是保持着快速前进，不过并不像这座城市里玩命赶着节奏的那种匆忙的步伐，在李国胜身上，这更像是一种习惯，就像每天的三餐，还有睡眠。

他走的时候，眼睛盯着前面，他知道出站三十米转弯的地方会有一个消防栓，他目不转睛地跨过去。他知道上天桥的时候台阶比较低，于是自然地一脚跨上两级台阶，而下天桥的时候台阶比较高，每次只需要迈一级台阶正合适。这条路上的任何印记，仿佛都刻在了李国胜的记忆深处。

张起扬的直觉告诉他，这个人不正常。

虽然只是直觉，但有时候却准确到可怕的程度。

张起扬的脑子里徘徊着各种思绪，难道我就可以这么简单地把一个人打入不正常的范畴？正常人与非正常人的分界又是什么……

他突然回过神来，李国胜却不见了。

张起扬赶忙在视线范围内搜寻李国胜的身影，大大小小的人在视野中被缩成各般大小，远处，一身灰色的休闲装、黑色的旅行包，移动着。

李国胜走进了一个门店。

张起扬赶忙跟过去，走到门店的招牌下，发现这是一家超市。

贸然进去，很可能会撞见李国胜，张起扬只好在一侧的路口等着。张起扬的第二支烟还没有抽完，李国胜就走了出来，但是他没有返回的意思，继续自己的行程。

他在搞什么鬼？张起扬想，他犹豫了一下还是决定先跟上去。

当天，李国胜共去了三家超市，一家中型超市，两家大型超市，返回的时候黑色的旅行包显得有些沉重，略微坠着肩头。

"干冰？"张起扬抬头狐疑地看着消费记录。

"对，怎么了？"超市的一个年轻女职员问，她一身黑白为主色的制服，显得干练又整洁。

"还有其他的东西吗？"

"没了，只有干冰。"女职员毫不犹豫地说。

"这种干冰一般都是什么人才会买？"

"一般都是酒吧、餐馆会用到一些，放到一些饮料中去，家用的也有，不过不多。"女职员认真地回答面前这个警官的问题，虽然她觉得没有什么奇怪的，她认为没准儿李国胜负责一个酒吧的采购，不过警官的任何怀疑应该都是有道理的，她甚至还因为能够参与到某个案子当中而感到兴奋。

"这种东西好买吗？"张起扬觉得李国胜故意跑到这儿来买干冰有些不可思议。

"一般稍大的超市里面都会有的。"

"好的，谢谢你。"张起扬表示感谢。

李国胜跑了三家超市，买的全是干冰，然后照常回家，这点让张起扬很不理解，他一路跟踪到了李国胜的家。

张起扬在趴窗户的时候没有听到里面有任何的动静。

像一只壁虎一样的张起扬压制着自己摸进去的冲动。

回去的时候，天色已经暗下来了，张起扬的脑子里全是干冰和李国胜的影子，各路商家的招牌开始大放异彩，出来争夺美丽的夜色。

一个"末日酒家"的招牌抓住了张起扬的眼球，酒红色的四个大字散发着暗暗的光，从远处看过去，浮在夜空中若隐若现，多了几分妖惑的魅力。

张起扬突然想起超市女职员说过的酒吧饮料会用到食用干冰，他的好奇心一下子被激发起来，突然有一种想进去看看的冲动。

事实上，张起扬从未去过酒吧，工作以后几乎很少有空闲时间了，即使时间空下来，他也不会去酒吧，就算去了也几乎都是因为工作。学生时代更不用说了，他宁可看书也不会参与这样的活动，他拒绝的理由一般都是"没意思"。身边的同学也习惯了，一般都会抱以他是个"怪咖"的态度。

张起扬点了一杯加了干冰的啤酒，独自坐下品着，杯子的边缘仿佛有冷气冒出来，饮入口中的时候，有种畅快的凉意。

酒吧里的灯光不停地变换着颜色，映在杯子里，折射出炫目的光，实际上张起扬不喜欢这种有些朦胧的氛围，这与他的本性相违背。但是此刻，张起扬看着桌上的杯子，有一种喝醉的冲动。

他略有醉意地走在路上，饮酒之后，停在李国胜工作地点附近的车早让他抛在脑后了。

当人略有醉意的时候，会有一种身处摇篮的感觉，整个世界仿佛就只是自己眼前看到的，轻微的摇动让身体放松到极点，像在天空中自由自在地悬浮。

张起扬也是一样，眼前的路灯晃来晃去，光线迷醉了四周的空气，仿佛街道、车辆、偶尔牵手走过的情侣，都消解在这温暖的光晕里。这光晕一直漫到张起扬的眼角，身心全被眼前模糊的温暖拥抱着。

不知不觉，张起扬已经走到了警局的门口，他抬头看了一眼，就闷头往里进。走进去的时候，值班的李伟和他打招呼，张起扬没听清楚他说话的内容，大概就是"吃了吗"或者"来转转"之类的过场话。

张起扬尽量保持着没有任何事的样子，点头对李伟示意。他忽然想起自己怎么又回到了警局，而没有回家。体内的酒精一直急于攻陷，令每一条神经瘫痪，张起扬站稳脚跟，定了定神，然后，恢复理智，转头回家。

张起扬推开书房的门进去，身子一下瘫在椅子上，他感到自己的思绪丝毫没有办法集中，诸多的要素开始不断地在脑海中浮现、隐没，来路不明的档案、李国胜、干冰……灯光依然带着温暖……

突然，巨大的恐惧包围了张起扬。

灯光！

他走的时候，并没有开灯，而他回来的时候，书房的灯是开着的。

张起扬敏感紧绷的神经又被深深地刺激了一下，简直是一针强效的清醒剂，他猛然站起来。

"今天我走后，有谁来过吗？"张起扬想问妻子，这话刚想说出口，他才想起来妻子今天值夜班。

张起扬清醒了。

书房里，看不出任何明显的变化，但是张起扬总觉得不对劲，当然他知道这有可能只是心理作用。

电脑的主机箱没有发热的痕迹，张起扬挪开伏在上面的手。

笔记本整齐地放着，张起扬把它们打开又合上。

椅子斜对着桌子放着，张起扬坐上去，努力回忆着白天他坐在这里的姿势与位置。

张起扬把目光集中在了桌子上的那一沓积案上。前几天他整理桌子，特地找了个简易的立式书架，其实就是两个分别摆在两侧做支撑，以便让资料立起来摆成放在书架上的样子。

　　张起扬的眉头浅浅地动了一下。

　　他拿起书架一侧的支撑，凑上去看了看，又放下。

　　拿起，又放下……还是不对劲……

第八章　横来的档案

西阳区，暖光依旧。

元丽是蹦蹦跳跳着回家的，脚底下好像踩着软绵绵的棉花糖，不是因为她在学校举办的征文大赛中获得了一等奖，而是因为今天是周五，明天爸爸妈妈要带她去欢乐谷。极地飞车、海盗船、奇幻漂流，这些她早就在欢乐谷的宣传画里看了不知道多少次了。

爸爸却总是有事，一直拖着……

她又想起班里的媛媛说的话，"真的好恐怖哦，不过也蛮刺激的"，说的时候做出一副恐怖吃惊的表情。元丽越想越好奇，越想感受一下。她不相信自己会被吓得闭着眼睛尖叫，天真地摆出一副不可一世的表情，又加快脚步往家里赶过去。

元丽推开门的时候，脸上还挂着淡淡的期待的微笑。

她蹑手蹑脚，尽量把开关门的声音控制在最小，小心翼翼地换上拖鞋。今天这个时间爸爸妈妈应该都回到家了，她准备小心地溜进去，然后"哇"的一声跳出来，得意地看着他们脸上惊讶的表情以及过后的微笑。

沙发上爸爸的背影直直地立着，元丽从后面溜过去。

当元丽突然跳出来的时候，爸爸着实有些惊讶，或者更应该说是吓了一跳。

夸张的惊讶久久都没有消退，僵在脸上了一般。

还在期待着爸爸脸上笑容的元丽，感觉到了不对劲，她走过去，拉着爸爸的手说："怎么了，爸爸？"

元朗在女儿没回来的时候在心里准备了一大堆见面之后的说辞，此刻大脑突然变得一片空白，不知道要怎么开口。他看着女儿，自己仿佛是一个犯了错的孩子，手足无措。

"爸爸……"元丽说着环顾客厅四周，没有任何变化，只是没看到妈妈，"妈妈呢？"

元朗脸上的肌肉痛苦地痉挛着，眼睛看向了卧室的方向。

元丽隐约感到一丝不安，她甩开爸爸的手，向卧室走去。

元朗站起来，想要拉住元丽，往前跟跄了几步，又突然停下来，脸上有一种难言的痛苦和纠结。他好像感到了自己作为父亲，正面对着自己最无能的时刻。

"啊！"卧室里传来元丽的尖叫声。

元朗木然地在原地站着，浑身的血液都凝固了。

元丽的世界崩塌了，她寄放情感的安全屋被截掉了一半，寒风破壁。

妈妈躺在床上，身体扭曲着，呈一团麻花状，蜷缩在一起。左手腕上的伤口像一张恐怖的黑色的嘴巴，正欲张开。床单的边角都卷起来了，显得乱七八糟。地上的血已经凝固成了黑红色，在地上流出像地图般的板块。

妈妈的眼睛痛苦地望向天花板，里面流露出的绝望仿佛到临死前还在凝聚，凝聚成一种可怕的眼神，那种眼神，彻底穿透了元丽的心理防线。

元丽眼前一黑，倒在爸爸的怀里。

她醒来的时候，已经瘫在自己的床上了。温暖的被子将她包裹起来，毛绒小熊的爪子靠着她的脸颊。她又意识到刚刚发生的事，眼泪刹那夺眶而出。她干脆放声大哭，不管外面传来的陌生男子的声音。

"你是什么时候回到家的？"冬明晨问。

这时，西阳分局的队长冬明晨已经赶到了，死亡现场深深地印在了他的脑海中，不是因为可怕，而是因为死者眼中那种深深的纠结与矛盾。

"下午四点多，今天班上没事。"元朗平淡地说，脸上却像蒙上了一层阴霾。

"家里没有被盗的痕迹吗？"

"没发现，不过……"冬明晨抓住话柄。

"没多大事，我进来的时候，拖鞋都整齐地放着……"

"这个有问题吗？"冬明晨心里疑问道。

"我老婆在家的话，一般没有这个习惯。"元朗接着说。

"你是说她没有放整齐的习惯？"冬明晨感到有些奇怪。

"嗯……"元朗好像在隐藏着什么。

"好吧……"

"这个，应该是它造成的伤口。"冬明晨拿起一把刀子，是在死者孙莉手里发现的。

"这是厨房的水果刀，平时就那样放着，我没想到……"元朗的脸痛苦地扭曲着。

"其实我一直想问，你老婆最近有什么异常吗？"

"异常？"元朗顿了顿，"其实如果要是说异常的话，不能说是最近了。"

"什么意思？"冬明晨的眉毛挑了一下，用手摸了摸光滑的下巴。

元朗的面颊微微抽动了一下，眼睛往元丽卧室的方向看了一眼，犹豫不决的样子。

"不方便？"冬明晨作势要站起来，示意他可以换个地方。

"那我就告诉你吧，反正你们也会知道的。"元朗正过头来看着冬明晨。

在东阳区的张起扬，远没有意识到问题的复杂性。

灯光下，他拿起书架一侧的支撑，凑上去看了看，又放下。

拿起，又放下……

那个档案袋一看就是新的，边缘上没有任何的磨损，也很少有褶皱。

他不记得是自己放在这儿的。

他小心翼翼地打开，从里面抖出几张纸来，心里突然像被扎了一下。

那同样是几个人的档案，内容同样很简单。其中一张吸引了他的目光，是个女教师，他的脑海里好像突然闪过一丝关于这个人的记忆，不过却怎么也想不起来了。

少有的安静的书房，少有的迷醉的夜晚，张起扬睁大眼睛看着这个世界，却怎么也看不透。

手里的纸被张起扬慢慢地攥紧了，渐渐地卷曲起来。

这次又代表什么呢？

关于这个问题，张起扬心里有一个答案，只是他不愿意相信。

"嘀嗒嘀嗒"，钟表指针悄悄地迈过十二点。

第九章　她的脑子有问题

"你觉得不像是自杀？"回去的路上孟涛问冬明晨，他是西阳区的年轻警员。

"不像……"冬明晨看着车的正前方，远处的绿灯已转为黄色。

"嗯……"孟涛好像也在想些什么。

"如果是自杀，自己割腕，刀子……"冬明晨手里比画着，好像右手拿着刀，用力地往左手腕上划去。

"怎么？"孟涛在红灯前停车。

"割完之后，手会一直攥着刀子吗？试想一下，伤口流血以后，会有巨大的疼痛感，而且一般人都难以忍受。"冬明晨右手做出把刀子丢掉的动作，脸上的肌肉痛苦地痉挛着，然后右手快速地伸过去，紧紧地抓住他的左臂，头向座椅靠去，两手随着身体的扭动而晃动着。

"不应该是这样的吗？"冬明晨的右手还在攥着左臂。

"你想说那把刀可能是有人故意放在死者手里的？"孟涛有些认同。

"不排除这个可能。"冬明晨重新坐好，坚定地说。

"还有一点，你注意到伤口了吗？"冬明晨问孟涛。

"看了看，有什么问题吗？"

"不对劲，"冬明晨自顾自地摇摇头，"就算一个人确实已经有了很大的决心要自杀，但是如果要亲自下手割腕，也不是一件简单的事吧。"

冬明晨又作势在左手腕上划了划："所以一般割腕的话不会只有一道伤口，而是几道伤口，可能其中只有一道才是致命的，其余的都是试探性的。"

"死者只有一道伤口。"孟涛接过话来。

"对，只有一道，深深的伤口。"冬明晨凝视着前方，一字一板地说道，"深深"两个字加重了语气。

"嗯……"孟涛点点头。

这时与元朗的对话又浮现在冬明晨的脑海中。

"那是三年前了，有一段时间，我老婆每天出门都会带一把伞，无论当天的天气如何，那时候我就感觉她的精神状态有些不对了。"元朗的脸色瞬间变得凝重，声音也压低了。

后来，在元朗看来，已经一发不可收拾了。每次出去之前，她都要把家里检查一遍，因为她看到新闻说有一家人出去的时候，家里发生了安全事故，调查原因好像是电路出了问题，所以她感觉很可怕，每次出门之前都要检查一遍。

一天夜里，一家人都睡了。元朗由于工作原因经常熬夜，睡眠变得很轻，有点儿很小的动静都有可能醒过来。

迷迷糊糊中，元朗闻到了煤气的味道，一下子坐了起来，发现老婆不在身边，就急忙冲了出去，厨房里的煤气阀果然开着，元朗又冲向女儿的卧室，三两下把女儿摇醒，一颗悬着的心这才落地。

这时客厅里传来一声巨大的响动。

等元朗跑到客厅的时候，发现孙莉正跌倒在地上。元朗过去将她扶起来，心情复杂到不知道该说什么，嘴里只溜出两个字："怎么？"

孙莉一脸的平静，好像刚才摔了一跤并没有让她感到丝毫的疼痛，她看着丈夫惊讶的表情，犹犹豫豫地说："我看那个东西挂好没有……"手指向墙上的那幅装饰画。

"你开煤气了？"元朗严肃地看着妻子。

"没有啊，我检查过了，都关好了。"孙莉突然笑着说。

元朗感觉脸上的血液马上褪去了，麻木得没有任何知觉。

他默然地把老婆扶到床上，检查了一下，老婆并没有受什么伤。

孙莉嘴里还说着："太可怕了，一家人全因为煤气中毒死掉了，你没看到那个新闻吗？简直……简直太可怕了……"

元朗打开客厅的灯，整个客厅被妻子"整理"得乱七八糟，电源插座被拆得到处都是，墙壁上也被收拾得光溜溜的，电视机歪歪斜斜地放在地上，桌子上的玻璃器皿都被收了起来……

元朗张大了嘴巴，久久没有合上。他深爱的妻子，突然把他带入了迷雾中。

"那后来呢？"冬明晨忍不住打断愣愣发呆的元朗。

元朗回过神来，继续他的讲述。

后来孙莉就辞去了工作，准确地说应该是被辞退了，应该可以想到，学校是不会再让她待下去了。后来，她自己在家，就迷恋上了小说，开始写小说。这几乎成了她每天的工作，简直到了废寝忘食的地步，但是她从来不寻求出版或者发表，一部小说写出来之后，她就整天抱着看，有时候像个木头人似的，一天一动不动，然后就开始修改，有时候一改就要一个月，比写的时间多了去了。

"你看过她写的小说吗？"冬明晨充满了好奇。

"看过一些，我觉得都挺冷门的，有时候甚至以童话的形式写出来，感觉她好像变成了一个高情商的儿童。"元朗嘴上挂着被苦水浸透的笑。

"方便的话，我想看一下。"冬明晨的语气更应该说是要求，他有种直觉，小说里面可能有很重要的信息。

"她每写完一部，都会丢掉的，"元朗耸耸肩，"不过应该有一部没完成的，我找找。"元朗说着走向卧室。

卧室里有张书桌，可能是孙莉用来写字的。元朗在床头柜里翻了半天，拿出一沓有些磨损的纸。

"她……都是用手写的，所以……"元朗把纸递过去解释道。

"没关系，不过的确有点儿传统。"冬明晨拿过来看了两眼，很干净的字体，整洁的页面，"你们家没有计算机吗？"

"书房有，不过她不怎么用那个来写，说是没感觉，只用电脑查查资料。"

"这个我复印之后就还给你。"冬明晨把那一沓纸小心地放进公文包里。

"没关系，其实她……我是说这儿有问题……"元朗用手指指自己的脑袋，"如果解释成自杀，再正常不过了，不是吗？"

"如果？什么意思？"冬明晨听他话里有话，不想错过这个机会。

"嗯……"元朗一时没话说，"没什么，我只是感觉有些不对劲，她应该不会自杀。"

"我们会调查清楚的。"冬明晨想要起身，又突然坐下，"对了，我还有个疑问。"说完看向元朗。

"哦，你说。"

"关于孙莉，我是说她的……"冬明晨也学着元朗用手指指自己的脑袋，"这一点，你女儿知道吗？"

"不知道。她离开学校以后，就在家待着，忙自己的小说，不再有其他异常的举动了。"

"突然就好了？"冬明晨皱起眉头。

"当然不是。我告诉她，我们生活在遥远的极地，这里就是一个孤立在冰冻之间的温室，这里除了我们，没有任何人，我们的生活很原始，没有任何人的干扰，也没有任何安全隐患。"

"这是医生的建议。"他又补充道。

"她信了？"冬明晨觉得有些不可思议。

"信了。"元朗有些无奈地苦笑，"女儿也看不出她有什么异常，在她心中妈妈是一个伟大的小说家，所以她从小也养成了写作的爱好，在这个方面她好像也挺有天赋的。"说到这里，元朗脸上凝结了一种复杂而无奈的心酸和些许的欣慰。

冬明晨说完看向孟涛。

"所以元朗也不认为孙莉是自杀的？"孟涛斜着脸问他。

"嗯，那么元丽呢？"冬明晨点燃一根烟。

"不知道，我也不想问她。我想这种事既然发生了，母亲他杀对她的打击会比自杀小一些吧。"

冬明晨默默地喷了一口烟雾表示赞同。

孟涛过去的时候，元丽一个人缩在被窝里，两眼空洞地看着墙壁，那种眼神胜过任何的绝望，像失去灵魂一般。

孟涛的心立马像被揪了一下，话突然梗在嘴边，不知道该说些什么。

"画的是你们一家吧，不错，不错！"孟涛看着墙上贴着的一幅画说道。

"那是……妈妈画的，我又临摹的。"元丽从未感到过"妈妈"这两个字竟是如此的难以启齿。

"今天回来的时候，妈妈就已经……"孟涛一时想不到合适的措辞。

"就已经躺在那儿了，我记得。"元丽反而接过话来。

"妈妈最近有什么不对吗？"

"没有，就是……妈妈最近没有写东西，她说写不出来了，还让我跟她画画。"元丽用手一指刚才墙壁上的画，"哝，就是那个。"

"哦？"

"有什么不对吗？"元丽有些疑惑。

"没什么。"

孟涛向那幅画看去，一家三口紧紧地挨在一起，元丽的胳膊调皮地搭在妈妈的肩上，手指头碰着妈妈的脸，但是也遮挡不住妈妈的笑容。爸爸就站在妈妈的一侧，英伟地挺立着，像一面厚重的支撑墙，将母女紧紧地保护起来。

三人背后是一望无际的冰山，只有远处的几座冰山若隐若现，可能是为了突出冰山的远，那几座冰山都画得很小。其实并不太像冰山，只是有着简单的轮廓，轮廓也丝毫不鲜明，渐渐地隐没在背景里。

这是什么？

虽然那个黑色的区域非常小，但还是很吸引人的眼球。不规则的形状，灰黑的色调，夹杂着一丝鲜红，隐藏地嵌入色块的边缘和中央。

不对，那像一个漂浮在水上的人！孟涛心里一慌。

孟涛再去看那一丝鲜红的时候，感觉它像在眼前流动一般，心里闪过一丝恐惧。

第十章 他们的完美世界

杯子里的酒越来越凉，雾气都被氤氲成乳白色，不着根基地往上绵延。张起扬环顾四周，看起来是酒吧的模样，只不过空荡荡的，除了自己再没有别人，不知道是不是自己喝醉了，周围的光线都暗了下来。

张起扬拿过杯子往嘴里猛地灌上一大口，咽进肚子里之后，肠子好像被冰针刺过一般，他仿佛都能想象得到，它开始打着弯地痉挛，被冷气冻得蜷缩在一起，牙齿也跟着"嗒嗒嗒"冷战起来。

被张起扬这么一顿猛灌，杯子里的酒已经下去了大半，明亮的干冰块浮出来，晶莹透彻，色光灯还在不停地转动着，折射在里面，放出宝石般的异彩。

这朦胧的景象遮遮掩掩地躲在白纱般的雾气中，寒气也更加逼人，着实像一把隐蔽在雾气中的利刃。

张起扬拿过杯子准备饮下最后一口的时候，抓着杯子的手瞬间被冰冷腐化得僵硬，手指上电击般的疼痛一直钻到心里。越来越冷，寒气好似瞬间就可以弥漫全身。

张起扬饮下最后一口的时候，喉头被那股冰冷刺得疼痛。他在寒气的呼入呼出中感到窒息，忍不住地攥住自己的胸口。

可能刺骨的冰冷还不是最主要的，最主要的是连一根脆弱的稻草都抓不住……

这个时候，人只能无助地做祈祷。

张起扬的胸口被自己抓得火热刺痛，手还在绕着胸口不停地挠来挠去。温热的鲜血从胸口的划痕中渗出来，当鲜血攻入衣服纤维的时候，张起扬的衬衣软塌塌地粘连在胸口。

这个时候，如果眼睛不是直勾勾地往上翻的，只能证明还不够绝望、不够畏惧，最起码还不够遗憾。

这样的一幕，深深地印在了张起扬的脑海里，像个随时都会张口吃掉自己的梦魇一样，时时刻刻都在尾随着自己，随时从你后背悄然而上，让你的脊柱穿风般的发凉，瞳孔还来不及收缩时就失去了自己生命的主宰权。

所以张起扬醒来的时候，还紧紧地抓着自己的衣领，衬衫上的扣子因为用力拽扯已经崩掉了两个，平整的衬衫被攥得凌乱。张起扬的心脏跳得很快，往上跳的时候直冲到嗓子眼儿，仿佛要在胸腔里炸了膛。

书房的陈设还是昨天晚上的样子，门从里面锁着，窗户也没有撬动的痕迹，张起扬这才渐渐地从梦里的恐惧中走出来。他的脑子现在十分清醒，也正可以清醒地回味到梦中刺骨的冰冷与窒息。

干冰！张起扬的大脑中突然蹦出这两个字，一个念头也被生物电激发出一丝光亮。

五分钟以后，张起扬已经品着豆汁赶在路上了，途中绕路去了趟四坪村，又去找了一下王元。他有件非常重要的事要告诉王元，这有可能事关一条使得案件重见天日般的线索。

豆汁快要喝完的时候，张起扬已经到了史进的楼下，一把将包装袋塞进路边的垃圾桶中，快步上楼，同时看了看表，时间已经接近半晌了，想来自己一觉睡得也是蛮沉的。

棕色的木质门被漆得发亮，但是略深的颜色又让它显得厚重而安逸。门上除了门牌号之外，还多了一个同样漆得发亮的精致铜牌，上面写着：119 心灵工作室。史进习惯这样跟人解释这个名字——人的心用"理"是远远解释不了的，但要是加上些灵气，一切便都迎刃而解了，故曰：心灵工作室。

119是他们大学时代的宿舍号，史进说，"心灵工作室"前面总要加个名字吧，就拿宿舍号搪塞了之。

张起扬推门准备进去，因为用力过猛，手肘直直地磕在了门板上，骨头一阵疼痛。

门好像反锁了，史进没这习惯的。他的家门也是他的门面，一般不锁。难道他还没睡醒？史进向来都是住在这里的。张起扬看了看天，阳光从窗户射进来，都有些刺眼了。

张起扬"咚咚"地敲门，过了半天还是没动静。他突然觉得有些不对劲，同时笑自己神经质，掏出手机准备给史进打电话，在通讯录里翻个底儿掉，竟然发现没有史进的手机号。张起扬握住手机的手不禁颤抖了一下，麻麻的感觉渗到了骨髓当中去。

这几天怪事连连，张起扬的神经早就像一根被过度拉长了的皮筋儿，处于极端的脆弱与敏感之中，而敏感却会一不小心就把这根皮筋儿拉得更长。

张起扬的手指急促而慌乱地在手机上点来点去，一双眼睛盲目地闪烁着，脑子里仿佛空白了。

"啪"的一声，手机摔在了地上，张起扬怔住了半天才捡起来。

直到门里传来"啪嗒啪嗒"的脚步声，张起扬这才回过神来，和推开门的史进撞了个正脸。

"怎么，刚睡醒？"张起扬怪怪地对史进说。史进穿着睡衣，脚上套着拖鞋，张起扬的手机又"啪嗒"一声掉在地上。史进惊讶地上下打量着张起扬，扫了一眼地上的手机，示意他进来。

"我给你带来一样东西。"张起扬话说到这儿，像是故意吊胃口，又咽了口水。

"什么东西？"史进问。

"可能会具有很大杀伤力的致命武器。"张起扬认真地看着史进。

"哦？"史进皱皱眉头。

"瞧，放在你杯子里的就是。"

"红酒？"

"红酒里面的。"

"干冰？"史进拿起杯子凑到面前，边转动着杯子边仔细观察。

明亮的干冰块浮出来，晶莹透彻，日光灯照下来，折射在里面，放出宝石般的异彩。

这朦胧的景象遮遮掩掩地躲在白纱般的雾气中，寒气淡淡地飘出来，像一把隐蔽在雾气中的利刃。

"这怎么可能？"史进慢吞吞地说。

"如果服用呢？"张起扬斜倚着身子。

"服用？"史进先是一愣，手在下巴上搓了几下，又摇摇头，"这是食用干冰啊，不好说……"

"如果这时候，被害人正在失血，体力不支……"

"食用干冰啊，不好说，不过……"

"不过什么？"

"不过也要看量的多少。"史进品了一口之后，把杯子放下，"你来就是想问这个？"

张起扬点点头。

"那你不如去问验尸官。"史进双手摊开。

"验尸官可能只会告诉我这样做成功的概率有多少。这个无所谓，早晚都会知道，"张起扬还是严肃地看着史进，"而我希望知道的是，如果是真的，谁会这么做，又为什么这样做。这个才是重点，不是吗？"

"想说什么？"史进很认真地问道。

"我就知道，你还是想听的。"张起扬的嘴角掠过一抹意味深长的笑意。

张起扬随即把李国胜每天的三号线之旅跟史进讲了，附带每天固定要去的超市、固定的干冰消费，还有那顶神秘的帽子和不合时宜的口罩。

对于史进来说这或许只是一个司空见惯的"怪事"，各种所谓的怪人，他见得太多了。

只不过张起扬省略了家里打印机上出现档案的这件事。

史进认真地听着，不想错过每一个细节，一口把杯子里剩下的酒全喝进肚子里，杯子里还剩下两块几乎要完全挥发掉的干冰，影影绰绰地待在玻璃杯中。

"我不评论，可以吗？"史进抬起眼皮有些犹豫地看着张起扬，用手晃着杯子，发出干冰块"哗啦哗啦"碰撞杯壁的声音。

"这点儿自由你还是有的啊，"张起扬仰着头故作轻松地笑起来，头低下来的时候脸色随即又变得一本正经，"只要你觉得你可以视而不见。"张起扬想说的其实是刘海同样值得悲悯，但是不管李国胜是不是凶手，他又何尝不是值得关注的？

"还有，如果你可以忍住不说……"张起扬坏笑着说。

史进耸耸肩，咽了口唾液："你又引我开口。"史进这种人，把表达欲当成每天赖以生存的必需品，就像是空气和水。一旦离开了它们，就像是无本之木、无源之水，命不久矣。

"我只是习惯性地认为，李国胜无论做出什么样的举动，都是可以理解的，而且我也会尝试去理解。"史进一本正经地说，"尝试去理解人们的行为，特别是诡异乖张的行为，恰恰是我的职业。"

"理解还是解释？我想这两者之间还是有着莫大的不同的。"

"明白，仅仅是理解。"史进点点头，说到"理解"的时候，特意加重了声音来强调。

"难道一个人杀了人，我们还要尝试去理解他？"张起扬的牙齿狠狠地咬了一下。

"为什么不呢？无论是谁，有时候都可能会被某些因素所逼迫。"

"我的职业习惯要求我必须遵守规则，触犯了规则就要受到惩罚。我不会随便注入个人的感情，不会尝试从情感的角度去理解他。因为这样做是没有用的，是徒劳的，是无济于事的！"张起扬脖颈上的青筋随着呼吸一鼓一鼓地浮现出来，像刚硬强韧的石雕。

"而感情用事恰恰和我规则至上、法律至上的理性有着纠缠不清的矛盾。"张起扬接着说，"但是我只能做好一件事，不是吗？"

史进不置可否地一笑，眼皮轻轻地抬起，不动声色地说道："有道理，但是你也清楚，这任谁听起来都像是借口。"

张起扬的肺像来回充气、放气的气球，肺壁随着呼吸胀缩，好像下一秒钟就要炸掉一样。其实他特别庆幸的就是能有一个人随时可以就某个问题和自己争论到急赤白脸，这个人就是史进。有时候他将自己和史进自比为一双手的两个巴掌，就算把彼此都拍疼了，仍能愉快地鼓掌。

"我保留意见。"张起扬想，下面该愉快地鼓掌了。

"还是那句话，我能够理解。"史进说到"理解"的时候，目光正看向张起扬，"我给你讲个事吧。"

枫林区大红门路第三个立交桥旁边，是个三岔路口。

在这个城市里有数不清的类似的路口，无论宽窄如何，无论车辆多少，无论晴雨雷雪，这些路口的红绿灯都遵循着一样的规律来回变换着。

王彦斌每次遇见这样的路口，如果他是在驾车，他会等到绿灯灭下的那一刻，直接毫不减速地冲过去；如果他是在步行，他会在绿灯灭下、黄灯还没亮起的那一刻飞快地冲过马路。

幸运的是，他从来没有出过一次事，当然这样出事的可能性也不会太大。但是，越不出事他就越要这样做，而且还只是在三岔路口。

妻子问他的时候，他总是默不作声，有时候被问得不耐烦了，就说："科学实验！"

妻子一头雾水，心口上像堵了块石头，坠得发慌。

直到有一天，王彦斌飞快地跑到路中间的时候，一辆黑色的SUV没来得及刹车……

王彦斌的身子飞起，两腿结结实实地撞在急转弯的车头上，被狠狠地甩起来，打着转儿飞向空中，趴在两米之外的地上。车主惊慌失措地推开车门走出来，颤颤巍巍地准备掏出手机报警，可是哪知这个时候，王彦斌一骨碌爬起来，像个没事人似的冲过来一把抱住车主，兴高采烈，一直蹦蹦跳跳的，嘴里还大喊着："太棒了！太棒了！"

车主的手机一不小心被甩在地上，又被王彦斌一脚碰着，飞出去好远，王彦斌还是像个舞者一样蹦蹦跳跳，又喊着："实验！实验！"

在一边看着的妻子早就呆了，见手机飞过来，又被吓了一跳，猛地往后退了一步。见到手机，才想起来自己是不是应该报警，就掏出手机来拨号，打过去才发现，自己直接习惯性地按成了丈夫的号码。

王彦斌听到手机铃声响起，才冷静下来。然后又打量自己一番，眼神变得奇怪，又试探性地活动活动手、脚、腰，发现自己并无大碍。

突然，王彦斌脸上的兴奋消失得无影无踪。

"可惜了，可惜了！"王彦斌的脸痛苦地扭曲着，嘴角的肌肉强力地抽搐着，仿佛里面交织着难以言表的遗憾和懊悔。

"可惜了，真可惜了！"王彦斌又对着跑过来的妻子说，那种声音有点儿像绝望中的求助。妻子想伸手抓住他的胳膊，手伸到一半却停在了那里，战战兢兢地缩了回来，只是在一旁看着他。王彦斌双手攥成拳头，随着话音的起落不停地捶打着空气。妻子又伸手过来扶住王彦斌的胳膊，王彦斌却一把挣开，在那儿自言自语。妻子的心瞬间结上了厚厚的冰霜，怔怔地立着，好一会儿才"哇"的一声哭出来。

"然后呢？"张起扬说，朝着面对窗户发呆的史进挥挥手。

史进回过头来，用手指了指自己的办公桌，说："就是在这里。"

"我能相信你吗？"王彦斌认真地看着史进。

"当然，而且我会为你保密的。"史进真诚地说。

"嗯，那我告诉你吧。"王彦斌眼睛躲躲闪闪地扫了扫周围，"我觉得这不现实，肯定是某种神秘力量把我儿子带走了，但我要是直接说出来，肯定没有人会相信我，所以我要做实验。就目前来看实验结果还是比较令人满意的，一步步逐渐证明了还是有某种神秘力量把我儿子带走了，绝对不是车祸这么简单，不然我试了那么多次，为什么我却没事？"

"为什么？"史进问道。

"因为神秘力量不需要我，只需要小孩子，所以我才可以劫后余生。"

"你就那么相信你的实验？"

"当然啦，我可是费了很大的功夫的，我每次都是和我儿子保持一样的姿势和速度冲过马路，而且每次冲过去的时机也把握得很好。"他顿了顿，想想是不是遗忘了什么，又补充道，"迄今为止，我已经做过 168 次实验了。"

"但你还是一点儿事都没有。"

"对，所以我相信我的实验是完美的。"

"我也觉得你的实验足够完美并且已经可以证明你的结论了，那你接下来想怎么做呢？"史进试探性地问道。

"我打算接着做下去！"王彦斌坚定地说，眼神中流露出激动与兴奋。

"为什么？"史进直起身子来，奇怪地看着他。

"既然神秘力量只针对我儿子而不针对我，根据我和我儿子的不同，只要我一直做下去，它就早晚会露出马脚，我就能揪出神秘力量，也能找到我儿子了。"王彦斌一本正经地说。

"那次谈话的几天之后，他就出车祸死了，后来他妻子赶到医院的时候，听到的最后一句话是'我错了，实验次数的增加可以验证的只是概率……'"史进长嘘一口气，"我向来是把他当作正常人来看待的，他其实也是按照正常人的思维方式来思考的。"

"这个叫作正常人的思维吗？"张起扬质疑道。

"是啊，"史进站起来，伸展着腰身，"他只是错信了一个前提，甚至只是一个小小的前提，事实上所有的不为利益的犯罪多多少少都是因为犯罪者认可了一个错误的前提才发生的。"

"那么你认为，非正常人群也是因为这样才变得荒诞而不可思议的吗？"

"嗯，不过在我这里没有所谓的非正常人群，其实我们都一样，不是吗？"

史进的眼睛快要盯到张起扬的鼻子前面，张起扬的心里一阵慌乱，史进接着说："你可以回想一下，当你情绪激愤，一时相信一个东西不能自拔的时候，你认为自己是正常的吗？"

"有一句话曾说，从一个错误的前提出发，你可以推导出来任何谬论。"史进又说，"他们就是一不小心依据了某个小小的前提，从而推导出了他们脑海中假想的而且近乎完美的世界。当然这个世界在他人看来，可能是荒谬的。"

"史进先生的名言。"张起扬打趣道。

"不，是罗素说的。他老人家肯定想不到多年之后，我竟然用这句话混了口饭吃，我的工作不就是找出人们心中深信不疑却不一定正确的前提并且把它扳过来嘛。"史进有些狡黠地笑笑。

"这个有点儿像电气维修师，只需要控制电路中一个细小的错误连接的线路或者原件就大功告成了。"张起扬笑着说。

"但是要知道这个细小的错误发生在什么地方却需要耗尽巨大的心力，"史进的脸色平静下来，"而且有的人可能需要一辈子，也有可能他这一辈子都不曾发现自己的世界里有那么一个'细小的错误'。"

张起扬这时想起李国胜，难道李国胜的脑子里也有个"错误的前提"？

第十一章　真诚的另一个自己

假如我每天绕三环一圈，假如我同样乐此不疲地看着窗外流动的广告，假如我每天买一些干冰，我会做什么呢？用干冰来做无形的谋杀？不对，若是为了谋杀有什么必要天天都买呢？

如果我是李国胜，我每天都会使用一些干冰来达到某种用途，那么要杀人的时候我是否会首先想到干冰呢？

张起扬这样想着，慢慢地站起身来，不料刚起身眼前突然有一片黑云压过来，什么也看不见，张起扬马上站定，直到眼前的黑色云雾慢慢地消散。

又有些晕了，张起扬皱着眉头，闭着眼，随即又伸手从外套的兜里拿出一个小盒，捏出一块糖，放进嘴里吮吸着，就这样过了一会儿，张起扬睁开眼，一边慢慢地向里间走去，一边扭头对史进说："我进去休息一下。"

"哎！"史进突然喊住他，"等一下……"

"怎么了？"张起扬有些疑惑地看向史进。

"没什么，累了的话，我送你回去吧。"史进说。

史进的话音中多了些颤抖，张起扬的耳朵向来可以敏锐地捕捉到这些东西。

"不用，我躺一会儿就行了。"张起扬一怔，说话间就往里面走，又突然想到今天来的时候在外面等了半天史进才开门，内心不禁闪过一丝疑虑，更加感到奇怪了，于是就径自往前走，看看史进什么表现。

张起扬刚迈出一步，史进突然伸手拉住他，手上的力量加重了张起扬的好奇心。

张起扬挣脱开史进的手，一步迈过去，拉开里间的门。

斑白的头发在强光里若隐若现，影影绰绰的黑影投在子宫椅的背面，像自然中无数干枯的树杈在阳光下留下的影迹。一双熟悉的苍老的手静静地垂下，皮肤的纹路都舒散开来，每个毛孔都呼吸着阳光的憨厚与温暖。歪向一边的睡着的头露出一个侧脸，皮肤的光泽仿佛让人看到垂暮的年轻。

张起扬推开门的一刹那就愣在原地了，手黏在门把手上纹丝不动。

史进站在后面，一阵哑然失措。

过了好一会儿，史进才伸出手在张起扬的肩膀上轻轻地拍了两下。

"怎么回事？"张起扬回过头来问。

"我把老人家接过来的，"史进有些底气不足的样子，"换换环境，对身心都是很好的。"

"怎么不告诉我？"张起扬的声音中隐含着责备，但是那种责备却不完全是针对史进的，好像更多的是针对自己。

"没来得及呢。"

"什么没来得及，怎么可能来不及？"

"主要是怕你不同意。"史进略低下头，小心翼翼地长吐一口气。

"谁说我会不同意，就算我不同意，你也应该告诉我一声，我……应该会同意的，这……这毕竟是你接过来嘛！"张起扬的声音颤抖着，已经没有了刚才的气势。

"我是想帮帮老人家，也帮帮你。"史进诚恳地说。

"我有什么需要帮的？我不用，我知道你想说什么，但是事情不是发生在你身上，你又怎么能理解我。"张起扬像炸开了的火药桶，亢奋起来。

"你得尝试着去接受，事实上你现在什么也没有接受，你以为你坚守着自己的原则，其实你只是用所谓的原则来掩饰、来逃避。"史进字字铿锵地说，"你在这件事上丝毫都不舒心。"

"就算是这样又怎么了，难道我一辈子就剩下这一件事了吗？我还有很多事要做，很多事也都在等着我去做。"

"其实你对他还是有感情的，难道掩饰不是一种痛苦吗？"

"感情……"张起扬念叨着。

"血脉之情。"史进的双手紧紧地按着张起扬的肩膀。

"相守之情。"史进的手掌紧紧地拢住张起扬的肩胛骨。

"养育之情。"史进的手指用力地挤住张起扬的肌肉。

张起扬看向里间，那么安谧的场景。

张起扬看向史进，眼睛中闪着温暖的光，温软得像秋日的晨光；俊朗的脸庞显得青春而又真实，张起扬竟然觉得他依然洋溢着大学时的年轻与活力；抓住自己肩膀的手，让他感到厚重而踏实。

他知道史进是真诚的，有时候真诚得就像另一个自己。

第十二章　医大的第四具尸体

医大的校园到半夜才沉寂下来，学生们早已回到宿舍，校园超市、寝室的灯光逐渐隐没在黑夜中。实验 C 楼早就关门了，将近十二点的时候，一个顶着一头乱发的研究生颓丧地打着哈欠离开了，多半是做实验一直做到现在，然后没有任何进展，只好抱着疲倦的身子离开，类似他这样的学生刚刚已经走了五个了。

刘松颇有同感，悄悄地蹲在一旁数着。

张起扬和刘松已经猫在这儿半天了。

研究生走了之后，两人利索地从二楼的窗户爬了进去。张起扬定下这个计划的时候，刘松开始并不乐意，他认为只要走下官方渠道就可以了，结果还是被张起扬的一句"还不够麻烦的呢"驳回了，刘松也只好不再说什么了。

他们很快到了四楼，五年前刘松从这里毕业，上学时就经常在实验楼里穿梭奔波，对这里的每个房间、每条网路，都再熟悉不过了。尤其是，走廊尽头的标本实验室。

实验室的门都是铁质的外壳，厚且沉重，门被推开的时候，发出铁器摩擦的幽幽的哨声，尖锐而灵动，在走廊里荡起悠长的回声，仿佛整栋楼都被这声音浸满了。所有生物都无所遁形，只能被动地等着它游丝般钻进耳朵。刘松上学的时候经常熬夜做实验，早在睡眼惺忪中习惯了这熟悉的声音，不过这次作为外来客，心里还是有些发慌。

1，2，3，4，刘松在心里默念着。

"找到了，这个！"刘松说。

张起扬听了马上跟过去看，这时还没开灯，幽暗中可以清晰地分辨出一个人体的轮廓，额头高高地抬起，好像准备下一秒钟就要扑过来一样。

这次他们是来看结果的，刘松上次已经跑过来做了实验。其实刘松是打心眼儿里有些不情愿的，自己毕竟也是从学生时代过来的，清楚地知道医学院的尸体标本经常会出现匮乏的情况，他们甚至曾经两个班里将近一百个人共同解剖过一具尸体。他若动了手脚难免会对教学有影响，心里还是有些愧疚。

刘松下刀的那一刻，张起扬心头突然涌上来一阵恶心，但只好强忍着看着，因为结果对他来说太重要了，巨大的好奇和希冀让张起扬的脚不能在地上挪动半步，目光专注地随着刘松的手移动着。

刘松宛如一个醉心于自己手艺的工匠。

胃部一片深色的区域像地图般扩散开来，颜色也有着慢慢变浅的趋势，整个区域晕散开来，显得异常的明显。

刘松看到的时候兴奋地叫出声来，声音只喊出了一半，就被张起扬堵住了嘴巴。

"一样？"张起扬眼睛放着光，松开捂着刘松嘴巴的手。

"一样！"刘松点点头。

"确定？"张起扬两手晃着刘松的肩膀问，又去看那具尸体。

"绝对没错！除非……"

"除非什么？"

"除非医大的学生动过这具尸体，不过这不可能。我看过，这具尸体的时间是最短的，学校的标本资源向来不丰富，不可能在没动别的之前动这个的。"

刘松对医大像自己的第二个家一样了解。

张起扬和刘松尽快将现场做了下恢复，原路返回，离开实验楼。

"不过，有一点我还是感到很奇怪。"张起扬敏捷得像只狸猫，落地后突然又皱起了眉。

"哪一点？"刘松拉张起扬起来。

"你和我说过，刘海的胃中有两块深色区域，一块比较深，一块比较浅，基本上是交叉在一块的，对吧？"

刘松想了想，点点头。

"这证明……"张起扬眼睛看向前面，缓缓地说。

"两次！"刘松打断张起扬，"而且嘴角还有撕扯的痕迹。"

"难道还有人用了这种方法？不过这次只是针对一具尸体，刘海的身体。"

张起扬想，如果这是真的，会是谁呢？为什么要对一具尸体做这些把戏呢？

除非……除非他和自己一样，想搞明白刘海到底是怎么死的。

张起扬的眼前又浮现出一具尸体的轮廓，额头高高地抬起，好像准备下一秒钟就要扑过来一样。

张起扬再也没忍住，一阵恶心从胃里涌上来，脑袋紧跟着一阵阵涨痛。

按理说张起扬不会见到个尸体就这么狼狈的。

回去的路上，张起扬坐在副驾驶的位置，两个太阳穴都涂了清凉油，又打开车窗让夜风不断地灌进来，还催促着刘松开快些。

因为清凉油的作用，风吹得两鬓都钻心的凉。

脑袋依然是涨涨的，风在耳边嗡嗡响。

第十三章　幻想世界

工整的字体，娟秀、圆润，透露出女性的秀气，倘若用这样的文字来表达自己的内心世界，同样也会令人信服她的内心世界是完美无瑕的，整齐得像一座精美壮丽的建筑物，每一片砖瓦都流溢出细致的神采。

唯一的瑕疵就是，感觉字体好像有点儿向一边斜着。

这文字让冬明晨想起他的小学语文老师，一位年轻漂亮的女性。他喜欢看她在黑板上用粉笔"当当"地写下课文的题目，然后像被风吹过来似的回头，清秀醒目的粉笔字，像回过头时一笑露出的整齐洁白的牙齿。

冬明晨拿着一沓复印的A4纸坐在快餐店里，他特地选了靠窗的位置，光线更明亮些，这已经是他看的第三遍了。

这是孙莉写的小说，按长度来说大概刚刚够得上中篇。

冬明晨上学的时候就不怎么看小说，一般的小说看不了多少就觉得没劲，扔在一边。毕业之后开始工作，可以说想看又觉得浪费时间了。

冬明晨品了一口汤，又把小说放下，他实在是感觉不出这部童话体小说有什么特别之处，况且自己小时候并未看过多少童话，小人儿书大部分还是悄悄看的。对于这部小说的内容，他已经了然于心。

一只名叫阿珂的小老鼠从小寄居在一个教授家中，这个教授有个业余的爱好就是写武侠小说，《天外飞狐》《宝刀割鹿》等都在文学界产生了很大的影响，塑造了很多家喻户晓的武侠人物。小老鼠一次外出觅食回来后干脆坐在台灯下享用起来，过了半天小老鼠突然发现自己竟然坐在了教授的手稿上，小老鼠好奇地看了一眼，竟被其中的内容深深地迷住了。通过这次偶然的机会，阿珂迷上了武侠，每天晚上都会悄悄地溜过来，一屁股坐在台灯的开关上，津津有味地边吃边看教授最近更新的章节，每当它发现教授没有写新的内容，便大为懊丧，只好把前面看过的再重新温习一遍。

阿珂沉溺于武侠世界，不能自拔。

直到有一天它年老体衰，看着自己日渐垂老的身体，幡然悔悟：自己一辈子热爱武侠，向往武侠世界中的正义与公平。这里要提一点，阿珂最崇拜的英雄就是教授在武侠小说中虚拟的荆轲。阿珂最向往的就是那种"风萧萧兮易水寒"的侠者情怀，但是阿珂回想自己一辈子的生涯却都是在偷偷摸摸中度过的，大部分的时间都是畏畏缩缩地生活在黑夜当中。

这让阿珂无地自容。

于是，阿珂最终决定改名，就叫作荆轲，趁自己还能活动，老骥伏枥，打算出门远行，做一个顶天立地，活在光明之下，行侠仗义、替天行道的侠士。

它开始不再偷盗食物，而是尽量用自己的劳动换取，却遭到其他老鼠的鄙夷。

阿珂到了垃圾站，那里全都是无家可归的老鼠。它想它们最需要一种统一的信仰来引导自己的生活，不应该在垃圾堆中浑浑噩噩地过完自己的一生。于是它开始宣传自己的侠义思想，希望它们跟着自己一起去闯荡天下。垃圾站的老鼠们只当它是来抢占地盘的，一起合力把它驱逐了出去，并且把它打得遍体鳞伤。

但是阿珂并没有放弃自己的信仰，依然坚定决心继续前行。直到有一天，它勇敢地站出来，救了一只在觅食中被恶猫盯上的小老鼠，自己也是偶然才猫口脱险，不过受了重伤，只好回家休养。

后来阿珂又两次外出云游，结果大都和第一次一样，自己向来都不受欢迎，反而搞得自己鼠不像鼠，人不像人。每次都是身上伤疤一层连带一层地回来，直到有一天重病在床，再也不能出去。

当它卧病在床的时候，算是彻底明白了，自己只是在晚年时期做了一场虚幻的梦，做得昏昏沉沉不能自已，不过现在总算醒过来了：现在人们心中再没武侠，也不再需要武侠，更不需要自己——一个冒充的侠者。

阿珂临死前交代自己的后代说："千万不要到教授的书桌上去，那里任何带有文字的东西都不要看。并交代自己的女儿，千万不要嫁给一个看过书桌上文字的男人。"说完安详地闭上了眼睛。

"嗯……好熟悉……"孟涛往嘴里扒拉着盖饭的手停下来，眉头微微地皱起。

"熟悉什么？"冬明晨一个人看这个故事觉得没劲，原本只是打算吃饭的时候顺便说给孟涛听，解解闷儿，现在精神头儿一下子又被提起来了，"你看过这个故事？"

"没看过，她写的我怎么可能看过，只是觉得这个故事的模式有些熟悉。"孟涛刚从外面回来，饿坏了，边吃边说，"像一本小说……"

"哦？"冬明晨喝了口水，自己实在没看过多少小说，"什么小说？"

"什么来着……大概是叫……"孟涛一副苦苦思考的样子，突然把勺子往盘子里一掷，发出"叮"的一声，"哦！想起来了，《唐·吉诃德》！"

"讲的什么故事？"

"一部骑士文化讽刺小说，讲的是一个将老之人，唐·吉诃德，因为疯狂迷恋骑士小说，不惜变卖家产来买小说看，到了暮年，对骑士的生活心向往之，于是就雇了忠实的邻居做自己的仆人，以为自己是一个骑士，不过是加引号的骑士，外出闯荡，伸张正义，却闹出了无数的笑话，最后重病临死之际，才大梦初醒。"孟涛说，"这本书被称作'现代主义文学的开端'，你没看过？"

"没有，不过这两个故事确实十分相像……"冬明晨来回摩挲着自己光溜溜的下巴。

"对，故事模式几乎一样，具体内容我都记不清了，这还是中学的时候，我爸逼着我看的。"孟涛说到这里又笑了起来，"不过现在想想还挺有意思的，荒诞得令人发笑，现实与幻想结合，容易让人联想起鲁迅笔下的阿Q，可笑又可悲。"

"你刚才说什么？"冬明晨突然问道，手停在下巴上。

"我说有点儿像鲁迅笔下的阿Q。"孟涛一愣说。

"不是这句，上一句。"

"上一句……"孟涛挠挠头，有些不知所措，"现实与幻想结合？"

"幻想……"冬明晨一拍桌子，惹得餐厅里其他就餐的人都看过来，也不去管，"对了！"

冬明晨身子往前靠靠，恢复了正常的声音，说："孙莉不就是活在幻想当中吗？"冬明晨又想起孙莉的丈夫元朗跟他说过的，他们一直告诉孙莉，他们生活在遥远的极地，而这里就是极地里的一个温室，没有任何人烟……

但是一部这样的小说又可以证明什么呢？

孙莉手腕上那道深深的伤口依然印在冬明晨的脑海里，凝固在伤口里的血液像紫黑色的水泥一样，黏合住裂纹一样的伤口，冬明晨又不由自主地用手在自己的手腕上划了一下。

冬明晨又拿起小说看了看，工整的字体，娟秀、圆润，透露出女性的秀气。唯一的瑕疵就是，感觉字体好像有点儿向一边斜着。

冬明晨出了餐厅，让孟涛先回去，自己又拐了两条街，去了大学城，跑了两家书店找了一本《唐·吉诃德》，精装本。

顺道回去的时候，冬明晨突然想起什么，想看手稿，却发现手稿并没有带在身边，又一踩油门往警局方向赶过去。

第十四章　睡在干冰里的孩子

远处一辆车呼啸而过，仿佛这个只是先头车辆，继而更多的车辆开始汇聚在路上，像外出觅食的工蚁涌上来。

人流、车辆，穿流而行，构成了这座城市的网络命脉。这里没有时间，大多数人的标准就是时间，构成了这座城市的时钟。时钟和网络让这座城市像一个巨大的机械，一丝不苟地运转着。

王元在胡同口蹲守的时候，窝在车里像个野猫。只不过车倒是换了一辆，提防被发现。

李国胜一身黑色的牛仔装出来，不过他今天看起来好像有些不对。王元即刻掐灭了手中才燃了一半的"利群"，心想，这家伙无论穿什么都是纯色的扮相。

王元跟着李国胜走上了天桥，才突然察觉，李国胜今天没有带背包。

王元的眉头紧了一下，继续跟着李国胜。

进了地铁站之后，隧道里传来地铁呼啸着进站的风声。

李国胜坐了相反方向的地铁，或者说这才是正确的方向，他直接回家最便捷的方向。

王元愣在那里。

王元在列车即将关门的一刻冲进去，然后悄悄拨通了张起扬的电话，车厢尽头的李国胜看着窗外发呆。

"回家了，直接回家了。"电话刚接通王元就迫不及待地说。

"什么意思？"

"李国胜坐了相反方向的地铁直接回家了。"王元说完之后，电话那边没了声音，过了半天才传来张起扬的一句脏话。

"没关系，幸好都准备好了。"张起扬说。

张起扬挂掉电话之后上了一辆白色的面包车，面包车的外表看不出与其他货运面包车有什么区别，除了车顶上凸起的信号接收装置，不过已经做了掩饰，乍一看起来，两个黑色的凸起也并没有什么特别。

面包车里有两台笔记本电脑和一台中央电脑，中央电脑装在内部，负责所有线路的运算处理。两台笔记本电脑放在桌子上，用以随时调控。四乘四的屏幕矩阵列在上方，正好在张起扬最自然的观察视角处。

七点十分，第一个画面上出现了李国胜的身影，楼道里的画面明显有些昏暗，李国胜的脸被光线塑造得极富立体感，像雕塑般沉静而冰冷。

紧接着第二个画面、第三个画面，李国胜在屏幕上无所遁形。

李国胜回到家之后，就一直坐在沙发上静静地抽烟，好像不需要吃饭，也不需要喝水。

一根接着一根，房间里充斥着烟雾。

张起扬在车里一边吸溜着热干面，一边有点儿百无聊赖地晃着双脚。王元在一边盯着画面，也抽着烟。

半个多小时以后，李国胜站起身来，桌子上的烟灰缸里已经塞了近十个烟头。李国胜走到自己的卧室，双手在床上拍了两下，紧接着又拍了两下。

张起扬一口把剩下的面吸入口中，把便当盒放到一边，眼睛盯着屏幕。

李国胜双臂一抬，床板就被翻了起来，看起来很轻盈。

原来床板和床体是分离的，床板就是一层四个角里各有一个凸起的木板，凸起只是用来固定在架子上。床板被李国胜抬起之后，床下的东西一览无余。

简易的矩形床架里，平躺着一个木质衣柜。其实并不太像衣柜，假如就这样平躺在地上，这是一个很适合长眠的姿势。

木质衣柜显出明亮的棕黄色，像极了棺材。

屏幕前的张起扬眨了眨眼睛。

侧翻式的柜门被打开的时候，张起扬瞪大了眼睛。

李国胜轻轻地放下柜门，里面有一个晶莹的玻璃柜，竟像一个水晶玻璃的棺材，只是比正常的棺材要小很多，正好可以躺下一个十岁左右的儿童。

从屏幕上看去，玻璃柜反射出的灯光都被强化了，使得屏幕上发着白光。透明的玻璃柜隔绝了外界污浊的空气，屏蔽了世界上可能发出的一切喧嚣的噪声，过滤了世界上弥漫的一切险恶人心，阻断了人世间的每一分尔虞我诈，小心翼翼地就像玻璃本身一样留存着这一方晶莹剔透的纯真。

李国胜俯下身子的时候，玻璃柜里一个孩子的脸庞出现在了屏幕上。

王元"呀"的一声，甩开早就烫着手指的烟头。

"儿子！"王元喊出声来。

张起扬看着那张稚嫩的面孔，心头一紧，瞳孔慢慢放大。

好熟悉的面孔！

急速流动的水像旋风一样把张起扬卷起来，巨大的张力撕扯着张起扬的四肢，撞击着张起扬的五脏六腑，挤得张起扬喘不过气来。

就在旋涡的中心，一个孩子撕裂心肺地哭喊着。

对，简直一模一样，是梦，我曾在梦里见过他。张起扬看着电脑屏幕呆呆地想，心里却有种窒息般的难受。

张起扬目不转睛地看着，王元拍了一下他的胳膊又愣住了。

李国胜打开玻璃柜，里面立马升出来一层寒气，李国胜瞬间就被丝丝的雾气围绕着。

玻璃柜被打开后，孩子的面容变得更清晰了，依然透露着孩子般的娇嫩，只是皮肤上被淡淡的冰霜化上了一层妆。孩子静静地睡在玻璃柜里，身上是一件米黄色的睡衣，上面温软的绒毛几乎可以贴近皮肤的每一道缝隙，隔断任何一丝的风寒，如果他还能感觉到寒冷的话。

衣服上有一只咧嘴笑的卡通小熊，旁边用可爱的艺术字印刷着：Look at me！

紧接着李国胜"哗啦哗啦"地把一些白色物体倒进玻璃柜中间的夹层中，一直到夹层的一半空间都快被填满，玻璃柜的内层瞬时被一片晶莹的白色紧紧地庇护起来。

　　"干冰。"王元嘴里嗫嚅着。

　　画面上白色的雾气来回涌动着，似遮非挡地掩映着周围的陈设，仿佛这一切都是缥缈而不真实的。

　　李国胜小心翼翼地封上玻璃柜，静静地端详着自己的孩子，身子伏在玻璃柜上，嘴唇轻轻地蠕动着，好像在说着什么。

　　张起扬拿过耳机来，却只能听到"吱吱"的声音。

　　"变态……"王元咽了口唾沫，犹豫地说。他其实不想确认甚至不想承认这种行为属于变态。

　　张起扬没说话。

　　本来他已经确定了是干冰造成了刘海最终的死亡，最起码干冰也是很重要的原因之一；本来他希望从干冰的角度出发，确实可以从李国胜这里抓到什么把柄；本来他在这里等待着，等待着李国胜像只大意的狐狸露出马脚，夹住自己的尾巴。

　　张起扬想到这里突然一愣，其实这一切都要以李国胜就是凶手为前提。他在吸溜着面条的时候还在想，如果是他，证据马上就会找到的，但是现在……

　　"我觉得还是继续看着他吧。"张起扬低着声音说。

　　那张梦中的稚嫩的脸庞又浮现在张起扬的脑海中，自己为什么会梦到这个孩子呢？因为自己之前见过？他之前确实见过李国胜儿子的照片，但那是他长大之后的照片，绝不是梦中所见的，近乎一个婴儿。

　　啼哭着，鼻头红红的。倔强而无力的挣扎，肉嘟嘟的脸庞可以挤出水来。

　　张起扬推开车后门，跳出去，一脚踩到皎洁的月光上。远处昏黄的灯火像黏在地上一样，旁边路灯的影子躺在地上，被拉得很长。

　　张起扬又想起了李国胜的行为，这样或许可以填补一个父亲内心的空白？

第十五章　她是个左撇子

冬明晨赶到元朗家的时候正是下班的那个点，这个时候，元朗多半已经在家了。

进门的时候，客厅的电视正开着，播放的是本市一个有名的解密类节目，主持人在镜头前投入地讲着，表情之间好像下一秒钟就要有大事发生。这种节目冬明晨早就不看了，小时候看这个节目的时候总是大气也不敢喘，精神紧张地等待着最终结论的出现。

现在，依然是那个主持人，但是他夸张的表情以及讲述现在看来是那么做作，特别是最终结论往往也敷衍了事，没有任何新意，都是那些日常生活中的巧合或者一些司空见惯的科学现象，高中生都能一眼看破。冬明晨早已提不起任何兴趣了。

"讲的什么？这一期。"冬明晨礼貌性地问。

"刚打开……"元朗摆摆手表示不知道，然后随手拿起右手边的遥控器把电视关掉。

"说实话，我不想假设，你有情杀的动机。"冬明晨笑笑。

"什么？"元朗一时有些懵，不知道该说什么。

"像你这个岁数，一个科级干部，在我看来，其实可以说是，毫无前途……"

冬明晨心想其实谁都能看得出来，"我说话喜欢直来直去，希望你不要在意。"

"没关系，我也习惯了，随遇而安。"看得出来元朗心里还是有些不高兴。

"对了，"冬明晨一边拿出孙莉的手稿，一边向卧室的方向迈步，"这次来是要还手稿，谢谢。我看了，写得还挺精彩的。"

"是吗？谢谢，只是……"元朗的语气中有一丝无奈。

"只是什么？"

"没什么，她在这方面确实挺有天赋的……"

"嗯，"冬明晨手指着卧室里的书桌说，"这个是她平时用来写字的吗？"

"对，有问题吗？"元朗不喜欢冬明晨说话转弯抹角的感觉。

书桌上摆放着一个笔筒和几本书，书也就是市面上流行的普通书籍，没什么奇怪之处。冬明晨又转悠出来，说："我还有个疑问，上次忘问你了，你妻子在家的时候，家务都是谁来做，比如像打扫卫生、做饭之类的。"

"一般都是她来做，有时候是我。"元朗感到莫名其妙，还有些不耐烦，他不想警察到家里来，尤其是他怕自己的女儿会看到，这会让女儿的心情更难缓解。

冬明晨又走到书房转了转，问东问西。

"现在这年代写东西不用电脑其实还是有些奇怪哈。"冬明晨看到电脑说。

"嗯。"元朗已经完全不再遮掩自己的不耐烦了。

"好，没别的事了，打扰了。"冬明晨去厨房里逛了一下，礼貌地道别。

冬明晨刚出门，元朗又追过来，喊住冬明晨："我会尽力配合你们的，只是我有一点要求。"元朗的眼神中流露着一种坦诚。

冬明晨回过头来，疑惑地看着元朗，说："什么要求？"

"希望你们尽量不要到家里来，"元朗真诚地看着冬明晨，目光恳切地请求着，又解释道，"我这是为我女儿着想，希望你能够理解。"

"没问题，抱歉！"冬明晨弓着身子说。元朗点点头，如释重负地回去了，看来他是专门跑出来说的，冬明晨看着他的身影进入楼梯的拐角处。

回到警局的时候，孟涛正好带着尸检报告走进冬明晨的办公室。

"重要发现！"孟涛刚进来就迫不及待地说，"死者应该是死于肺水肿，急性的。"

"肺水肿？"冬明晨皱起眉头，"这个可没听她丈夫说过啊！"

孟涛把报告放在办公桌上，往前一推："急性的，应该是死亡前发病。"

"什么原因导致的急性肺水肿？"这个是冬明晨没有预料到的。

"这个原因很多，现在还没搞清楚。"

"我刚才去了趟元朗家，"冬明晨点燃一根烟，他想事的时候手里总不能缺了东西，"发现了一条百分之八十左右的线索。"

"什么线索？"孟涛蹭一根烟自己点上。

"孙莉那个复印版的手稿，看上去字体十分工整、漂亮，但是我总感觉哪里不对，"冬明晨吐出个烟圈，"于是我又看了一下原版的手稿，我才产生了怀疑。"

"我看过，没什么特别的啊！"孟涛耸耸肩。

冬明晨拿出一张纸，让孟涛用左手写几个字。孟涛心里奇怪但还是照做了，扭扭曲曲地写了一行，冬明晨又让他多写几行，孟涛别扭地写了四行，因为不习惯，左手隐隐有些酸痛。

"看看有什么异样？"

"看起来很难看。"孟涛笑着说。

"还有，注意下这些字，"冬明晨用手指着说，"看这里，用左手写的话是用手推着字往前走的，手也会压在刚写完的字上，倘若墨水还没有干，刚写的字被手蹭了之后，就会显得有些粗糙，这个痕迹复印版的稿子是看不出来的。"

孟涛看过去，的确有淡淡的墨水污渍的痕迹。

"所以，她是左撇子？"孟涛问。

"对，我特地去元朗家里观察了一番，电脑前的鼠标垫放在左边，书桌上的笔筒也是，厨房里的物品摆设也都是左手的习惯。"

"她的伤口也是在左手的手腕上……"孟涛嘴里喃喃道。

"一个左撇子，伤口在左手上，不是很奇怪吗？"冬明晨顿了顿，接着说，"完全不能排除他杀的可能性。"

孟涛想了想，抬起眼皮说道："是不是左撇子你直接问元朗不就完了嘛。"

冬明晨笑笑："我是为了确认有没有他杀的可能性，元朗的嫌疑最好还是不要排除吧。"

冬明晨又想起刚刚的尸检报告：可能死于肺水肿。假如孙莉真的死于肺水肿，那么正好可以说明她手腕上的伤口是他人伪造的，但是伪造伤口又是为了什么呢？而且是在一个人已经死了的情况下。况且有什么杀人手段可以导致肺水肿呢？

"会不会是元朗？"孟涛在一旁说，"故意伪造一个自杀的现场，只是他没想到我们可以发现。"

"但是他这样做的目的是什么呢？况且我记得他也不认为他的妻子是自杀的。"冬明晨摇摇头。

冬明晨又想起元朗叫住自己时的目光，好像有一种潜台词隐藏在里面：希望你们能够查出真凶。

第十六章　尸体试验

这是李国胜第三次有这种感觉了，每迈出一步，心里都打着鼓，直觉告诉他有人跟踪他。

李国胜猛地回头，地铁轰隆隆着呼啸而去，前面零散的人群流动着，没有什么异常。

逻辑是人的特质，而直觉却是所有动物求生的本能。逻辑可以甄别危险，但是直觉才能感知危险，所以还是要相信直觉的。

李国胜立在站台的中心，任凭他人从自己身边穿流而过。他回忆着自己规律的生活，每天三点一线，随时都在暴露着自己，如果这可以定性为跟踪，那么自己就时刻生活在别人的眼皮子底下了。想到这里，他起了一身的鸡皮疙瘩。

李国胜竭力搜索着视野范围内的每一张面孔，竭力希望看穿每张面孔，他看向他们的眼睛，却只能看出奔波的迷茫和疲倦。

李国胜狐疑地挪动自己的脚步，身体却只是在原地打转。

楼梯上不断有人走到站台上，很快，等下一班地铁的人又挤满站台，这地铁线像极了流水线，从不停歇。

列车进站，李国胜终于定下心来上了车。当车身开始加速，窗外的场景被拉出模糊的影子的时候，李国胜瞪大了眼睛看着窗外，嘴巴微微地开启，胳膊在拉住扶手的同时抽搐了一下，然后手指紧紧地扣在一起。

人群中一张脸被不停地挡住，移开，又挡住，移开。

一张被帽子和口罩遮住的脸，只剩下一双眼睛。

直觉让李国胜将这个人和那个神秘的信封联系在一起。

李国胜想过什么人才会用这种信封，上面没有名字、没有地址，只是被当作一个简单的包装，来运送一张纸条。

李国胜不知道这是谁的手笔，不过就当时的情况来说，他应该是在助自己一臂之力。但是他为了什么呢？李国胜也曾经想过，却想不透，自己很少有几个知心的朋友，他也敢肯定这个人肯定不是自己认识的人，这也更加令人迷惑。最重要的是，李国胜想到这里紧紧地锁起了眉头，他对自己其实可以说是了如指掌。

李国胜不禁打了个寒噤，世界上还有比一个陌生人将你完全看透并且随时可以将你玩弄于股掌之间更可怕的事吗？

他们是不是同一个人？这在李国胜心里布下了一层厚厚的挥之不去的疑云。

出站的时候，天空早就披上了一层淡淡的黑幕，李国胜心里像堵着一团疙瘩一样。他缓步走进小区——在这座城市里算得上中年的建筑，心跳依然很快。

他孑然一身，其实并没有什么可以担心的。但是在李国胜眼里，回到家就不一样了。家，是他和儿子共同的温馨的小窝，而儿子是他活在这世上唯一的寄托。他这棵大树如果尽力生得枝繁叶茂的话，其实只是为了荫蔽儿子那唯一的所在。

在家里，他不再是一个人，而是和儿子一起，他不想让世界上的任何人与他分享和儿子在一起的甜蜜。或者说，在家里，他才是一个完整的人，才能像世界上的其他人一样品尝到亲情的甜蜜，才能看到儿子一如既往的笑脸。

伴着暮色，李国胜在小区里绕了几圈才回家，他像只胆怯的小白兔一样张望着，警惕着四周任何充满猎食欲望的目光，躲避着任何可能埋伏在草丛中的危险。直到他觉得自己绕得腿都酸了，才敢回到自己的小窝，却依然像一只惴惴不安的母兔，担心引狼入室。

　　李国胜坐在沙发上一支接一支地抽着烟，嘴里弥漫的烟雾浸融在唾液里，苦涩的味道刺激着口腔里的味蕾。这味道，比得过世间所有的苦涩，所以李国胜才抽烟，或许这样才能抵得过其他苦涩的侵蚀。

　　李国胜嘴里遍布的毛细血管都能感受到这味道，苦涩过头了就像麻醉剂，麻痹自己对痛苦的味觉。

　　最终，他走进了自己熟悉的卧室，翻开他已经翻过无数次的床板。他不需要刻意地想起，因为这早就成了他不自觉的习惯，成了他心理需求的一部分，就像每天的睡眠、饮食在满足着他的生理需求一样。他不会忘记，因为这早就与他的生活融为一体。

　　当白色的雾气扑上李国胜的面庞的时候，一股冷冽的凉意唤醒了李国胜被尼古丁侵蚀的昏昏沉沉的大脑，他想象着身后的"影子"跟着自己。

　　四坪村！难道他关注的重点是四坪村？

　　李国胜深吸一口气，一团白色的雾气飘进他的鼻孔。这雾气一直进入到肺中，李国胜的胸腔瞬间感到被一股清凉浸润，包围，然后是……窒息。李国胜感到胸腔里面一阵压迫感，像有爪子在挠个不停。

　　李国胜看向玻璃柜夹层中的那一片泛着光的乳白色，瞳孔慢慢地收缩着。

　　月光下人的影子淡淡地铺在地上一层，像闪亮的银器上的阴影。

　　声音也像月光一样停滞在空气中，这种夜晚，甚至让任何盗贼都不敢有所行动，除非他在一米之内也能隐匿自己的呼吸声。

　　李国胜的身手有些笨，翻上窗户的时候险些掉下来，幸亏两手紧紧抓住了排水管，身体才像个树袋熊一样稳稳地蜷在了上面。

　　他找了很久，才找到刘海安眠的地方，那张脸他一辈子都不会忘记，而现在，那张脸包括那个人都安详地躺在他面前，一动不动。

　　李国胜捏住刘海的下巴，在嘴巴张开的一刹那，李国胜嫌恶地避过头去。

　　淡淡的乳白色，李国胜将一个小方块放入刘海的口中，然后合上他的嘴巴，咽下，其实更像塞下。

又一块……死人是不会感到任何痛苦的。

刘海的嘴角像干枯的树枝裂开细细的碎纹。

又一块……李国胜的眉毛慢慢挤到一起，眼神平淡，继而变得疑惑。

刘海的鼻孔中开始晕出淡淡的白雾，轻飘飘地浮起来，难以抓住，捉摸不透，像平静的面庞下有时候也会隐藏着暗流涌动般的杀机。

李国胜不知道这样做会带来什么后果，就像窗户外面熄了灯的城市，深邃而不可知，他只是随着自己的心意，一块一块……

天快亮的时候，李国胜才离开，跳下窗户的时候，月亮正被一团厚重的云吞进肚子里。

走到家的时候，小区门口的早点摊儿刚把锅烧热。李国胜等了一会儿，要了份豆腐脑儿带走，嫩黄的豆腐脑儿升起热腾腾的白色的水汽，熏挠着李国胜的手指。李国胜又想起那乳白色的雾气，不过它们并不一样。

一个是温软的暖热，一个是阴暗的冰冷……

第十七章　三山映水

　　单贞小学是西阳区的一所私立小学，在整个市都很有名，这个主要是依托了单贞中学的盛名；两个学校不在一个地方，不过都是一家的。单贞中学之所以名气很大，是因为它号称"艺术的摇篮"。学校很注重培养学生的艺术才能，管理体制不死板，自上而下一条心，这可能也恰恰因为它是私立学校，所以艺术才得以在这里生根发芽。更重要的是，当学生心里生长了这些根芽的时候，他们会得到自由轻松的氛围，当然还有学校的培养。所以单贞中学一直都是国内艺术院校稳定的生源基地。

　　而进入单贞小学，是进入单贞中学很重要的一步。

　　冬明晨下了三环，进入阜阳路的时候正路过自己就读过的小学，如今依然是老样子，只是校园里的建筑肯定已经粉刷过了，艳丽的阳光照在上面，显得尤为鲜亮，像童话中的城堡。

　　阜阳路的尽头就坐落着单贞小学。冬明晨上小学的时候，那里还是四合院，胡同四通八达地连在一起。

　　孙莉之所以能在这里任教，是因为她是艺术学院的毕业生。单贞小学成立的时候就定下了一个要求，在这所学校任教的老师都必须要有一项艺术特长，这个被他们当作构建艺术氛围的第一步。

"我们在一个办公室待了五年……我真没想到……"女人看上去三十岁左右的样子，说话的时候有些哽咽，白皙的脖子一下一下地抽动着。

冬明晨刚想开口安慰，不过想想自己说出来的都是走过场的话，就只好在一旁看着。这个学校教师的办公室一般都是两个人，如果在一个办公室里待过五年，感情应该还是挺深的，有点儿像学生时代的同桌之谊。

冬明晨搓搓自己的下巴，一天没刮，胡楂儿就像野草一样长出来，滑过手指的时候带来刺刺的感觉。

新长出来的胡楂儿往往更硬。

"她是怎么死的？"女人抽搐着，肩膀跟随着喘息上下起伏着，"很久没见到她了……"

"我现在有点儿……"冬明晨想说他现在怀疑是谋杀，想了想又改口说，"割腕，可能是自杀。"

"不，不可能！"女人猛地抬起头来说，鼻头因为哭过泛着粉红。

"嗯？"冬明晨斜过头来。

"她是个个人观点很明确的人，"女人的眼睛还隐约闪着泪光，"我觉得，个人观点很明确的人应该不会自杀吧。"

"但是你觉得没用，查案要靠逻辑。"冬明晨摊开双手摇摇头。

"如果现在逻辑对你来说还有用的话，你就不会说可能是自杀了吧。"女人说完拿纸巾擦了擦眼眶。

冬明晨心里"咯噔"一下，这个刚才还哭哭啼啼的女人，心思竟然如此缜密，这种被人一眼看穿的感觉让冬明晨心里很不好受。或者说并不是什么心思缜密，而是有着什么由来已久的心思。

"杜雨，是吧。"冬明晨脸上的表情没有任何变化，平静地说，"我知道你们学校有一个特殊的规定，就是在这里担任教师必须要有一门艺术特长，你擅长的是？"

"美术，"杜雨说，"我大学是学绘画专业的。"

"孙莉呢？"冬明晨瞥了一眼后面墙壁上的画，眼睛又看向杜雨，"画得不错。"

那应该是一幅风景写生图，三山映水，青色的山，蓝绿色的水像条绸带一样从山的肩膀后面甩过来，远处淡淡的云雾给整个画面披上一层虚无缥缈的色调。看不出来是在什么地方，但可以肯定的是，处处流露着郊外的清秀。冬明晨浑身上下最缺的就是艺术细胞，他说画得不错多半掺杂了外行人的称赞罢了，其实这幅画看起来倒是平淡无奇。

　　"谢谢！"杜雨点点头，语气中好像还被一层淡淡的伤心的阴霾笼罩着，"她也擅长美术，学油画的，和我是一个学校毕业的，只不过比我高两届，这个就是她画的。"

　　"哦？"冬明晨听说是孙莉画的，神经猛地绷紧，又站起身来走到墙壁前仔细端详起来。

　　"有什么问题吗？她离职之后留给我的，权当作个纪念，就挂在这里了。"

　　"没事，只是有些好奇……"冬明晨回过头来，"我听说，孙莉是由于精神病离职的。"

　　"嗯……"杜雨不予置评。

　　"我是想问，你觉得呢？"冬明晨问。

　　"可能是吧……"

　　"怎么说？"冬明晨皱了皱眉头。

　　"其实我觉得不能算是精神病，她还在这里工作的时候，只是有点儿小小的强迫症，这只是看个人性格啦。"杜雨轻轻叹了口气，"不是吗？有时候我也会有点儿强迫症啊，这样工作的时候会显得很认真。"

　　"那之后呢？"冬明晨嗅到了杜雨话中还没说完的味道，"我是说离职之后。"

　　"之后……"杜雨顿了顿，眼睛眨了眨说，"之后的事你肯定都知道了啊。"

　　冬明晨的眼睛刚才一直在盯着杜雨，杜雨说话的时候眼睛不自然的闪烁都被冬明晨默默地收在了眼底。

　　冬明晨注视着杜雨，和她对视着，眼神变得深邃而镇静，心想我要是知道还问你，说："怎么离职之后突然就变了呢？那可是一个大活人啊，你不能这样搪塞我吧。"

"她离职后，我们接触就不多了，所以……这个我就不清楚了。"杜雨刚哭过的眼睛有些红扑扑的，像只可怜的小白兔，远远地已经看到了藏在草丛里的猎人的枪口，眼神里面隐藏着一种东西，可能是畏惧，冬明晨想。

"当我去了解情况的时候，我不会轻易相信每个人说的每一句话，"冬明晨说，"有时候我连我自己都不相信，这叫作怀疑。"

杜雨看着冬明晨，不知道他想干什么。冬明晨站起身来又说："当我去了解情况的时候，我不会轻易相信每个人都说完了他该说的话，我也不相信我已经问完了我该问的。这对我而言，也叫怀疑。"

"不过对你而言，却叫蒙蔽。"冬明晨一屁股坐在办公桌上，语气中特别强调了"蒙蔽"两个字。

杜雨静静地看着冬明晨，身子往后躲了躲。冬明晨的身影整个地压过来，让她感到很不舒服。

"孙莉为什么离职后突然就变了？"冬明晨突然大声地问。

杜雨的手猛地往后一缩，"啊"地轻叫了一声，动作很快，桌子上摆着的相框被碰到了地上。杜雨看着冬明晨，嘴巴微微地开启。

冬明晨慢慢地弯下腰，捡起相框扫了一眼，又放在眼前仔细看了看，然后放到桌子上了。

那是一张孙莉和杜雨的合照，两个人笑得很灿烂，让人感到年轻而又充满活力。

"不好意思，原谅我的冲动。"冬明晨的声音平静下来，"没吓到你吧？"

"没事。"杜雨低下头去，不去看冬明晨，同时把相框放好。

"你们很年轻，依然很年轻。"冬明晨用手指了指相框。

"我们？"杜雨的眼圈又有些泛红，"嗯……她会永远年轻的。"

"你之前很相信她的吧，换句话说，她很值得你信任吧。"冬明晨说，"我之所以这么说，是因为你相信她不会自杀。"

"你想说什么？"

"也不知道你啊，值不值得她去信任。"冬明晨看着那个相框，上面跳跃着两个笑脸，洋溢着青春的气息。冬明晨用力去看，想要记住那个画面。

“我改天再来找你。”冬明晨放下一张警民联系卡，推到杜雨的面前。

“哎，”杜雨叫住冬明晨，手底下按着那张警民联系卡，怔了怔又说，“不送。”

孟涛等冬明晨过来的时候，刚打照面就说道：“真狡猾。”

冬明晨“哈哈”笑着，拍拍他的肩膀说：“怎么样？我没说错吧。”

孟涛抽了口烟：“没错，回答的还和上次一样，这个老滑头。”

冬明晨发动车子，接过孟涛递过来的香烟，说：“不滑头能做到校长的位置吗？”

冬明晨说的是单贞小学的现任校长——李世人，孙莉在这里工作的时候他还只是个年级主任，而现在他不仅是单贞小学的校长，还是单贞中学的副校长。冬明晨他们第一次来的时候，他给的答案就像新闻摘要，简略得让人可以任意联想。

一个人莫名其妙变得精神不正常，这本来就说不过去吧。

于是冬明晨就找到了杜雨，李世人那里干脆让孟涛过去磨一下。

仅仅是三年前的事，没必要搞得像跨越十年的谜一样吧，十年前的什么未解之谜，听着就俗套，但是查案有时候就是老俗套，冬明晨想。

但是无论如何，冬明晨感觉关于孙莉的离职原因的说法还是不能令人信服，杜雨泛着粉红的眼眶又浮现在冬明晨的脑海里。

冬明晨发动车子，上了三环。

孟涛提醒道：“哎，走反了！”

“没有，不回警局！”冬明晨的声音被远远地落在车速的后面，消失在马路上的嘈杂中。

第十八章　叶落枯萎，爱情萌生

张起扬这两天窝在车里就没有出去过，李国胜并没有什么异常。异常是指区别于往常。

当李国胜盖上床板的时候，张起扬看着屏幕，然后吐出一口烟，缭绕着的烟雾仿佛与屏幕上干冰的雾气交织在一起。

早晨王元赶来的时候，张起扬已经躺在椅子上睡着了，伴随着沉沉的鼾声。屏幕上的李国胜已经准备出门了。

王元看着屏幕怔了一会儿，眼前是一个父亲？还是一个杀手？还是他在扮演着这两个不同的角色，像在游戏中一样可以切换自如，像神出鬼没的魑魅……

但是又不像，难道我们真的爱一个人的时候还会去恨他人的影子？难道我们爱着自己的孩子却不能对他人的孩子抱以同样的悲悯与爱心？难道我们的思路错了？

李国胜推门出去，留给王元一个背影，沧桑的背影。

王元不忍叫醒张起扬，等张起扬醒过来的时候，已经快到中午了。

王元看着张起扬疲倦的眼神，心里闪过一丝不忍，欲言又止，说："回家休息吧……"

张起扬走出两步的时候，王元才甩出刚才没说出来的话："正好可以陪陪嫂子。"

张起扬在回家的路上真想把油门一脚踩到底，如果没有限速牌的提示，如果没有来来回回拥堵的车辆。

张起扬推门进去的时候才发现房间空荡荡的，家里的电器都静止着，等待着被叫醒。

张起扬看李国胜的房间的时候也有这种感觉，即使家里具备了各种陈设，甚至堆得满满的，房间却还是显得空荡荡的。

蓝欣并不在家。

可能出去买东西了？张起扬的内心泛起一股愧疚。一夜没合眼，这个时候睡意又上来了，张起扬干脆斜躺在沙发上。

蓝欣看着眼前川流不息的人群，心里却有点儿像眼前的人流，杂乱无章。

地铁上传来一阵减速的声音，蓝欣习惯性地用手护住自己的腹部，然后等着他人匆匆下车、匆匆上车，密密麻麻，摩擦碰撞。

她这个习惯性的动作仿佛已经根植到了自己的脑海中，不用思考就可以做出反应，或者说永远首要思考的都是肚子里的小生命，小心翼翼地保护着。

保护来源于脆弱，而美好往往也来源于脆弱。

蓝欣坚持着自己心中的美好，不过现在，她的心情却和早晨出发的时候不一样。

"前几天那个男人是你丈夫吧。"蓝欣想起小伙子的话，思绪有些乱。

蓝欣到的时候，阳光正暖，给草坪铺上一层金黄色的光泽，温暖的空气让人的骨头都可以酥化，达到最美好的放松。

老人正在草坪上小憩，微仰着头，头撇着看过来，脸颊上好像又爬上了几道皱纹，皱纹里面好像处处藏匿了阳光的静谧。

蓝欣来的时候很少同老人聊天儿，老人也没多少话说，只是静静地看着蓝欣，有时候轻轻地用手抚摩着蓝欣长长的头发，像是在为她梳妆，又不像。老人的眼神也是温和的，苍老的双手让发丝从指尖滑过，带来轻柔的触感。皱皱的双手，乌黑亮丽的头发，苍老，年轻，老人好像是在回忆着自己曾经饱满青春的岁月。

蓝欣有时候会在这里坐上一天，偶尔讲个故事，老人像是漫不经心，又好像沉浸其中，蓝欣也不去管，一直讲完，然后看着老人满意享受的笑容。

老人的精神头儿比以前好太多了，只是愈加的苍老。

后来老人已经开始参加这里的集体活动了，有时候几个老人结伴聊天儿。蓝欣这次还在老人的床边发现了织到一半的毛衣，蓝欣很是高兴。

老人的身体在慢慢恢复着。医生也曾说过，有人陪伴，也有助于恢复。医生分析了一大堆，蓝欣全没记住。所以蓝欣有时间的时候都会到这里来，静静地待着、静静地陪着，然后每次给老人备上一些喜欢吃的水果和其他的东西。

送老人回房的时候，蓝欣热情地和这里的一个小伙子打招呼。小伙子笑着说："前几天那个男人是你丈夫吧。"

"前几天？"蓝欣一愣，问道。

"嗯，怎么啦？"小伙子也一愣，挠挠头。

"他自己吗？"蓝欣有些尴尬，又问。

"嗯，还把老人接出去转了一下呢！"

"什么事啊？"蓝欣疑惑。

"我也不知道，怎么啦？"小伙子不知道怎么了，只好耸耸肩，"我只是看见他了。"

"没事。"蓝欣笑笑说，然后将老人送回房去。

她登记的时候，翻到了登记簿上的名字，签字处写的名字有些像文艺体。蓝欣皱了皱眉，心想张起扬怎么这么不认真，不禁在心里"哼"了一声。

外面的阳光依然很暖，整个房间里都被阳光填满，仿佛让人联想到麦穗的香味。

蓝欣回到家的时候，正看见张起扬在沙发上睡着了。

张起扬蜷着腿窝在沙发里，头枕在胳膊上，安静地睡着，这个姿势把蓝欣逗笑了，那么恬静。看上去像一个婴儿静静地睡在子宫里，或是摇篮中。

蓝欣只好先去做饭，"噼里啪啦"的声音响起，当锅里蒸腾出阵阵香气的时候，张起扬环起自己的手臂，轻轻地抱住蓝欣，耳语着将勺子从她手里接过来。

有时候爱人之间的沟通，就是这么简单。

"你前几天去老太太那里了？"蓝欣把筷子放进嘴里咬着。

张起扬放下筷子，惊讶地说："没有啊！"

"我今天去了，有人说前几天看见你了。"蓝欣噘着嘴。

"哦！"张起扬点点头，"史进去的，这个我知道。"

"史进啊！"蓝欣笑着说，心想，怪不得签名那么文艺，便不再细想，又说，"你们真是铁哥儿俩，你还经常见到他？"

"嗯，他就在东阳区边儿上，"张起扬说，"我常去啊，他毕业后就一直在那儿。"

毕业后张起扬经常和史进讨论一些案子或者心理分析案例的问题，还是常去的，有时候张起扬回家之后嘴里还会一直不停地念叨，像魔怔了一样。这个蓝欣知道，不过，她从不管他们那些"无聊"的内容。

事实上蓝欣也不管张起扬的工作，要不是有一次去找张起扬，她甚至还不知道警局的大门朝哪边开。

"对了，给你这个。"蓝欣拿出一个便携式的药盒放在桌子上，"你以后随时带着。"

张起扬瞥见那个药盒，心脏猛烈地跳动了一下，眼睛睁圆，瞳孔好像都跟着放大了，突然提到了音调："我不吃药！"然后一把将药盒推开。

蓝欣怔怔地看着张起扬，愣了一会儿，生气地说："不吃算了！"然后小脸蛋儿气鼓鼓的，只顾自己低着头往嘴里扒饭。

张起扬也坐在那里怔了一会儿，时钟发出"啪嗒啪嗒"的响声。

张起扬知道自己刚才态度太差劲了，心里立刻开始反悔了，但还是继续吃饭。

"前几天可能就是太累了，不就是有些低血糖吗，不用吃药的。"张起扬说，又扶住蓝欣的肩膀，"再说了，你知道我一向觉得西药能不吃就不吃的。"

蓝欣把脸别去一边，嘴里嚼着东西，专心吃饭的样子。

"别生气了，好不好。"张起扬完全丢掉在警队时的威严，晃着蓝欣的胳膊说。

"不吃就不吃，你多厉害啊！"蓝欣指着药盒又说，"你也不看看那里是什么！"

张起扬拿过药盒，打开一看，然后"扑哧"一下笑了。

便携式药盒里面装的是方糖。

"看见了吧，能毒死你吧！"蓝欣故意这样说。

张起扬笑了，心里又流过一丝感动。

"能，肯定能！"张起扬说到这里停下来，看着蓝欣的表情，"能感动死我！"

蓝欣得意地歪着头不去看他。

张起扬站在那里看着，笑得像个大男生，然后吻过来……

蓝欣睡醒的时候已经过了清晨，太阳正暖，被子上也暖烘烘的，正吸满了阳光的味道。

桌子上留下一张纸条：早餐做好了，热一下就可以。

蓝欣取出张起扬准备好的面包的时候，"扑哧"一下笑了，上面一颗心形令人垂涎欲滴。

蓝欣之所以爱上张起扬，是因为他身上有一种说不出来的魅力。等到蓝欣觉得自己离不开他的时候，他却依然能够每天带给她不一样的温柔。

蓝欣吃着早饭，心里开心地享受着，脑海里开始浮现出一幅幅画面。

"其实我准确地判断到这个时候会追到你。"张起扬得意地看着蓝欣，一脸的神秘莫测。

想到这里，蓝欣歪着头自己把自己逗乐了。

蓝欣和张起扬曾就读于同一所大学。

人的记忆会自动变得模糊，并且经过自己的加工和美化，有时候回忆起来只会想起一个标志性的事物，而后其他的记忆都会围绕这个标志慢慢地浮现在脑海里。

蓝欣记忆中的那个标志，就是××大学的红叶，颜色像火一样。

"在叶落之前，我能够追到你！"一片叶子盘旋着落下去，张起扬一个箭步迈过去，矫健地接住，然后揣进兜里，"这个太早。"

蓝欣笑着给他一个白眼。

蓝欣第一次见到张起扬是在两人共同的选修课上，老师正在讲台上激情地讲着："我们要相信，心理学是一门科学，有着它本身的准确性和逻辑体系，变态心理学作为心理学最早发展的分支之一，当然也是如此。通过对个体的案例进行分析，我们可以清楚地了解到个体的心理病症……"老师义正词严。

"不是！"下面传来一声。

"哦？不是什么？"老师一怔。

"变态个体，很难去了解。"下面的男生说。

"我讲的这些都是很多研究者总结出来的东西，你不要随便反对。"老师有些不耐烦，但还是没有表现出来。

"我可以。"

"你可以什么？"

"我可以反驳。"

"好，那你上来讲一下。"老师的嘴角有些抽动。

男生走到讲台上，用粉笔静静地画了一个圆形，然后转过头来，沉默了一会儿。

"请问怎么求这个圆形的面积？"男生问。下面突然哄堂大笑。

蓝欣正坐在前面，好奇地说："π乘以半径的平方。"下面又是一阵零散的笑声。

男生看了她一眼，又继续讲下去："对，那么我们怎么求这个圆形外面的面积？"

"用黑板的面积减去圆形的面积。"下面的人笑着，多半在起哄。

"如果我只能站在这个圆形内，怎么能够得到外面的面积呢？"

下面没有人言语，蓝欣只是皱着眉头看着。

"其实这个圆形就像我们可以了解到的调查个体的病症表现，因为我们知道它的半径。整个黑板就像是被调查个体的心理世界，外界难以深入。我们就像站在圆圈里面，而且将永远在圆圈里面，所以将对外面的面积不得而知。"男生顿了顿，"这个有点儿类似于冰山理论，我们只是看到了它浮在水面上的一部分。"

下面仍然一片默然。

下课之后，人流匆匆而过。

"你好，我叫蓝欣，管理科学专业。"蓝欣喊住男生。

"张起扬。"男生眼里含着笑意，"心理学三班。"

从那以后，张起扬每周都约蓝欣出去。

第一次，蓝欣夺走了张起扬一本三毛的书。月光初上的时候，两个人走在路上，张起扬说："送给你了。"

以后的每一次，张起扬都会送蓝欣回到宿舍。

踏着月光，脚底下像沾了桂树的光辉。

以后的每一次，蓝欣都会很开心。

华灯初上的时候，蓝欣兴奋地说着夜场电影的情节，两个人踏在红叶下影影绰绰的路上。

张起扬说："在叶落之前，我能够追到你！"一片叶子盘旋着落下去，张起扬一个箭步迈过去，矫健地接住，然后揣进兜里，"这个太早。"

很多周后，宿舍楼下，张起扬和蓝欣紧紧地抱在一起。

张起扬说："我准确地判断到这个时候会追到你。"

张起扬打开蓝欣的书包，拿出三毛的《撒哈拉的故事》，取下封皮，里面掉出一张纸条：在叶落之前，我能够追到你！

蓝欣笑着给他一个白眼。

风吹动树干的时候，张起扬用身子撞了一下，一片落叶盘旋而下。

红叶枯萎，爱情萌生。

以后蓝欣的宿舍楼下多了张起扬的身影。

"我真傻，我现在只知道你是心理学三班的张起扬，"蓝欣吐吐舌头，"说不好你是校外逃过来的一个流贼。你们院住哪栋楼？"

"C栋，119号。"张起扬拉住蓝欣的手。

"哈！一本正经，你分明就是个流贼。"

一年多以后，两人一同考研，去了另一个校区，告别了红叶。

后来，红叶正美，像火一样热烈，也像他们的爱情。张起扬带着蓝欣又回到这个校区，他们要用相机记录下来这里的点点滴滴。

取景器里的蓝欣嘴角扬起，像世界上最有韵味的笑，感觉下一秒钟洁白的牙齿就会一跃而出。

张起扬未学过摄影，不知道如何构图，但是将自己心爱的女人的笑容留存在眼前那一个小小的画框里，任谁都会无师自通的吧。

当按下快门的那一刻，红叶正飘进蓝欣的笑容里。

张起扬把相机从眼前拿开，蓝欣正伸手让红叶停驻在自己的手心，红叶打了个转，还浸透着阳光的温暖。

叶落枯萎，爱情萌生。

蓝欣突然想起那句"在叶落之前，我能够追到你"。

"当时你为什么那么有把握？"蓝欣歪着头问，拿着红叶摇了摇示意。

"怎么？好奇呀！"张起扬得意地走过来，"其实，我一点儿把握也没有，我很想这么去做，所以就写了。"张起扬一屁股坐在红叶上，满地的红叶好像带着淋过雨后的鲜艳，成了这个季节大地最美丽的着装，张起扬又把拳头放在胸口，"最重要的一点是，我对自己有信心，时刻准备着。"

"你正经点儿说！"张起扬的动作有些滑稽，把蓝欣逗笑了，蓝欣推了他一把故作严肃地说。

"我在正经说啊，"张起扬无辜地摊开双手，然后又真的正经起来，搭上蓝欣的肩膀，"其实……"张起扬想把身体里的温柔全都掏空，从眼睛中流露出来，那就可以让蓝欣全都感受到了，"我很早就注意到你了，咱们学校图书馆的三楼，你常去的吧。三楼是存放文学类书籍的地方。假如一个女孩儿经常会在那里逛来逛去，而且大多不是在埋头自习，任谁都会有印象的吧，任谁都会觉得她出落得不一般了吧。"

张起扬记得那脚步，像是在公园赏花，像是在雨天漫步，踏出清灵的水声。印象特别深刻的一次是在一个书架旁，女孩儿连续三天来那儿找了三次，张起扬默默记住了那个位置，那个空缺的位置和断了的书籍编号。

"你还记得那本《撒哈拉的故事》吗？蓝色的精装封皮，让人联想到沙漠也同海洋一样，有着绝对的辽阔，有着人们站在中间张开双臂时无尽的延伸，同时我们的脑海中也抱有了对这无边的空旷的绝对自由的遐想。"张起扬说。

张起扬记住了那本书的编号，记住了那个空缺位置放的是《撒哈拉的故事》。

第一次约会的时候张起扬带着那本书，蓝色的精装本。

蓝欣开心地从张起扬手里夺走："我在图书馆找了好几次呢，一直不在。"

张起扬摊开双手："我看过了，送给你了。"

蓝欣喜欢雨，这个很少有人知道。

雨从人们看不见的高空落下来的时候，就注定人们要对雨有着不存不灭的想象。有时候雨让人们都躲避起来，于是空气中仿佛就只剩下了大自然之间的对话。这个时候女孩儿才来偷听，反正确实很少有人能感受得到雨间的况味。

蓝欣喜欢雨间的气息，这个张起扬知道。

假如有那么一个雨天，红叶下的温度正可以让心间的暖流保暖，张起扬会说："出来走走吧。"

于是雨中多了两个人的密语，像跳跃的水珠声。

蓝欣以前的男朋友喜欢悬疑电影，典型的理工男，每次看电影的时候都会选择悬疑类型的影片，看过之后兴致勃勃地分析剧情，锲而不舍。

蓝欣不喜欢悬疑电影，但还是陪他一起。

这个没人知道，只被记在了女孩儿保留的电影票存根上，但是张起扬知道。

于是女孩儿看电影时，再也不用被一惊一乍的跳切与观众的呼声惊扰了。

电影像咖啡，要慢慢品。

最后一个夜场电影，张起扬看好了那个情节，爱情剧；看好了那个故事，直击女孩儿的心扉；看好了那个节奏，像雨天的漫步；看好了那个氛围，散发着荷尔蒙的气息。

当电影落幕的时候，两个人心里"咯噔"一下。

假如硬要说这些都是计划好的，那么张起扬势必要承认了。但假如这是巧合，那么张起扬也是巧合当中的一员。

"你怎么知道我喜欢这个片子？"蓝欣问。

"我早就打听过了啊，包括你喜欢雨、喜欢看三毛的书……这一切，我都知道。"张起扬说完露出洁白的牙齿。

"好啊，哈！原来你是个预谋家！"蓝欣噘着嘴。

爱情需要的巧合远远比我们想象的要多，个人的预谋在巧合面前永远都是不值一提的。

"可能是为了用心吧。"张起扬说。

"你是用心的吗？"蓝欣说着，手搭上张起扬的胸膛，"你是用心的呀！"

如果爱情是一个谜，那么身处其中的我们已经再也无法拆开它了。

"我是一个很固执的人，固执到只可以喜欢一个人。"张起扬说。

爱情有时候需要自己欺骗一下自己，心理学帮我们完成了这项工作。张起扬为这项工作收了尾，自己也深陷在爱情的旋涡中。

第十九章　那是谁的画作

"啪嗒啪嗒"的脚步声传过来，在屋里荡起长长的回声。

有些轻盈，应该是元丽的脚步声。

冬明晨忽然想起元朗不希望女儿看到家里有警察，于是拉着孟涛下楼，等到楼上响起关门的声音，才拨通了元朗的电话。

冬明晨他们在楼下等了有二十来分钟，才见元朗走下楼来，手里还提着一个塑料袋。

"我不知道她都把东西放在哪里了，所以找了好一会儿，这个在床底下。"元朗将手中的塑料袋递给冬明晨。

冬明晨接过去打开袋子，从里面拿出来一个板状的东西。

那是一幅经过简易装裱的油画，上面还蒙着一层尘土，被手拿过的地方落下两个干净的手指头的形状。孙莉画过的画还是蛮多的，这幅画在元朗看来并没有什么特别之处。元朗好奇地看着冬明晨，不知道他要这幅画做什么。

"嗯，是这个。"冬明晨看了看说，只是外面的光线已经有些弱了，看起来有些模糊，"好的，谢谢你。"

"没关系，这幅画有什么特别的地方吗？"元朗问，眉头微微地锁起。

"没什么，那我就先带走了。"冬明晨看着元朗，突然歪了下头又问，"对了，你的妻子就是自己变得……不正常的吗？"

"什么意思？"

"我是说，就没有什么诱因导致她的变化？"

"诱因……"元朗低着头认真地想了想，"没有吧。"

冬明晨回去的路上心里还是有些憋得慌，如果他推测的没错，那这样的丈夫也有点儿太不负责任了吧。冬明晨点上烟，让凉爽的风不停地灌进来，吹散车里熏得人头晕的秽气。

日光灯给画面洒上一层银色的光纱，铺在上面，微微地闪着亮光；当这亮光闪在元朗一家三口的笑脸上的时候，就多了一份和谐与温馨。

一家三口紧紧地挨在一起，元丽的胳膊调皮地搭在妈妈的肩上，手指头碰着妈妈的脸，但是也遮挡不住妈妈的笑容。爸爸就站在妈妈的一侧，英伟地挺立着，像一面厚重的支撑墙，将母女紧紧地保护起来。

三人背后是青色的山，蓝绿色的水像条绸带一样从山的肩膀后面甩过来，远处淡淡的云雾给整个画面披上一层虚无缥缈的色调。看不出来是在什么地方，但是可以肯定的是，处处流露着郊外的清秀。

远处的几座青山若隐若现，可能是为了突出青山的远，那几座青山都画得很小。

"哦！"孟涛一拍脑门儿，大叫道，"这个是元丽卧室的那幅画吧。"

冬明晨说："元丽卧室的那幅画是她临摹的，而这个孙莉的是原作。"

"只是这幅画的背景是郊外，那个像极地……"

"那个可能只是没上色，现在对比看来，也没有理由相信那幅画的背景就是极地。"

孟涛点点头，回想起元丽卧室的那幅画确实和这个的构图别无二致，只是没有颜色，简单模糊的轮廓，确实会让人联想到冰山。

"重点是……"冬明晨的手指在那幅画上慢慢地移动着，像在找着什么。元丽卧室里临摹的画、杜雨办公室墙上挂着的风景画，像幻灯片一样在冬明晨的眼前显现，消失……

"找到了，这个！"冬明晨的手指突然停在画面上，"看这里！"

孟涛的眼睛被一种可怕的巧合吸引，一时忘记了喘息。

一抹红色，在白光的照射下带着一种刺眼的鲜艳……这一抹鲜红嵌入到一个细小的黑色色块中，很是引人注目。

"元丽卧室的那幅画也有，一模一样！"孟涛叫出声来。

"不仅是画，照片也有。照片和这几幅画，都有这个东西。"冬明晨用力点了一下画上那个小黑点。他记得杜雨办公桌上的那张照片，孙莉和杜雨两个人的笑脸像在跳跃着，背景是三山映水，青色的山，蓝绿色的水像条绸带一样从山的肩膀后面甩过来……和其他几幅画一模一样，构图也完全符合。

如果只有几幅画倒没什么，但是照片的存在好像是在说，这是同一个地方，而这个地方也是真实存在的。

"但是这又能证明什么呢？"孟涛眼神里充满着疑惑，虽然他对这巧合也有些惊讶。

"这个东西会让画面怎么样？"冬明晨指着那个小黑点问。

"怎么说……"孟涛挠挠头，"有些突兀，破坏了和谐。"

冬明晨点上烟，闭上眼，长吸一口气，脑子里开始闪过一个又一个的画面。

冬明晨在元朗家楼下曾问元朗："这幅画大概是什么时候画的？"

"大概是三年前吧。"元朗眼神里依旧流露着淡淡的迷茫，站在原地不动。

冬明晨联想他之前和杜雨的对话……三年前，正是孙莉离职的时候。

冬明晨移开手指，露出那一抹诡异的鲜红，像流动了一般……

冬明晨用手扶着孟涛的肩膀，在他耳边说了几句，然后用手拍拍他的肩膀。

孟涛的眉头皱成一团，说："你说那是……"张大的嘴巴久久没有合上。

"那我们现在应该怎么做？"孟涛很快就进入了工作的状态。

"你去找几个人，分成两拨，一拨去把所有三年前关于单贞小学的资料都找出来；另一拨跟着我，找到这个地方。"冬明晨拿起那幅画，手指圈着元朗一家三口身后清秀的风景。

"但是，B市郊区这样的小山头太多了，而且很多山头旁边都会有水的。"孟涛说。

"那咱们就绕着它找，从最近的开始。"冬明晨拿起笔圈起白板上的"单贞小学"四个字。

"明天。"冬明晨看着窗户外面沉下来的夜色又补充道，"去吃点儿东西吧。"

朝天椒在锅里被水煮得翻来覆去，痛痛快快地洗着澡，瞬间泛着令人垂涎欲滴的鲜红。出了警局转过一条街就能看到这家火锅店，冬明晨喜欢这里，因为它够辣。

"听说你要被调走了？"孟涛夹起一块浸满汤汁的肉片。

"你听谁说的？"关于调走的事，局长只跟冬明晨提过，不过时间还没确定，他自然也没有对外说过。

"其实……队里人都知道了。"孟涛被辣得不行，倒吸一口气。

"随便吧，怎么了？"冬明晨才没有心思管那些闲言碎语。

"希望你调过去之后能够习惯，调到东阳区吧？"孟涛灌下去一口凉水，冲冲嗓子。

"这你都知道？"

"不就这行情吗，你肯定是升了吧，当然也就只有东阳区。"

"能习惯的吧，我之前的老大也在那儿。"说到这里，冬明晨摇头笑笑。冬明晨之前是从缉毒调过来的，想起来还是别有一番美好回忆的风味。

"以前缉毒时候的那个老大？"孟涛点点头，"我听说过，以前的风云人物啊！"

"嗯，当初我们俩还是同时调出来的。"冬明晨眼睛看着锅中翻腾的汤水，好像还流连在以前的时光里。

"他怎么样？"孟涛小心翼翼地在锅里扒拉着，生怕一不小心就吃进去个辣椒。

"怎么说呢，很热血、很果断的一个人。"冬明晨顿了顿，无奈地笑笑，"除了一点，其他都挺好。"

"哦？哪一点？"

"嗯……"冬明晨想了想，故作神秘地说，"正确的偏执。"

孟涛听得一头雾水，热腾腾的雾气升腾在两个人的中间，鼓动着两个人的欢声笑语。

"下次再也不跟你来了。"孟涛笑着说,他刚吃进去一个辣椒,呛得直咳嗽。

"我走了之后你想吃也没人陪你喽!"冬明晨笑着说。

"这么说,我倒想忍着吃下去……"

朝天椒在锅里被水煮得翻来覆去,痛痛快快地洗着澡,浑身泛着令人垂涎欲滴的鲜红。

两人吃得脸上泛着红晕,好像有细细的汗珠渗出来。

夜,静下去。

第二十章　你的信任我的保护色

杜雨今天早早地躺在了床上，卧室里的吊灯那么明亮刺眼，当杜雨眯起眼睛看的时候，只看到一片光亮——几乎漫延到整个天花板的光亮，然后再也分不清楚吊灯的轮廓。

她窝在被子里，尽力蜷缩着自己的身体，当身体蜷成一团的时候，在软绵绵的席梦思床垫上压下了一个轻微的凹陷。她甚至想陷下去，深深地陷进床垫里，避免这赤裸裸的光明，躲进黑暗里面，因为黑暗有时候让人感到安全。

杜雨将被子扯过来蒙住半边脸颊，遮住上面一块巨大的光亮，避免它直接刺向自己的眼睛。她紧闭着眼睛，想尽快地睡去，睡进无知无畏、没有痛苦的梦中世界里，因为睡眠可以让人逃避现实的世界。

黑暗和睡眠，永远那么默契地交缠在一起，而这两者对于杜雨也是如此的契合时宜。

丈夫不是个心思细腻的人，他可能没觉得杜雨有什么异常。他宽厚强壮的身体，踏出重重的步伐。

卧室的灯光熄灭了，整个世界在杜雨眼里瞬间变得简单，简单到几乎没有任何东西。杜雨喜欢这个时候的黑暗与安静，可以清晰听到丈夫的脚步声。

她挡开了丈夫向她送去怀抱的手，她只是想让自己的大脑静止，不再思考，不再做出反应，也不再接收外来的任何信息。只是越想静止，越不能静止，一个又一个念头像藤蔓一样盘根错节地爬上杜雨的脑回路，层出不穷。

任何光线遇到黑色的时候都是那么的脆弱无力，被它瞬间吸收殆尽，而反射出来的还是黑色——没有长度、深度、宽度，没有任何空间概念的黑色。

如果黑色能够吸收任何光线，能够消解其中包含的信息，那么是不是黑色中也应当蕴含着所有的光线，产生无限的信息？

但那已经不重要了，因为杜雨看到眼前的黑暗在慢慢熔化，像冶炼时的铁水，像流动的颜料，然后重组，塑性。

于是黑暗中开始出现颜色、出现光线、出现阴影，开始流动出孙莉的模样。最后，黑暗中也开始出现声音。

"咱们两个谁都不用羡慕谁，因为无论是谁往前走的时候，都会牵着另一个人的手。"孙莉的笑露出洁白的牙齿，整洁得像葫芦籽儿。

"好姐妹！"孙莉晃荡着两个人攥在一起的手。

一丝温暖在杜雨心中点亮，但是瞬间又变成恐惧。

"你知道那是巧合，那只是巧合，只有你知道的。"孙莉的脸色阴下来，眼神里泛着光，带着哀求和埋怨。

"只有你知道的，你要帮我。"

"好姐妹……"

"牵着手……"

孙莉的手伸过来，很长。

杜雨感觉那手像橡皮绳一样，很长，可以绕过自己的脖子……

杜雨猛地从梦中惊醒，急促喘出的气喷散鼻头前的乱发。她周身的血液沸腾似的催动着心脏急促地跳动着，皮肤好像也跳动着，下面是涨红的毛细血管。她再也没有心力睡觉了，坐到沙发上静静地发呆。

电视机的旁边应该有着一张她和孙莉的合照吧，杜雨看了看空荡荡的角落，自己何时把孙莉从心里的角落里挤了出去？

她还记得，在湖边的长汀上，孙莉笑着将身体后仰，长长的头发像瀑布一样垂下去，发梢刚好浸入水里。

她们以前经常一起去写生，当了老师之后，虽然不会有什么太复杂的东西要画，但是关于艺术特长，她们有着一个共同的坚持，那就是不能荒废。

"我有什么好羡慕的？"孙莉甩起自己的头发，发梢激起波纹。

"漂亮啊，"杜雨一边画画一边说，"而且也很有才。"

"漂亮有用吗？这就像画画，有时候对于画作来说，绝对的精美是没有任何必要的，不然早就用计算机得了。"孙莉用手比出一个巴掌的大小，有些惊讶地说，"这么大一块，可以有成千上万个色块！"

"人也一样。"孙莉挺起身子，甩出头发上沾着的几个水滴。

"咱们两个谁都不用羡慕谁，因为无论是谁往前走的时候，都会牵着另一个人的手。"孙莉的笑露出洁白的牙齿，整洁的像葫芦籽儿，"这个地方还不错啊，下次如果要带孩子们来写生，就来这里吧。"

"地方是不错，"杜雨看着蓝绿色的水波，像流动的玉石，"不过领导们可能不会希望带孩子们来这儿吧，有点儿远，安全问题也不好照顾。"

"是吧。"孙莉喃喃着。

这里的山很少进行人工开发，只有人们踩出的小路和旺盛杂乱的植被。如果说是生机，也是与荒芜交错存在着。

幽静，也更加深远。茂盛，也更加繁芜。

孙莉对大自然有着一种天然的热爱，或者更应该说是依赖。对于搞艺术的人来说，自然于他，几可相当于水之于鱼的作用，紧紧地捏住创造生灵的根源。

孙莉像一个老匠人一样细细打磨着自己的画作，有的水珠还顺着发梢慢慢地流动汇聚，最后变得丰满圆润，滑落到地上。

时间仿佛都随着水珠的流动汇聚而渐渐地凝固。

"呀！"孙莉轻轻地叫了一声，微微地叹了口气，看着画纸上那令她不满意的微小的一笔，即便我们人人都有一副明亮的肉眼，却也不一定能看出来那微小的一笔。

孙莉将画纸取下来，重画。

杜雨在一旁看着，噘嘴道："又重来。"

孙莉耸耸肩，取出一张新的画纸，笑笑不说话。艺术是需要强迫的。

此刻杜雨在沙发上蜷起了自己的身躯，像只害怕受到伤害的兔子。

"不过对你而言，却叫蒙蔽。"冬明晨的眼睛像刀子一样锋利。

"你们很年轻，依然很年轻。"冬明晨用手指了指相框。

"我们？"杜雨的眼圈又有些泛红，"嗯……她会永远年轻的。"

"也不知道你啊，值不值得她去信任。"冬明晨的话语响起的鼓点敲打在杜雨的心头。

她紧紧地往角落里靠去。

电视机的屏幕里好像跃出一张面孔，杜雨记得当时这张面孔是狰狞的，可怕的狰狞可能是自己记忆里的扭曲，但是那张面孔，最起码也是冰冷的。

向来领导出场都戴上了很多面具，虚伪、狡诈、强权下的强势。

杜雨进门的时候害怕到噤声，她来的时候就大概猜到李世人找她有什么事了，而且都不用猜，只是她不想面对。

"看看这个。"李世人斜靠在沙发上，平静地将一张纸丢到办公桌上。

杜雨用眼睛慢慢地扫着上面的字，一行又一行，事实上她的手已经颤抖了，事实上她的内心已经一团乱麻了。她的胸脯不规律地起伏着，眼神中透露出内心的纠结。

"不是这样的！"杜雨的眼睛红红的，双手猛地把纸放下，不再去看。

"我知道，你们俩关系很好，但是你要分得清楚，感情是感情，立场还是不能变的。"李世人站起身，双手撑在桌子上，看着杜雨说，"也正是因为相信你，也相信了解她，所以我才找你来。"

"正因为我们关系好，所以我才相信不是这样的！"杜雨再也忍不住了，眼泪夺眶而出。

"冷静些，"李世人的语气又变得平和，"你还是说相信，谈感情，但是事情就这么发生了，这个不是你能决定的！"

"那你为什么找我？"杜雨像是在无奈地诉说，"既然我不能决定……"

李世人看着杜雨抽搐的身体慢慢变得无力、蜷缩，直到蹲在地上。他又拿出一张纸来，脸上露着可怕的平静，像一把锋利的刀子，却蒙上了未开刃的伪装。

"这两个，你都看看，选择在其中一个上面签字吧。"李世人的语气依然平淡。其实最为可怕的语气往往是平淡，握有强权的人往往就是语气平淡的，因为他早就不准备商量，所以内心也波澜不惊。冷血的人往往也是语气平淡的，因为感情早已枯竭到无法支持任何有血有肉的语气及声调。

杜雨看了一下另一张纸，想说出什么话来，却都被哭声捏造成了喉咙里干硬的"呼呼"的声音，哀伤而凄厉。

"你要明白，这个连我都决定不了。"李世人将杜雨扶起来，坐到沙发上，安慰着她，"你先歇会儿。"

杜雨从办公室里出来的时候已经感觉不到脚底下是否还踩着东西，每一步都像踏在厚厚的棉花上，失重，陷落，身子摇摇晃晃地往前踉跄着。

眼睛是一个人心灵的窗户，又说能看见一个人的灵魂。而此刻，杜雨的眼睛却是空洞无物的，像生锈的银器，像未抛光的珍珠，像干枯的树叶，像奄奄一息的星光，像丢失了一切的生命力。

丈夫起来的时候，杜雨正躺在沙发上，身子像刺猬一样的蜷缩着，想把周身都张起保护色，脸上干了的泪痕正迎接着清晨的第一缕阳光，像蜗牛爬过之后被晒干的痕迹，上面反射出鳞片般的白光。

第二十一章　孤独的白杨树

可以说是荒山，虽然假如从山脚下开车出发，二十分钟内视野中就会出现高楼大厦。可以说是野林，虽然在二十分钟的路程中会经过一片白杨林，整齐的白杨树挺向空中，像威仪的队列士兵。但是荒芜中却流露着清秀，荒山却不恶水，这里的湖水保留着大自然的纯净与清新。

冬明晨嘬完最后一口烟，吐出大大的烟圈，淡淡的乳白色气体涌向上空。

烟头虽然被冬明晨狠狠地碾了一脚，但还有零星的火源努力地冒着细碎的烟，过不了十分钟，它就会冷却在腐烂植物化成的土壤之上。

仅仅就这么一个地方，大大小小的山头星罗棋布，多得难以数清。如果生出一双翅膀飞上天空鸟瞰下来，多半像极了文字在大地皮肤上噬血而留下来的印记。

冬明晨队里一半的人已经扫荡了半天了，可是出自大自然的手笔往往是那么的鬼斧神工，又是如此的天马行空，可以说是毫无规律可言。他们好像遇到了中学时期学过的排列组合的数学内容，绞尽脑汁地想在这一片荒凉中找到一个三山映水的组合，使得它可以完美地契合那幅画所描绘的景象。

冬明晨一干人等，像一群蚂蚁一样被撒进这片鸟儿到处拉屎的地方，仿佛瞬间都可以消失在彼此的视线之中。他现在又渴又累，嘴里黏黏的，好像是因为呼吸了这里湿腻腻的空气，空气中的颗粒全都附着在口腔黏膜上，阻滞了腺体的分泌与呼吸。

一张缩印版的画静静地躺在他们每个人的兜里。

他们中的大多数不完全知道在这个城市偏僻的深处寻找一幅画的意义所在，只知道这事关一个案子，同样也事关兜里那一幅看起来再平庸不过的画。这个是没有办法的事，他们中的大多数都是仅仅被当作腿和眼睛来使用的，他们的脑子是用不上的，到不了可了解事情全貌的地步的，也没有那个必要。

由此已久，他们的脑子只剩下了一个练就已久的功能，那就是抱怨。

"这个鬼地方，哪里都一样。"一个警员用从地上捡起的树枝百无聊赖地敲打着。

"谁闲着没事会来这种地方，整个就像 B 市的老胡同似的，四通八达，其实都一样。"旁边另一个警员附和着。

"谁闲着没事会来这种地方！"刚才那个警员重复了一遍，手里的树枝"啪嗒"一声打在树干上，因为用力过大，顿时折成两半，发出清脆的响声。

冬明晨听见声音突然回过头来，瞪圆了眼睛看着那个年轻警员，面无表情。

小警员手里拿着半截树枝愣在那里，胆怯地看着冬明晨。

"你刚才说什么？"冬明晨边走边问，目光看向小警员的方向，眼睛像镜头一样凝聚着，却好像不知看向何处。

"谁……"小警员支支吾吾的，不知道该不该继续说下去。

"不是这句！"冬明晨又望向另一个小警员，眼神像刚才一样聚焦着。

"整个就像 B 市的老胡同似的……"小警员说，犹豫地看了看冬明晨，可能心里在担心着队长是不是要生气了。

冬明晨拍拍说话的小警员的肩膀，回过头去，目光中的焦点好像又分散开来。假如一个人的目光没有一个聚焦点的话，通常情况下，里面的疑惑也就都藏不住了。

冬明晨边走边想，既然这里如此杂乱荒芜，那么有谁会到这里来呢？有什么意义呢？学生、老师……可能都不会。

大概是小学时期的记忆，变得模糊了，冬明晨曾在那里玩倒吊，博得同学们的惊叹与喝彩，却被老师骂了一顿。那个地方，影影绰绰地从冬明晨的记忆中浮出，记得那是一个小亭子，老师骂完他之后，还站在小亭子里念了一句"秋水共长天一色"，当时冬明晨不明白，但是印象却极其深刻，感觉老师像极了古代的文人，而他好像也不记得自己刚刚被老师骂过。

孟涛看着冬明晨走过来，用手挡了他一下，他才回过神来。

"秋水共长天一色。"冬明晨嘴里念叨着，停下脚步。

"什么？"孟涛一头雾水。

"没事。"冬明晨说，"你去跟他们打声招呼，到时间就收工，你跟我走一趟吧。"

冬明晨的车开得飞快，像极了他现在的心情，畅快明亮，像一柄锋利的剑，向前飞出，直刺真相。这种心情在破案时是常有的，同疑惑一样，两者并驾齐驱。

冬明晨记得那个地方大概要下了六环路往左，然后在某个路口左拐，那个路口的标志很明显，遇到一片白杨林的时候，再直走就可以了。那个地方绝对不远，小的时候，步行也不会感觉累的。

现在是回去的路，冬明晨必须先找到那个熟悉的路口……

开到六环的时候已经接近傍晚了，太阳在远处的小山头前面上下跳跃着，好像喝醉了不知道该上该下，脸上也透出发亮的血红色。

冬明晨一脚油门踩过去，孟涛身体一个不稳，头险些拍在后座上。

冬明晨一路飞驰，明快与疑惑并驾齐驱。当他的车子两边突然罩住一排排白杨树的时候，太阳在山边进行今天最后一次的招手，然后山这边的一切都没了影子。

当白杨树的影子消失在车前窗的时候，暮色像染料一样从天空上面晕染下来。

冬明晨记得遇到一片白杨林的时候，应该是往左拐，可是路口怎么不见了？

冬明晨打开车灯，一注黄色冲散这片染料浸透的世界。

整齐的白杨林像列队的士兵，像沉寂在这里许久的士兵。

假如有人真的在陵墓地下见过秦始皇万千兵马俑的阵列，或许会觉得和眼前的一幕有着诸多的相似。

它们都没有影子，它们都相互陪伴。

冬明晨好像没有看到路灯的尽头，是否一直都蔓延着白杨树。

孟涛在旁边皱起了眉头，但是看着同样脸色难看的冬明晨，所以憋住了自己想说的话，在一边噤声了。

齐刷刷的白杨树，阴森森的，没有了影子，也没有了文学作品中常常歌颂的挺拔与坚韧，所有的坚韧都化成了钢筋混凝土般的肃穆与凝重。

冬明晨看着这条路，感觉怎么走也没有尽头。

这让人联想起八阵图中，诸葛亮布下的石头阵，不懂八卦，不晓五行，那就别想出去。

冬明晨不知道车轮下滚动着的已经不再是柏油路，已经开始从车窗外传来碎石挤兑摩擦的声音。

这让他想起大学时听过的一则逸闻，在学校里流传许久。

那个时候他们没有那么多的电脑游戏，没有功能如此丰富的手机，晚上睡不着的时候，聊天儿成了他们每天晚上最大的主题。

除了女孩儿之外，他还记住了一个故事，真实流传在学校里的故事，发生在美术学院。

这对当时的他们而言，美术学院除了美丽的女孩儿之外，给他们留下印象最为深刻的就是这个故事。

美术学院一行大二的学生出去写生，途中有一个学生失踪，第二天才被发现，而这群学生也在夜晚中迷路了，像羔羊般。只是，那个失踪的学生回来之后就疯了，好像画家多少都有些疯的，或者说痴狂，但是也没有人说疯了的人是可以成为画家的。

那个学生离校之后又有了很多的传闻，据说他进了精神病医院，有了异于常人的能力，他的画作曾被拿到 B 市举办的一场高级展览上拍卖，甚至有人专门在网上开了帖子，来对那个学生进行追踪。

同时，从与他一同写生的学生们口中传出了城郊那片绕进去却出不来的白杨林，那片后来被冬明晨及其室友在卫星地图上证实的一目了然的白杨林。

　　冬明晨他们选择了相信来自地球大气层之外的那双眼睛，就是那个遥远的飘浮在太空中的卫星上的专用摄像头，而没有相信属于那些学生们自己的眼睛。

　　然而现在，冬明晨有些不敢相信自己的眼睛，不相信眼前的白杨林，不去相信大学里曾经传言的那么一个小小的大自然鬼魅般的故事。

　　白杨林不应该成为现在的重点，冬明晨看着，咬牙一脚油门踩过去。

　　突然，眼前的黑色仿佛被车前灯的远射光束撕裂了，前面豁然开朗。

　　冬明晨把车子停下的时候，灯光正打在一个小亭子上面。他的心"怦怦"地跳着，仿佛拼了命似的要从胸口里跳出来。

　　"秋水……共……长天一色。"冬明晨的呼吸被割断着。

　　他推开车门，走下去，远处的山影影绰绰地浮在夜空中。冬明晨的一只脚踏上亭子，自己就是这样往下倒吊的，他看着眼前的亭子周边的栏杆想起来。

　　夜晚的时候，整个天空才能更加清楚地收纳进水里，毫不保留。月亮、偶尔的星光，睡眠很静，波澜不惊，像一面大自然的镜子。

　　这个时候绝对不能埋怨猴子捞月故事里的猴子是多么的愚蠢了，因为此刻，连自诩为生物界最高智商的人，都要以为这月亮以及衍射的星光是真实存在于水面上的了。甚至连这山的倒影都能以假乱真，如果还要有一个关于猴子的故事，那么猴子看到这水里描绘着的山，又要上演一个爬山的故事了。

　　1，2，3……

　　没错了，三山映水，冬明晨心中的一块坠石瞬时落地，这让他身心都软化得像水一样轻松，暂时把从车窗外飞逝而过的白杨林抛到脑后。

　　但是，明快与疑惑，仍然并驾齐驱着，这是查案中常有的事。

　　冬明晨的手机在兜里不安分地振动起来，此刻的安静戛然而止。

　　手机屏幕上闪烁着一个陌生号码。

　　"喂，你好！"

　　"你好，我有话跟你说。"

"你是……"冬明晨习惯性地问，但是又不准备再等待回答了，熟悉的声音，他已经猜到是谁了，又改口说，"嗯，什么时间？"

"是杜雨。"冬明晨挂了电话之后嘴里嗫嚅着，好像对她会打电话来胸有成竹。

冬明晨站在离水面很近的位置，水面正拉起他的影子，年轻而挺拔。

第二十二章　漂在画中的孩子

　　这里这个时间其实人并不多，这家咖啡厅离杜雨所在的区很远，紧邻这里最大的 IT 产业园区，公交车要一个小时才能到达，而且还是在这座城市车流不太拥堵的时候，虽然这种时候很少。

　　杯子是白瓷的，有着玉石般的质地，手指滑上去带来一种温凉柔软的触感，这正和里面液体的性情不谋而合，卡布奇诺的泡泡虚无缥缈地浮在上面，绵软没有根基，安静、平和、柔滑，像旁边两位的心情。

　　"你喜欢来咖啡厅？"冬明晨环顾了一下四周的环境与陈设。不远的座位上一对情侣在静静地一口一口地啜着细腻柔滑的咖啡，品味着，也品味着他们之间的"相看两不厌"。

　　杜雨的眼睛看向冬明晨，但是心思好像还滞留在窗外，半天没有言语。冬明晨不想这样被她看着，好像自己一眼就可以被她看穿，但是仔细看杜雨眼神中的迷惑好像比自己更加沉重，于是他说："我好像更应该把你带到警局里。"

　　"或许吧，如果可以让我心里好受些的话。"杜雨开口了，抿了抿嘴唇，开始回答冬明晨的问题，说话的时候手往那对小情侣的方向指了指，"这里安静，感情也会平静下来。"

冬明晨往那边看了看，不知道她想要说什么。

"你问？还是我讲？"杜雨啜了一口杯中的咖啡，"我不知道你知道多少了，我想如果你问的话，可能会比较节省时间。"她印象中的警察都是很忙的样子，百事难以离身，可能是因为她见的最多的就是交警了吧，因为交警看到人最常用的台词就是"快走"或者"别走"。

"你讲吧。"冬明晨摊了摊双手，示意四周的环境，"你说的，这个场合比较安静，可能也更适合回忆吧。"

杜雨的眼神有些飘忽不定，听着冬明晨的话，眼睛看着窗外，空无一人的窗外，她刚要开口，却被冬明晨的声音打断："我去了湖边的亭子，虽然当时是夜晚，但是景色可能比白天还要美。作为一个外行人，我只能说，你们的画功都还是不错的。"

"亭子……"杜雨嘴里重复着，眼皮细微地上下闪了一下。

这个小动作被冬明晨收在眼底，他这么说主要是为了强调他已经知道了小亭子，表示自己并不是完全不知情，这是他从警后很快养成的职业习惯。

"小亭子是我们经常去绘画的地方，如你所说，那个地方很美，很难得你也会这么认为，事实上那个地方倒是很普通，没有什么特色可言。"杜雨像在讲一个故事，说话的时候眼睛又望向窗外，这样的人好像总有让人猜不透的心事，"我们之所以会经常去那里，可能也是因为，安静吧。"

杜雨和孙莉经常去那里，不过却不类似于写生，因为准备画的景色往往不是那里的，唯一画过的一次可能就只有杜雨办公室墙上挂着的那幅画，而那一次仅仅是为了教学示范才画的。

杜雨现在回想起来，一群天真烂漫的孩子围在身边，看着画笔一道又一道地画下去，小手盲目而又自信地指指点点。那种心情，像世间只剩下自我以及大自然，而与大自然之间的交流没有任何的纷扰，这种心态是天然的与创作相对应的，但有些戏谑的是成年人却不再有这种心态。

孩子们的眼睛眨来眨去，丝毫藏不住里面的好奇，在这样的一个环境中，谁又能不全心全意地投入到绘画当中呢？

"我们画得都很用心，可能也正因为太用心了，所以每一笔都画得很仔细。

因为每一个细节都会被孩子们看在眼里，当然孩子们可能不懂构图、不懂色彩，但是恰恰因为他们不懂，我们才认真地为他们做着示范。

"按绘画的常理来说，远处那个灰暗的色块本不应该保留在画面里，可是我们都没有多想，就算那个不明的色块会破坏画面的整洁，我们还是毫不犹豫地把它当作大自然中的元素画了进来。

"以后的事可能都是因为这个而起的，如果当时我发现了的话，他们就不会找得到借口，这样莉莉可能也不会有事。

"但是我怎么就没看出来，那个就是欢欢！"杜雨的手扶着自己的头，紧紧地抓着，手指深深地嵌进头发里面。

"欢欢？"冬明晨看着杜雨有些痛苦的表情皱了皱眉头，但是也只好继续追问，"欢欢是谁？"

"就是那个死掉的小孩儿，我们的学生。"杜雨的声音有些发涩，像声带含混了沙子一样。

画面中的那个东西果然是一个死人，冬明晨的心头狠狠地一揪，牙齿也咬紧了。

"欢欢，"冬明晨静静地看着杜雨，她的肩膀有些微微的起伏，"那他是怎么死的？"

"自杀……"杜雨的声音有些颤抖。

"自杀？"冬明晨差点儿没站起身来，他的声音突然变得很大，引得周围的人都看过来，他只好坐正身子，"欢欢那么小，你让我相信他是自杀？"

"嗯，我也不相信。"杜雨倒没什么大的反应，"最大的可能是失足吧。"

杜雨看着冬明晨不可思议的面孔，又开始接着说："最大的可能还是失足了吧，那次我们最主要的行动是春游。

"那个地方事实上是有些偏僻的，我们也是好不容易才得到主任的同意的。虽然有点儿远，但是大巴车不到一个小时从学校也是可以赶到的。至于安全问题，可能是我们疏忽了，或者说是我们太自信了，以为只要组织好，孩子们又那么听话，不会出什么事的。

"但还是大意了，那里的确太偏僻，湖边没有任何象征性的可以当作护栏的东西。那里的景色也并没有什么可圈可点之处，唯一说得出去的可能就是三个像护卫一样的山头肃穆地映在水里，但这也称不上奇特。带孩子们去那里，可能更多的还是出于我们俩的个人喜好吧。

"回来之后我们就后悔了，肠子都悔青了。"杜雨一边哽咽着，一边用手勾起耳边的头发。

"后来我们把孩子们聚到一起做绘画观摩的时候，竟然也没发现欢欢不在人群里，事实上可能因为我们本来也不会刻意去关注他吧。

"那个地方，除了亭子之外，可以说是很荒凉，事实上也只有亭子才是最明显的人工的痕迹。原谅我只能这么表达，这个郊外荒僻的山岭。

"后来我们收工，准备出发。那一刻我的心情还是很舒畅的，孙莉也很高兴，我们在那里合影，她的笑容我到现在依然记得很清楚，那个照片还在，你也见过了。

"上车准备走的时候，我们才发现车上有一个空荡荡的位置。向同学们问起来，大家都说没看见他。这个时候我俩才想到他可能出事了，其实我们原来应该想到的。欢欢这个孩子比较特殊，他在班里几乎没有亲近的同伴，别的孩子也很少同他一起玩耍。他，怎么说呢，有点儿孤僻吧，可能这样解释最为合理了。所以我们才想到他可能来的时候就没上车，没人会太在意一个有点儿孤僻的孩子。"

"就因为有点儿孤僻，他就要被扣上自杀的帽子？"冬明晨听到这里有些气愤，简直是一派胡言。

"所以我说，他可能是失足掉进水里的，"杜雨咬着嘴唇，"不过这个不重要。"

"所以出了这个事之后，孙莉就被当作替罪羊，最后还被开除了？"冬明晨伏在桌子上的双手不由自主地抓紧了。

杜雨想说"没这么简单"，但是话到嘴边又咽了回去，没搭理冬明晨，继续说下去："当时动员了我们整个年级的老师出去找的，因为年级主任不想让上面的领导知道，如果能平安把人找回来，这个事就不算什么了，他也不会因为这个事受什么影响。要是万一人真的找不回来了或者找回来也出了什么事，他还可以说自己立即就调动了手下的人去找……

"我们是到了晚上才找到欢欢的，我是说……尸体。孙莉拿着的远光手电筒的光束停在欢欢湿漉漉的身上的时候，她被吓得大叫了一声，几乎快晕过去。那一幕，我至今印象深刻，有时候做梦还会梦到。

"欢欢的父亲来到学校的时候整个人是疯的，他粗壮的胳膊抓得我的胳膊很痛，像钢铁一样的劲道仿佛下一秒钟就要刺穿我的骨髓。

"'你们怎么回事？你们怎么回事？你们怎么回事？'这是他喊出的最多的话，这句话和当时我胳膊上的疼痛一起渗入我的骨髓。"

"你们怎么回事？"李建业，欢欢的父亲，重复到最后已经变成了哀求般的声音。

"人在精神紧张错乱的时候，语言也会变得迟钝，只会像傻子一样不停地重复着自己的话，就像动物一样，因为动物往往只会重复那几个简单音节的叫声。当人的情感像洪流一样汹涌的时候，智商几乎为零，正如当时的李建业。

"当李建业看到办公室墙壁上那幅画中的暗暗的色块——湖中的欢欢——那是欢欢在世界上留下的最后一个身影，事情的性质马上变得不一样了，因为我和孙莉都无法证明当初作画时并没有想到那个色块就是欢欢的身体。就算能够解释清楚，也是徒劳的。

"李建业看到的那幅画是我画的，孙莉当时画的是她们一家三口。要想找出整个事件应该承担责任的人，只能从欢欢为什么要离开集体队伍独自跑出去来入手了。而正巧那天出发前，欢欢被孙莉罚站。然后，就是你刚才说的，她被辞退了。"杜雨把目光从窗外拉回来。

"所以你办公室里的那幅画并不是孙莉送你的，对吧。"冬明晨听了之后反而平静了许多，"你不会感到愧疚？虽然并不能完全说是你的责任。"

杜雨的目光有些躲闪，其实她何止是感到愧疚啊，她至今忘不掉从李世人办公室里出来的那一刻，走廊、窗户，好像一切都是黑的，天空也暗得深不可测。

她只要证明主要是孙莉导致欢欢的死亡之后，她就可以继续在这里工作。

她受到了这样的威胁，事实上，她也这样去做了。

而那张证明连同孙莉被开除的处理结果都会交到李建业那里，算作看上去最为负责的答复，尽管已经无法挽回欢欢的生命。

证明和答复已经定下来的时候，也没有找到李建业，因为他已经不在原来学校备案的通讯地址那里了。

而杜雨，也失去了一个朋友。

"之后的事情想必你都了解了吧。"杜雨完全像是在真实地坦白，假如她这个时候再不坦白，以后还有什么机会呢？那么一辈子都要背着这沉重的负担了吧，冬明晨想。

"嗯，了解了。"冬明晨这个时候又想起元朗讲起的孙莉，谨小慎微，在家里搜寻、翻找，按照自己的理解杜绝着甚至不可能存在的安全隐患，她心里当时可能在想，她以后再也不允许自己的生活当中也出现那幅画中疏忽的小色块了吧。

其实孙莉何尝又不是在背负着巨大的良心债，谁能想到自己画的正是早就应该发现的欢欢的身体。这种感觉可能和杀人或者看着别人被杀也没有什么太大的差异了吧。

"这样被当作替罪羊，太牵强了。"冬明晨好像忘记了自己的出发点，沉浸到了故事当中。

"嗯……"杜雨认可着，"这个可以说完全不能怪她。我刚才跟你说过，欢欢这个孩子有些古怪……他不常说话的，但不能说是自闭，他看起来反而比其他的孩子更有主见，一个人就可以撑起自己的一片小天地。

"小小年纪的欢欢不喜欢花样多的衣服，这一点就完全不像其他的孩子。他喜欢穿几乎一样的运动装，但是依然可以保持整洁。

"他吃饭的时候，偏食得厉害，中午我们老师和学生都是在学校餐厅里吃的，他每次都会领上一样的饭菜——焖烧茄子和西红柿炒鸡蛋。假如没有这两样菜的话，他就算领回来了也很少吃的，好像宁愿只吃米饭。这个习惯不好，我们跟他讲过很多次，但都是徒劳的。

"每次班级同学一起做游戏，他也只参与自己愿意玩的那一种，而且格外地投入和开心，根本没有任何所谓孤僻的影子，但当同学们做一些他不感兴趣的游戏的时候，他宁愿不去参与。他好像在学着过自己规律而又有些刻板的生活，不过他只是老师眼中的一个孩子而已。

"出事的那天，孙莉对他罚站也是有原因的。前一天孙莉布置了一个作业，让同学们画'我的一家'。那天他交上来一幅画，上面只有简单的三个大小不一的球体和类似于轨道状的线条，像星图。莉莉问他画的是什么，这样怎么练得了基本功。欢欢说这是他的一家。莉莉很生气，才让他站到一边去的。"

听到这里冬明晨又想起来，自己倒吊着，伙伴们热烈地鼓掌，老师却走过来骂了他一顿，然后还记起那句"秋水共长天一色"。

"欢欢站到一边，说出的那句话让人忘记了他的年纪'妈妈围着爸爸转，爸爸围着我转，我自转。艺术说到底也是个人的，你懂什么'。他有些不服气，嘴角撇向一边。这让人听了很惊讶，孙莉也是。"

冬明晨愣愣地待在那里，杯子停留在嘴边，里面的咖啡已经有些凉了，放下杯子的时候他已经忘记了嘴唇上还有一些泡沫。他现在搞清楚了事情的脉络，而且跟自己想象的几乎出入不大，但是内心好像又多了些自己也说不出的疑惑。

冬明晨卷起舌头舔了舔嘴唇上的泡沫，甜甜的。

这时突然响起的电话铃声，打断了冬明晨的思绪。

是局长。

冬明晨不喜欢这种完全命令式的话语传达，只是告诉你要去找他，但是关于找他有什么事却只字不提。

回去的路上，冬明晨开始整理自己的思路。显然的一点就是，如果孙莉不是自杀，那么他杀的嫌疑应该可以很正常地转移到李建业身上了。无论欢欢的事到底是谁的责任，孙莉都是这个事件最主要的人物。

把嫌疑转移到李建业身上还有一个重要的原因就是他为什么在欢欢出事之后就突然消失了？同时他的突然离开也可以使他的嫌疑不能成立，试想一个人有什么理由会去选择突然离开，然后几年之后再来复仇呢？

　　还是有些说不通。

　　冬明晨的嘴里吐出烟来，又用鼻孔吸进去。

　　但是现在也只有李建业这一条突破口了吧，冬明晨想。

第二十三章　看着我的你的目光

　　张起扬在饭店里已经等了一会儿了。

　　"他之前跟过你，所以今天特地叫你来，"吴文未在一边坐着，开口了，"你们两个也算是叙叙旧。"

　　王元的好奇心也被勾了起来，只是他有些不满的是，如果早就定下来的话，怎么也不事先通知他，之前吴文未虽然告诉过他，有意要调一个队长过来，但是因为当时心思全在案子上，早把这茬儿给抛到九霄云外了。

　　直到昨天，王元才收到今天到这里赴会的通知。

　　其实吴文未提起这个人的时候，张起扬也有些惊讶，实在料想不到是他。

　　张起扬是不喜欢被琐事缠身的人，因为他的脑子里只有破案、积案、新案，而破案需要专心。

　　张起扬足够专心，但是这对他来说可能不是最主要的，最主要的是他足够理智。

　　理智，张起扬眼前浮现出那张仅仅比自己年轻几岁的脸庞，就是冬明晨。他是大学生士兵，军队的经历让他从那个热血的书生变得更加成熟、更加稳重，灵活的头脑加上在部队练就的冷静的特质，可以像一匹伺服在丛林里的野狼，随时准备精密的猎杀。张起扬很欣赏他这种状态。

负责缉毒的时候他是自己身边一把锋利的长剑，下马伏案之后又可以摇身一变成为自己的军师。

张起扬想起那张当时在他看来还有些稚嫩的脸庞，看上去好几天没洗了，鼻头和眉毛上还浮着尘土。那天公路上的风很大，吹得他额头上的头发来回摆动，凌乱，让人想起奔波与劳累，不过眼神中却流露着真诚与冷静，像一匹狼。

张起扬当时没想过冬明晨会来，如果他来了，那么最起码证明了一点，冬明晨很信任他。

张起扬忘记了自己当时看着他的心境是什么样的，激动？高兴？他当时心里冒出的第一个想法就是回去之后一起吃火锅，要放很多辣椒，直到翻滚的汤水都呈现出一种热情的红色，然后两个人要喝酒，喝到天亮。

当时就凭一个微弱的线索——监控摄像头下的一张侧脸。但是世界上的人何其之多，谁又能断定那个就是毒贩中的一员，何况在另一个城市茫茫的人海当中。但是张起扬相信，那张脸他熟稔于心，做梦的时候都忘不了。

于是在 B 市淅淅沥沥下着雨的一个晚上，张起扬独自驾车向 C 市方向截堵，后来当 C 市的警方确认了那个毒贩的身份之后，毒贩已经离开 C 市了。

当毒贩的车下了高速转道的时候，张起扬正一个人在后面紧追不舍，单枪匹马。

张起扬前后通过官方渠道通知了沿路很多的地方警方，但是消息绕一圈回来总是慢了半拍。

刚进入 G 省，毒贩开始没有规律地乱走，不停地曲折变道，好像是故意为之。

当张起扬意识到毒贩可能发现自己在跟踪的时候已经晚了。荒凉的公路上，毒贩意识到后面这个仅是个落单的警察，还不弃不离地跟着。

那个曾经在监控摄像头下侧脸走过的毒贩拿出了压在车后座底下的老式双筒猎枪。他的脸上有一道疤。就是凭这道疤，张起扬才确定摄像头下的那个人就是他。那道疤的颜色已经变成暗黑色了，是那个毒贩自己亲手划伤的。

据说连自己身体也不好好爱惜的人才是真正冷血的，他准备在车子突然减速的时候开枪。

张起扬在枪响的那一刻猛打方向盘，第一枪打在了轮胎上，车子斜着飞过来，翻倒在地上。张起扬的脑袋撞到车顶，视野瞬间黑了下来，只感到牙齿被撞得松动，嘴里面血腥味和黏黏的液体弥散开来。身体的知觉已经被疼痛侵蚀了多半，被动地挤压在车体那么一个狭小的空间内，大脑能感知到的只剩下了黑暗中的疼痛，外面嘈杂的声音冲击着耳膜。

车子的引擎发出坏掉似的轰鸣声，车轮好像还在依着惯性轰隆隆地旋转。

紧接着第二枪，张起扬在黑暗中挣扎着。

第三枪……然后传来一阵密集的枪声。

直到感觉有人拽着自己的身体，张起扬才慢慢地睁开眼睛，任凭阳光刺眼地直射自己的视网膜，过了好一会儿，才分辨出他的脸庞，眼睛一动不动地看了他好一会儿，张起扬记住了那个眼神，真诚，还流露着冷静，像一匹狼。

是冬明晨。

"我是第二天跟过来的，到了这边，我猜他们可能走这条路。"冬明晨说。

张起扬眼前一片黑暗的时候，还想到了蓝欣的脸庞，还有她怀着孕的倩影。怀孕的女人都有着不可言说的魅力。当时，张起扬觉得自己完了。

第二枪是冬明晨的枪声，他故意猫在车里放枪。那伙毒贩以为他们中了圈套，脸上有疤的那个毒贩一阵乱开枪之后，一伙人立马开车逃窜了。

枪声向来都是督促警方快速解决问题的最为有效的方式，一阵密集的枪声过后，G省警方出动了大量的警力。因为张起扬也事先通知过，所以事办得还挺利索，张起扬乘坐的救护车还没到医院的时候，那伙毒贩已经被截堵在高架桥上。

那次过后，张起扬把冬明晨当兄弟。因为兄弟之间最重要的就是信任，而他们之间已经有了信任。

只是现在，他还没有来。

在B市，这只能算是中低档的饭店，吴文未在这里等了一会儿已经有些不耐烦了，脸上挂着不满意的表情，按照约定的时间，冬明晨的确已经迟到了。

张起扬倒无所谓，他本来就有些反感的一点就是，调任等人事转接正式开始并不是在进入办公室的那一刻，而是从坐上饭桌的时候就已经开始作数。

冬明晨的脚踏进饭店门的那一刻心思还没有完全回来，一直想着刚才那个熟悉的女人。

冬明晨昨天接到局长通知的时候心情糟糕透了。

"把手头的事交代一下，后天正式调走。"局长说话的时候透着一股没有商量的语气。

"能不能再多给我几天时间，手头上的那个案子有了新的线索。"冬明晨说的新线索是指李建业，他刚把重点转移到这个突然消失的父亲身上，只是现在对他还一无所知。如果现在就调走，调查起来就不太方便了。

"哪个案子，那个自杀的女教师？"局长有些不屑。

"据我的调查，她不是自杀，我确定。"冬明晨的语气很坚决。

"不管怎么样，你别管了，你走了之后会有人接手的。"局长说。他才不希望这里再多一起谋杀案，最起码他很不希望显示在统计数据上。好像现在有着一种潜在的约定，只要破不了的案子还是不要立案的好，不然门面上会大大拉低西阳分局的破案率。

而局长，只关心这一点，和他的平步青云密切联系在一起的只有这一点。

局长的语气让冬明晨想起前段时间在西阳区一家精神病疗养院发生的案子，一个病人天亮的时候僵死在了自己的病床上。其实，这是一件并不令人关注的案子。谁会去关注一个疯子的生或者死呢，在一个疯子身上什么事都有可能发生，所有人都这样想。

冬明晨心里萌生出一种淡淡的愤怒，还有无奈。他知道自己走了之后，肯定会有人接手，但是事情会进展成什么样子，自己就不得而知了，很可能会被束之高阁。冬明晨在心里默默地叹了口气。

在办公室的时候，冬明晨准备把这个案子的所有资料都随身带着。他不会随便扔下每一个案子，要做就做到底。

他昨天就接到了今天要赴会的消息，早晨早早地起来了。张起扬从缉毒处调出来之后，他也被调出来进了西阳分局，两人也很少见面了，以后又要在一起共事了，所以他的心情还是挺激动的。

以前在缉毒处的时候，他一度把张起扬当作特别崇拜的前辈，这种感情不单是偶像性质的，还掺杂着一起战斗的兄弟情。他和张起扬破案的时候都有一种韧劲——要做就做到底。

早晨，冬明晨习惯性地将案底中一部分重要的资料放进公文包里就准备出门了。

按现在的说法冬明晨已经算是大龄青年了，但是他还没有结婚，现在仍然住在女朋友的店里。

女朋友张小言在四环有一家孕婴用品专卖店，生意一直可以，撑不着也饿不死。

这个点，清晨的凉意还没有完全散透，很少有人。

冬明晨准备出门的时候，一个刚进店的女人吸引了他的目光。

看样子她要比张小言大几岁，这个所谓的看样子，只是看在女人微微隆起的小腹上面，不然其实清秀的脸庞看起来甚至比自己的女朋友还要年轻。

一眼看过去，留给冬明晨最深刻的印象就是温柔，一身淡绿色的休闲装，显得青春活力，眼睛好像时时刻刻都充满淡淡的疑惑，但还是流露着笑意。

所有的女人温柔起来都有一种特质，那就是眼睛都是会笑的。

女人在店里徘徊着，不时地停下脚步仔细研究她所注意到的每一个用品，端详着，那种眼神想必流露着幸福吧。

好像小腹间那个可爱的心脏在跳动着。

冬明晨之所以会注意到她，一是因为她有着温柔的特质，有种说不出的魅力，男人对美丽的女人终究是会有所留意的吧；二是因为她是一个人来的，没人陪着，别的地方冬明晨不知道，但是这在女朋友张小言的孕婴用品店里，还是比较引人注目的。

女人大概也注意到了冬明晨在看她，只是回过头淡淡地笑了一下。

女人依然在店里漫步着，那脚步像是在公园散步，又像是在森林中游荡，总之步履不凡。

冬明晨想到，平地生仙尘。

冬明晨看了好一会儿，直到女朋友张小言过来突然狠狠地掐了一下他的胳膊，在他耳边故意装作咬牙切齿的样子说："看什么看，上班去！"

"有些熟悉，"冬明晨略微皱了皱眉头，认真地说，"一时想不起来在哪儿见过。"

"你当初跟我搭讪的时候也是这么说的，"张小言拧了一下冬明晨的耳朵，把他往外提溜，"你老实点儿吧！"

冬明晨这才回过神来，在张小言的鼻头上揪了一下，坏笑着说："开玩笑呢！"然后在她额头上吻了一下出门了。

冬明晨在地铁上的时候还想着那个女人，不是因为美丽，倒真是觉得有些熟悉，大学时见过？好像是工作以后，只是真的想不起来了。这样想着，一不小心坐过了三站地，这才误了时间。

冬明晨到了之后首先就是道歉了，连声赔不是，吴文未心里这才舒散开来，最起码脸色温和了许多。

张起扬和冬明晨倒是聊了不少，两个人好久不见，却并没有生疏的感觉。

张起扬这时突然想起来，那次缉毒回来之后，自己就在医院待了好一段时间，当时想着回去吃着火锅、喝着酒好像后来也没有实现。

吴文未后来倒开始插不上话了。

冬明晨最没有料到的是，张起扬现在已经离职了。这个对他来说简直是当头一棒，他不能想象这是一番什么样的图景。

"开除公职？到底是怎么回事？"冬明晨愣着问。

"这个先不说了。"张起扬咬咬牙说，语气却很平淡。

冬明晨包里的案情资料不安分地躺着。

第二十四章　上帝之手

　　张起扬看到冬明晨拿来的案情资料的第一眼，就感到大脑一阵电击般的麻木，张大的嘴巴久久都没有合上，他早就隐约感觉到了这件事会发生，只是没想到会这么快，也没想到这次竟然发生在西阳区。

　　冬明晨向来都是可以很快就进入工作状态，他手头有案子的时候，从来都不想拖泥带水。回去的路上冬明晨就拿出了孙莉那个案子的资料，他想把这个案子结束，不管结果如何，都要结束。他相信只要拿出来，张起扬一定会和他并肩战斗。

　　"我相信绝对不是自杀这么简单……"冬明晨还没说完就愣住了，他看着张起扬不可思议的表情突然不知道是否有必要说下去了，然后皱了皱眉头，问道，"怎么了？"

　　张起扬仔细地看着那些资料，一遍又一遍地确定着人物、事件，手掌的交感神经控制不住手指的颤抖。

　　他越不想确定，就越一遍又一遍地去看，越看也就不得不确定，简直分毫不差。好像眼前摆着的不是一份案底资料，而是一部精心设计的悬疑小说，但是其中的一部分情节却真实地发生在了张起扬这里。

　　"先跟我回家，我给你看样东西，回去跟你细说。"张起扬尽量保持镇定。

张起扬一路上有机会就踩油门，尽量把车开得飞快，连和冬明晨说话的时间都省掉了。

当车停在小区门口的时候，冬明晨才忍不住问了句："到底怎么回事？"他很少见到张起扬这么严肃和精神紧绷过。

张起扬没有说话，只是快步走进家门，走向书房，蓝欣并不在家。他从自己办公桌上的积案堆里拿出一个档案袋，递给冬明晨。

冬明晨看着那一沓积案，心里想，张起扬还是有这个习惯。

张起扬脑海中又浮现出那天晚上的画面，那个档案袋几乎是新的，在整个积案堆里显得有些扎眼，他在灯光下仔细地看里面掉出来的几个档案，当时一个念头撞入他的脑海，他已经隐隐预知到了会发生什么，所以他会感到有些恐惧。因为他并不喜欢这种受控的感觉，很不喜欢。

冬明晨打开那个档案袋的时候好像突然明白了张起扬刚才的表情，这个时候他自己的眼中也填满了疑惑。

那是几个人的简单的档案。

第一个就是孙莉，上面简单列着个人信息，最主要的是其中有个详细信息，上面写着：孙莉，单贞小学女教师，曾带学生出游，六环东六公里处，其中一学生溺水死亡，两者或许相关。

第二个是杜雨，杜雨的倒是十分简单，除了个人信息之外上面只是写着：孙莉同事。

第三个同样很简单，只是这个人不得不让冬明晨格外注意，那一栏简单写着几个字：李建业，该学生的父亲。

"这是哪来的？"冬明晨问道，眉头几乎蹙成了一团。

张起扬一时不知道从何说起，干脆将刘海、李国胜，从头到尾简单说了一遍。

冬明晨在一边听着，不停地续上一支又一支烟。两个人凑到一起总是烟雾缭绕的，书房里的空气没过一会儿就被烟气浸透了。

听到李国胜将儿子家乐冰冻的时候，冬明晨心里"咯噔"一下，脑子里突然蹦出"李建业"三个字。

"现在还在对李国胜进行监视吗？"他问。

"一直没有放松，这是目前唯一能做的了，但是监视他能有什么用呢，现在其实可以说陷入了僵局。"张起扬说，眼神中闪过一丝疑惑。

"那是在这之前，"冬明晨沉默了一会儿突然说，手里晃着那个档案袋，"现在最起码说明这两个案子之间可能有什么联系。"

现在的疑团好像一股脑儿地出现在了冬明晨的眼前，挡住了他的视线，这倒让他突然有些措手不及、踟蹰不前了。

接连出现在张起扬家里的档案到底是何人所为？它像一双鬼魅的上帝之手，好像在无形地操纵着案件的进展，甚至也在操纵着张起扬。此外，冬明晨心里还有些不舒服的就是昔日自己心目中的警界英豪，现在竟然有些渺小得像一只不晓得自己命运的虫子了。

同时这双无情的大手也在操纵着西阳分局，包括冬明晨自己，冬明晨甚至感觉自己虽然在努力破案，但是每一次案件有了进展的时候，接踵而来的还有一个谜团，难道自己也是在被设计着前进？

李国胜到底是不是真凶？难道真的就如李国胜所说，当他到达现场的时候刘海已经死了？李国胜是不是在撒谎，这个现在还无从判断，因为尸检结果确实证实了刘海腿上那一刀是死后所伤。

最为诡异的还有死亡原因，难道真的是干冰的作用？在人受了伤而且还有一定失血的情况下，将干冰吞入肺中，是否就可以真的达到窒息的效果呢？

张起扬也做过实验，如果是干冰致伤，的确可以在死者的胃部留下和刘海胃部一样的块状伤痕，但是干冰到底在多大程度上可以伤人还是不好说的，最起码以现在对干冰致伤的了解，还不足以当作证据。无论如何不能用活人来做一个实验吧，冬明晨想到这里浑身一激灵。

如果凶手真是李国胜，那么证实了死亡原因果真是干冰致伤的话，无疑为指控他多了一个极其有力的证据。他的家里就有"凶器"，食用干冰或者工业干冰，那就不怕他再撒谎。

只是这两个案子之间，到底有着什么关系呢？此外冬明晨心里还有一个疑问，跟踪李国胜的神秘人又是谁呢？难道像很多破案小说中的一样，李国胜也是一颗棋子，而那个神秘人才是真凶，操纵着这里发生的一切，操纵着出现的案底，操纵着他们这群人，然后为多少年前的案件洗清冤屈，画上一个完美的句号？

冬明晨不太相信自己的这种分析，但也不是完全没有可能，只是分别处于东阳区和西阳区的这两伙人现在看来好像八竿子都打不上关系，之前可能有着什么交集呢？

神秘人，这是一个突破口，这点两个人都赞同。但是这条线索毫无疑问已经断了，监控摄像头下的神秘人只剩下口罩、帽子和身形，容貌特征几乎全无。

还有就是李建业，这个在这场扑朔迷离的大戏中依然还没有登场的角色。

在戏中，最后出场的人物，往往是重要的角色，来扭转乾坤。

难道李建业就是那个神秘人？只有他还没有出现过。冬明晨突然这样想，然后又打消了这个念头。因为李建业跟李国胜一干人等犯不着什么关系啊，最起码目前看来是这样的。

或许从案发到现在，所有看似不合常理的诡异的表象都是障眼法，而这些障眼法像眼前的迷雾一样，在最开始就误导了张起扬。

两个人抽着烟，相互看着，两个人中间的桌子上放着那几个人的档案，孙莉、杜雨、李建业，像诡异的"上帝之手"。

第二十五章 孤独的孩子

　　冬明晨还是决定从李建业入手，因为毕竟只有李建业还没有出现了。

　　第二天早晨的时候，冬明晨很早就到了办公室。

　　王元正在办公室里看着昨天冬明晨拿来的案底，还有之前张起扬手上所有的关于李国胜这个案子的记录。他现在的心情有些复杂，所以才会更加认真地去看，去研究。

　　让他感到有些难受的一点是，张起扬对他省略了一些他觉得很重要的细节，比如突然出现在他家中的李国胜和刘海两个人的简单的档案，还有出现在张起扬积案当中的孙莉和杜雨等人的档案。

　　第二次出现的档案或许没什么，因为如果不是冬明晨的出现，他们可能并不会觉得孙莉等人的档案的出现会对案件有着什么影响。但恰恰是第一次李国胜和刘海的档案出现的时间，正好可怕地预示了他们的查案轨迹，这点张起扬竟然也没有跟自己提过。

　　王元突然想到了自己跟踪李国胜的时候遇到的那个神秘人，难道是他在操纵着全局？他的专业、冷静，再一次浮现在王元的脑海中。他轻而易举地察觉了自己的跟踪，然后又在神不知鬼不觉中甩掉了自己。这让王元自惭形秽，愧疚自己在警校的那几年或许是浪费了时光。

这些事情，如果不是冬明晨的出现，王元不知道张起扬会在什么时间告诉他。王元这样想着，心里好像有个毛球在乱滚一样，很不舒服。他只是搞不明白张起扬为什么要掩饰这一点，或许张起扬承受的压力原本就已经不小了，所以不愿意再把压力转嫁到自己身上吧。

王元还是相信，张起扬之所以不告诉他，心里肯定有自己的打算。他还是愿意在潜意识里为张起扬在自己心目中的形象做任何辩护。疑虑在王元心里一闪而过，他突然意识到了案情的复杂，所以心里也更加激动，他喜欢彰显正义，也更喜欢在未知中探险。他没有注意到冬明晨已经走到了自己的身边。

"你今天没叫上张队？"冬明晨在一旁看了王元许久才开口，他也还是习惯于自己之前对张起扬的称呼。

"哦，冬队，张队今天有事，我去找他的时候他已经出门了。"王元和冬明晨已经打过照面，他早先也听张起扬提过他，知道他们以前也是一起摸爬滚打并肩战斗的，所以很容易和冬明晨亲近起来。

"哦？出去了？去哪儿了？"

"去找一个他的大学同学吧，张队经常去的。"王元说。

"大学同学，是做什么的？"冬明晨说。

"好像是做心理咨询的，张队平常碰到什么问题也会去找他，上次的线索还是他提供的。"王元笑了笑说，"张队现在的工作也和他一样。"

"哦？"冬明晨知道张起扬大学时心理学出身，知道张起扬有这么个同学并不奇怪，但是依照自己对张起扬的了解，这个人竟然可以让张起扬乐于交流请教，冬明晨也不得不对这个人产生很大的兴趣了，又问，"叫什么啊？"

"好像是叫史进。"王元皱着眉头想了想，"我也没见过，不过张队信得过的人，应该总不会错的吧。"

冬明晨点了点头，没有说什么，但心里还感到奇怪的是，自己以前从未听张起扬说起过史进这个人。冬明晨看着王元，仿佛看到了当年的自己，对张起扬有着近乎绝对的信任。可能张起扬就是有这种个人魅力，无论在哪里，总会得到身边人的敬佩，或者说更多的是信任。

冬明晨的脑海里徘徊着史进的名字，他看了看桌子上横七竖八的关于案子的资料，笑了笑，又问认真看资料的王元："怎么样，有没有什么想法？"

"想法……"王元停了停，好像有些不自信，又说，"李建业吧。"

"好，那就寻找李建业！"冬明晨一手拍在王元的肩膀上说，"查查户籍和流动人口记录，找出所有的李建业。"

"已经找好了。"冬明晨正转身准备走，王元就在后面说道。

"哦？我看看。"冬明晨有些惊讶又有些高兴，王元这小子，心里有谱。

"上面都是。"王元拿出一份资料，"一共四个，其中一个是外地流动人口，去年才来本市，这三个本地人当中，一个才二十一岁，还没结婚，另一个年纪太大了，都五十多岁了，所以应该就是这最后一个了。"

冬明晨看着资料，听王元分析得头头是道，觉得他是个可塑之才。

"好，十分钟后，跟我出发，"冬明晨把资料放下，用拳头塝了王元的胸口一下，"咱们去寻找李建业！"

李建业，三十二岁，建业建材公司总经理，已婚，还没有孩子。

冬明晨来的时候没有提前和李建业约好，到达李建业公司的时候，他正在跟别人谈生意。他的公司不算气派，门面很小，但可以说是麻雀虽小，五脏俱全。

接待处挂着营业执照，金色的牌子显得格外醒目。冬明晨注意到上面的日期，公司已经有七年的历史了。

沙发两边的盆栽都很讲究，上面一尘不染，有的还残留着几个晶莹的水珠，可见主人对它们爱护有加。其中有一盆花，冬明晨听说过这个花，十分娇嫩，尤其不喜水，冬明晨看到那盆花的土壤相比其他的几盆都要干燥一些，或许主人也是一个细心的人吧。

"抱歉，事出紧急，没有提前跟你约好。我是东阳分局的冬明晨，"冬明晨刚打照面就摆明身份说，"我们是有些事情想找你了解一下。"

"哦，没关系，请坐。"李建业面容清秀，语气中透露着一种温和，虽然他对自己什么时候沾上警察的边儿了也有些疑惑，但是这几年的摸爬滚打让他获得一个信条，那就是各界人士都要交个朋友，多条路。

"请问，你认识孙莉吗？"冬明晨故意直接抛出孙莉，趁机看他的反应。

"孙莉？"李建业一脸疑惑，"没印象。她是？是不是我的客户？"

"是一名小学教师。"冬明晨一愣，又不动声色地说，"几天前，她死在了家中，我们怀疑是他杀。"

"哦，可是我并不记得我认识她啊，你们找我是想知道什么？"李建业的脸色平静下来，然后只剩下平静。

"是这样的，我们找到了一条线索，确定认为此案件和一个叫李建业的人有关。"冬明晨看着李建业的眼睛，像一把锥子，"因为事先排除了其他几个名字叫李建业的，所以才来找你。"

"但是……"李建业皱着眉头，想了想，"但是我并不记得有这么个人啊！"

"你们怀疑我的话，应该也要有其他的依据才可以啊，只因为一个名字的话未免有些太牵强了。"李建业又补充道。

"你这么说有道理，不过这涉及几年前的事，后来留下的信息就只剩下了一个名字。"

"好吧，你们还想问什么？"李建业有些无奈。

"据我们了解，你已经结婚了，你是不是曾经有过一个孩子？"冬明晨说。

李建业的眼神一闪，嘴角微微抽动了一下，语气有些冷了，说："没有。"

冬明晨皱了皱眉头："你结婚有七年了吧，没有孩子？"

"我说过了，没有啊！"李建业的语气更冷了，有些不耐烦。

"怎么可能？"王元在一旁小声嘟囔道。

冬明晨在一旁冷静地看着。

李建业听了，突然直接变了脸色，肌肉扭曲得有些难看，声音有些像喊出来的："没有就是没有！你们听不懂人话吗？"

李建业可能觉得自己有些失态，又恢复平静，自顾自地说："不好意思，我还有些事，你们要问的我真的不知道，请你们走吧。"

从李建业公司出来的时候，王元垂头丧气的，想说什么却说不出来。冬明晨看见了，反倒笑了起来，拍拍他的肩膀说："常事。"

其实冬明晨心里也很失落，他不想这么一条现在唯一的线索都丢了。他回忆着李建业的表情，手指攥拳的时候，指甲像是要挤进肉里，那种感觉，像是真的愤怒、真的无奈。

两人一行回去的时候，张起扬已经在门口等着了。冬明晨不知道他到底去干什么了，突然回想起来，张起扬好像有时候总会神出鬼没的，经常出现找不到人的情况，但是有时候突然出现又常常会带来很多新的思路，或者一些新的收获。也正是因为这个，可能造就了他独特魅力的一部分，让人感觉他高深莫测，所以冬明晨心里非常好奇。

还没等冬明晨开口，张起扬倒先问出口："对于理智尚未发育健全的孩子，可能会有精神病吗？"

冬明晨突然被这个问题问得一头雾水，实在想不出来这个问题的缘起是什么，或者是案子的哪个部分引起了张起扬这样的发问。

还没等冬明晨回答，张起扬又问："如果可能会有的话，在原本理智就发育不健全的情况下，那么精神病的症状相比那些健全人是会更加严重还是更加轻缓呢？"

这个问题是张起扬问史进的，或许张起扬本来也没想要冬明晨回答。

现在张起扬坐在车子里，脑子里不断转出在史进那里见到的一幕。

史进像往常一样坐在他的位置，对面是一个孩子，大概是中学生的模样，穿着一身淡蓝色的校服，稚嫩的脸庞上好像笼罩着一层淡淡的疑惑。

"我觉得我好像得病了，老师跟我妈说，我有些孤僻，从来不跟其他人一起玩，总是自己一个人吃饭、一个人玩游戏、一个人说话，其实不是的。"孩子的眼神是那么认真而又固执。

"怎么不是？你说说。"史进心底有些惊讶的后怕，他眼前还只是一个孩子，像个天使一样的孩子，认真得有些无辜。

"因为，我不是一个人在玩，我有很多小伙伴陪着我，比如乐乐、可可。我不跟班里的同学玩，是因为他们都不能理解我，他们总是特别幼稚，只会玩那些低级的游戏。"

史进听着，"幼稚"这个词在他听来，从眼前的这个孩子口中说出，竟然有些难以释然。

"所以我为什么要陪他们玩？但是为什么就没人能够理解我呢？我的老师

们还说我偏执，但那是因为我是对的啊，我的数学总能拿到满分，我相信这一点就可以证明我不是没有逻辑地瞎说的。"孩子放开了说，已经把史进当成知心朋友了。

"你很对，但你有没有想过，你可以帮帮你的同学们呢？他们不能理解你，所以你才要多跟他们接触，多让他们了解你，比如你也可以教他们数学啊！"史进的身子前倾过去。

"不行，我教不会他们，他们的脑子还不如可可和乐乐转得快。"孩子有些不屑。

"那你可以教我啊，以后有数学问题咱们两个之间可以交流啊！"史进摆出一种天真的笑容。

"你？行吗？"孩子有些不屑地噘着嘴，张起扬在一边看着，还仅仅是一个可爱的孩子。

"行啊，我小学的时候拿过 B 市奥数冠军。"史进用手托着腮，一脸正经地说。

"那好吧。"孩子叹了口气，好像有说不尽的哀愁。

"那咱们约每周六上午。"史进站起来，和孩子握手，施以礼貌的成人礼。

孩子走后，史进突然转过头一脸严肃地对张起扬说："他说的可可和乐乐，是他们家先后养过的小狗和小猫，已经死掉了。"

张起扬坐了一会儿，思绪还没有从刚才那个孩子身上拉回来，他隐隐觉得那个孩子似曾相识，他想走过去悄悄地抚摸他的脸蛋儿，问问他，他真的会感到孤独吗？告诉他，他并不孤独，他还只是个孩子啊！

张起扬听过史进的话好一会儿才反应过来，问出了那个问题："对于理智尚未发育健全的孩子，可能会有精神病吗？"

史进愣了愣，说："在我这里，没有精神病，只有孤独的人。"

孩子走了，案子却还没有完。

张起扬说着，冬明晨看到他的眼睛里面闪着光。

张起扬说完，冬明晨也知道他为什么会问这个问题了。因为这让冬明晨想起了一个孩子——李建业的儿子、孙莉的学生——欢欢。

冬明晨看向张起扬，张起扬手里拿着那份杜雨的口供，看来他也想到了。

车子早就开出了半个小时，这时电话铃声突然响了。

"冬队，李建业……"王元挂了电话之后慢慢地说。

三个人的心弦都是猛地一紧。

第二十六章　寻找李建业

李建业打电话来，说下午要见冬明晨一面，有重要的情况要告知。所以冬明晨早早地就过来了，张起扬没有来，一起来的还是王元。

李建业下来的时候挎着一个公文包，神色温和，冷静了不少，早先的愤怒已经从脸上褪去，见到冬明晨的第一句话是："找个适合说话的地方吧。"

李建业公司旁边的餐厅里，安静到邻座的话语都可以跑到这边坐着的人的耳朵里，所以冬明晨找了个角落的地方。

"我有过孩子，"李建业直接说，稍微顿了顿，神色有些犹豫，"两个，但都是还没有出生的。"

冬明晨还在下巴上摩挲的手突然停住了。

"也正是因为这两次流产，我的妻子失去生育能力，这几份是医院的诊断证明。"

冬明晨看向那些证明，日期从七年前到去年的都有。

李建业的手慢慢地攥成拳头，松开，又攥住，攥紧了说："所以我上午才会发怒，抱歉，我不愿意回忆起这件事。"

冬明晨点点头，他相信李建业的话："不好意思，该道歉的是我们，你来不会只是为了跟我们说这个吧。"

冬明晨现在的心情更加失落，他要找的那个李建业去了哪里？冬明晨看着眼前的这个人，感觉最后一条线索也慢慢地化成齑粉。

单贞小学关于李建业的信息记录少得可怜，只有地址和姓名，还有一个早就已经停机的手机号，连一张真人的照片也没有。

难道李建业是个不存在的人？又或者李建业本来就不是个真实的名字？

看着冬明晨眼神疑惑地凝视着桌面，一动不动，李建业不知道该不该继续说下去，于是在冬明晨眼前摆了摆手说："其实我还有一件事，你们走之后，我突然想起来，之前我曾经接触过一个也叫李建业的人。因为和我重名，所以我还有些印象。"

冬明晨的眼神中突然闪过一丝明亮："是吗？说说具体的情况。"

"因为我是做建材这方面的生意，所以平时少不了跟货运物流这方面的人打交道。大概三年前，我公司从外地运一些建材，都是交给一个叫李建业的人，一般都是我手底下的人负责跟他接洽，我没见过他，他的名字，我也仅仅是从单据上看到过。因为和我重名，所以印象很深刻。不过大概也就在三年前，他好像不干了，我们也换了人。"

"三年……"冬明晨嘴里小声重复，时间刚好。

"什么？"李建业问。

"没什么，单据还在吗？"

"在，我特地让人找了出来，我有保留单据的习惯。"李建业打开公文包，拿出一个纸袋子，里面全都是单据，时间都是三年以前的。

果然是个细心的人，冬明晨心里想。

每张单据上面都有一个签名——李建业，公司是瑞龙物流有限公司。

在前几年 B 市物流公司盛行的时候，这样的公司可能不下千家。

冬明晨现在心里一阵畅快，不管前面是什么，最起码现在找到了一条可以走下去的路。

冬明晨回到警局后，很快派人查到这家公司，三年前就不开了，老板是外地人，公司关了之后就回老家了，联系到他估计需要很长的时间。

冬明晨又一阵丧气，坐在办公桌旁边看着那些单据发呆。

突然，一个让冬明晨自己都觉得惊讶的想法从脑海中蹦出来，难道这就是这两个案子之间联系的关键？有这种巧合的事？

冬明晨急忙找到张起扬，在他耳边轻声说了几句。

"可能吗？"张起扬听了之后瞳孔瞬间放大，然后每个人的面孔、货运单据快速地在他眼前划过，嘴角又缓缓地动起来说，"可能吧。"

冬明晨叫来王元，让他去李国胜的公司调查一件事，随即又拨通了杜雨的电话，最后拨通了孟涛的电话，让他去孙莉家一趟。

事情已经交代完毕了，冬明晨心里很有把握，如果进展顺利的话，基本可以确定了。

但是要把事情完全搞明白，还差一步。冬明晨看着张起扬说："这最后一件事，咱俩一起去做吧。"

张起扬站起身，十分钟后，两人已经在去往孤儿院的路上了。

车窗外不断吹进清凉的风，此刻两人的心情也更加舒畅，正如这阵风也将案情之前的迷雾吹散了一样。不过，或许结果也会像之前每一次出现新线索之后一样，使得案子笼上一层更深的迷雾。

晚上的时候，张起扬和冬明晨已经赶回警局。两个人的表情中多了一份自信，他们多跑了几个地方，一刻也没有停歇，但最后幸运的是，他们已经确定了一部分。

查案当中的幸运，真是十分难得。

王元也回来了，告诉冬明晨和张起扬："没错，的确是三年。"

孟涛是下午就赶到东阳分局的，他正在筛选从孙莉家里取回来的各种资料，冬明晨办公桌上的资料已经摆成了一座小山。

见到冬明晨回来的时候，孟涛有些失望地看了他一眼，然后又继续寻找。

冬明晨微微地叹了口气，准备打电话催一下杜雨。这时，正收到杜雨发来的一张图片。

张起扬和冬明晨看到那张图片的第一眼，眼神中突然掠过一丝希望，但是很快又失望了。虽然杜雨是科班出身，但这个毕竟只是凭着模糊的记忆画出来的，距离真实的面貌肯定还有一定的差距。

几乎是同时，孟涛兴冲冲地跑过来说："找到了！"他手里不停地晃着一个纸片状的东西，"就是这个！"

那是一张照片，冬明晨接过来的时候尽量保持镇定，刻意地压抑着兴奋和可能会出现的失落。

照片上有一群孩子，孩子旁边坐着他们的父亲或母亲，中间一个年轻的女人微微地笑着，那个正是孙莉。

这是一张家长会的合照。

冬明晨的手指轻轻地在上面滑着，这让冬明晨想起孙莉的那幅画，他不能错过一个小小的细节，手指小心翼翼地滑着。

找到了！欢欢那瘦小的身影，依然是有些固执的眼神，旁边坐着一个高大同样也有些瘦削的男子，那张面孔……

冬明晨和张起扬对视了一眼，眼睛不约而同地瞪大着。

李国胜！欢欢旁边坐着的正是李国胜！

印证了冬明晨的猜想——李建业就是李国胜。

冬明晨之前看到那一堆货运单据的时候，想起了一个细节，多年前，正是B市物流公司大崩溃的时候，很多类似瑞龙这种小的物流公司都纷纷倒闭了，而且那些年，正是快递行业朝气蓬勃的几年，所以原来做物流的一些人都顺手做起了快递，而李国胜现在就在快递公司上班。

所以他让王元去查一下李国胜在现在的快递公司工作几年了，是不是正好吻合李建业消失在物流行业的时间。

欢欢的全名叫作李合欢，李国胜的儿子叫作李家乐。

合家欢乐……听起来寄托着李国胜心中太多的美好了。

这些看起来也太像误打误撞的巧合了。

冬明晨拨通了杜雨的电话，说："依据你的印象画一幅李建业的画像吧，这是你的专长。"

如果仅仅有画像可能还不够，孟涛接到了去孙莉家的任务，找出孙莉的工作日志，以及工作期间所有的记录。孟涛从孙莉家里出来的时候，抱了整整三大箱的资料。

但就算这些事全都确定完毕，也只能解出一半的事实。所以冬明晨和张起扬去了孤儿院，一家一家确定，最后在南坞区的一家孤儿院得到了答复。

家乐的本名叫乐乐，他是不满一岁的时候来到孤儿院的，他最初出现在 B市，是在 B 市火车站广场上的垃圾桶旁边，他大概是哭过，在清风微凉的夜里，但是可能没有人听见，直到哭累了，他才在襁褓中睡着了。

不知是哪个粗心的父母，或许是大意的外地人，无论如何，没人知道了，也没人知道他的姓氏。

三年前李国胜将他领走的时候，他有了姓氏，也有了名字，李家乐。可是谁能料想到家乐的现在呢？李国胜肯定没有料想到的，家乐的意外又让李国胜的人生变得一片空白。

在李国胜的心里，他是一个失败的父亲？抑或一个不幸的父亲？他每天都是一身休闲装，每天都坐上三号线绕这个城市一圈，可能他也是这个城市中最孤独的人，然后回到了自己和儿子的家，和家乐对话。可能时间久了，每次对话的内容都是一样的，但是没关系，因为爱是世界上唯一不怕重复的东西。正如他每天的生活，三号线连着公司和家，连着儿子和他。

这让冬明晨想起欢欢，只喜欢吃固定的两种菜——焖烧茄子和西红柿炒鸡蛋，只喜欢玩一种游戏，只喜欢穿一种运动装。

"他好像在学着过自己规律而又有些刻板的生活。"杜雨说过。

冬明晨惊讶地意识到，李国胜和欢欢竟是如此的相似，简直像上帝用一个模子刻出来的两个玩偶。这让他又联想到照片上父子俩都有些瘦削的身影，飘飘忽忽。

或许冬明晨早就已经感到两个人的相似之处，所以才会想到李国胜可能就是李建业的吧。

冬明晨头仰天吐出一口气，这两个案子还是同一个案子？

第二十七章　如果复仇可以为了正义

夜晚，灯下。

从看到家长会照片上李国胜面孔的那一刻起，办公室里的人，就都注定一夜无眠了。

张起扬斜坐在椅子上，心里七上八下的，冬明晨调到这里之后，他自然成了局外人，一般都不再主动多说话了。对面的冬明晨也静静地发着呆。

他在同情一个父亲的遭遇，先后失去两个孩子，会让李国胜的心理崩溃吧。

如果父爱是有生命的，它完整地笼罩了孩子的整个成长周期，那么李国胜对儿子的爱，在家乐天真而美好的孩童时期就被抹杀了。

可是这样的罪过要谁去承担？

孙莉？那个粗心的女教师？

未免太牵强。

刘海？那个在马路上横冲直撞的司机？

这个确实不假了，那个把别人生命不当回事的肇事者，需要承担太多的责任了。但是，由于刘海患有精神病，他是不需要承担任何责任的，或者换个说法，刘海是无法承担责任的。

而同样的夜晚，李国胜是否将牙齿咬得"咯咯"作响，然后始终不能接受为什么事情全都摊在了他的身上。

想到这里，张起扬的眼前浮现出李国胜那瘦削的面孔、空洞的眼神，这种空洞，仿佛往里面丢进任何光线都会被吸收得无影无踪，没有任何反射，就像黑洞一样。

这种眼神也只有在看到家乐——玻璃柜中的家乐的时候，才会变得饱满，才会流溢出一丝希望。

桌子上摆着的这些资料好像已经很清楚地展现了一个父亲痛彻心扉的血仇故事，一声无力的呐喊，一曲残酷的挽歌。

孙莉和刘海都卷入了这场表面平静实际上却暗流汹涌的父爱战争，他们与欢欢、家乐的死都脱不了干系，所以李国胜要复仇，没有比这更明显且具有说服力的杀人动机了。

但是凶器呢？干冰？为什么要用干冰来杀人呢？

因为可以感受到冰冷的窒息和彻底的绝望？就像掉进冰冷的海水里，刺骨的寒气穿透骨髓，让人四肢僵硬、肌肉麻痹。没有任何空气，让人感到肺里那一点点氧气消耗殆尽，然后肺壁急遽收缩，却只有冰冷咸湿的海水灌进来，挤走仅存的一点点空气。

那么孙莉呢？故作悬疑的外伤，或许她也是死于干冰，死于那种绝望的窒息，就像李国胜的儿子欢欢掉进湖里的那种窒息。

看起来像再明显不过的报复了。

对！冬明晨突然一拍大腿。

"但是，如果真是这样，这样的报复，是不是有些过了。"冬明晨叹了口气。

"过了吗？他失去了自己的儿子，更何况刘海撞伤了不止一个人。"张起扬默默地说。

冬明晨突然一愣，慢慢地看向张起扬，刚才的话是张起扬说的？他看向张起扬的时候，张起扬的眼睛闪烁了一下。

"但是我们还有法律啊！"冬明晨停顿了一会儿又说。

"是啊，法律……"张起扬的眼睛看向别处，眼神中好像蒙上了一层哀伤。

冬明晨有些猜不透张起扬的心思，他到底在想什么？他忘了自己是一个执法者？他的眼睛里不自觉地流露出惊讶，嘴里慢慢说道："但是正义不是复仇吧。"

"正义不是复仇，但复仇却可能是为了伸张正义。"张起扬站起身，眼神依然飘着。

"无论如何，我们是执法者。"冬明晨语气坚决，"每个人都应该遵守法律，法律面前，人人平等。"

冬明晨觉得眼前的张起扬好像变了，毕竟时间久了人好像都是会变的。他努力回忆以前的张起扬，却突然发现，竟然一时什么也想不起来，一片空白。

过了好一会儿，冬明晨才接着说："杀人动机有了，作案工具也有了。"

"现在就差作案时间了。"张起扬看似不经意地说。

张起扬晚上回去的时候，先把冬明晨送回了家。

冬明晨看着张起扬的车离去，直奔上了三环。他在后面站着看了好一会儿，车辆钻进路灯交织成的黄色光晕里。

第二十八章　爬向浴缸

张起扬睡觉之前脑海里一直若隐若现着李国胜瘦削的面庞。

那双眼睛，暗淡无光，没有愤怒、没有挣扎，只有苍白的平淡。

好像李国胜就在这样瞪着张起扬。

两个人对视着，张起扬想说什么，却说不出，只是就这样看着他，好像要用眼睛告诉李国胜：我可以理解。

就这样，李国胜的脸庞逐渐淡化，颜色也跟着消失，皮肤继而像水银一样开始流动，然后慢慢变换成另一张脸庞。

唯独没有任何变化的是那双眼睛，平淡而苍白。没有愤怒，可能是因为已经丢掉了任何的寄托；没有挣扎，或许也是因为粉碎了所有的希望。

张起扬不知道那一张张脸庞连同那黑洞般的眼神为何会接踵而来，他似曾相识，却又记不起何时见过，但是当他看过去的时候，却都会感到心有余悸。

这是一种令人难以释怀的迷惑和忧伤，在张起扬半睡半醒之间牵引着他的意识。就这样，张起扬慢慢堕进黑暗。

当第一缕晨光射向张起扬的时候，张起扬的眼皮还闭着，只带给视网膜一种猩红的明亮和温暖。

等到张起扬睁开眼的时候才察觉到阳光已经十分的刺眼，窗户外面像是竖着一面反光镜，无限的光线照进来，剩下的只能看到白色。

张起扬倒觉得这强光有些不真实，给屋内所有的家具都铺上一层曝光过度的色调，像被洗得褪色发白。他踏上白色的地板，上面甚至映出自己曝光过度的身影，扭曲着被拉长。

白色的地板像一面发亮的镜子，只是好像有些凹凸不平。他用手摸了摸自己俊朗的面孔，看不清镜子里面是否是真实的自己。

当张起扬开始迈动步子的时候，才发觉脚底滑滑的，原来地上全都是水，明亮的水。

张起扬蹑手蹑脚地走出卧室，直到脚底也湿了，直到裤脚也湿了。他感到头发上好像也在往下滴着水，冰凉地滑过脸庞。

张起扬的眼睛在转向卫生间的那一刻，脸上的肌肉瞬间冻结了，心脏像被电击了一般，这种压力感瞬间借着血液蔓延到周身。

张起扬的眼睛盯着那个孩子。孩子在湿漉漉的地上爬着，嘴里不时地发出"咯咯"的笑声，浑身被水浸透了，衣服的颜色也跟着加深。但是水看起来好像是从孩子身上流下来的，因为孩子的身上不断地渗出水来，滴在地板上。

还是那个孩子，他曾经无数次在梦中见过，就连那"咯咯"的笑声都在张起扬的耳膜上留下了记忆。正是因为在梦中见过，张起扬才不敢迈动步子了，因为他害怕看到孩子的脸，害怕孩子转过头的那一刻，"咯咯"的笑声会瞬间消失得无影无踪。

张起扬的脚像被吸附在地上一般，就这样站着。

他要去哪儿呢？张起扬想着。

只见孩子爬进了卫生间，里面照射出一道光束，"哗啦哗啦"的水声从里面传来，浴缸里的水已经满了，快要漫出来。

孩子的手开始搭上浴缸的边缘。这一刻，张起扬突然意识到不对了，他迅速地迈开脚步，脚底下向四周溅起水滴。

张起扬迈出几步的时候突然怔住了，他看着孩子掉入浴缸后，浴缸里的水一下子漫出来。

张起扬分明记得自己扯着嗓子大喊："小心，水！水！"

妻子蓝欣突然被这喊声吓着了，一下子从梦中惊醒，周身都是寂静的黑夜，身边只传来张起扬急促的呼吸声。

一边的张起扬在床上坐起身来，撑着床面，手臂里的血液不停地跳跃着。

"做噩梦了？"蓝欣问道，用手摸着他的后背，她感觉到张起扬背上浸出潮湿的热气。

蓝欣不等张起扬回答，又用手轻轻地抚上张起扬的脸庞。张起扬的脸颊早被汗水浸湿了，汗水顺着他的脸颊爬上蓝欣的手。

张起扬抓着蓝欣的手，粗长的呼吸喷出痒痒的热气，嘴里又轻轻地嗫嚅着："水……"

张起扬仍然记得刚才他大喊出了"水"，他抓紧了蓝欣的手，想要确定自己是在现实中，而不是在做梦。

卧室的窗帘拉着，看不见外面是否有着零星的灯火。

蓝欣听到了张起扬轻轻地说出那个字——水，突然明白了张起扬又做噩梦了，甚至噩梦的内容蓝欣都能揣度一二，就像自己曾经做过的噩梦一样。

张起扬静静地躺下，两个人静静地重新依偎在一起，没有言语。蓝欣的脑子里思绪万千，牵动着眉毛上神经，慢慢地锁紧。

蓝欣以为那件事早已经在张起扬的心里过去了，但是现在张起扬的噩梦让蓝欣觉得他并没有释怀。这么长时间过去了，两个人一直不再谈论那个话题，生活也一直在积极前进，没有什么异常，只是张起扬的噩梦让蓝欣心里又没底儿了。

她知道虽然她不再说起，但自己平时也会偶尔想起。

张起扬平日也不会说起，但是越不说，却有可能一直在回避。蓝欣默默地想着，心里突然泛起一阵愧疚，不仅仅为自己，也为张起扬。

就这样想着，蓝欣抱着张起扬的手臂，又不由得紧了紧。

第二十九章　不在场证明

　　窗外的树叶依然想把生命留住，不褪掉一丝绿色。初秋的风可以醒脑，对于此刻的冬明晨来说，香烟有着同样的功能，所以他站在窗前，呼吸着窗外的空气，然后连同香烟一起压入肺中，浸满每一个肺泡，像在进行着肺部的洗涤。

　　冬明晨又缓缓地呼出，将所有的秽气吐还给整个秋天。

　　王元进来的时候，呈现出一种灰头土脸般的丧气。

　　"李国胜那天没有上班，一整天。"王元淡淡地说。

　　"哦？那说明这是好事啊，这证明他可能已经有了作案的时间，有没有同事知道他去干什么了？"冬明晨回过头来，又吸了一口烟。

　　"同事都不知道，不过他向老板请假的理由是带儿子去医院做检查……"王元说。

　　"带儿子去医院？"冬明晨打断王元，瞳孔随着惊讶而放大，"他老板不知道，他儿子已经……"

　　"应该是不知道，不过这也不稀奇吧。"王元说，又叹了口气，"虽然他没有上班，但是先看看这个吧。"

　　王元说话间拿出一个移动硬盘，递给冬明晨，又补充道："这是在李国胜家的监控中拍到的。"

电脑上开始出现李国胜的画面的时候，时间是早上，李国胜洗漱完毕就坐在家里的椅子上抽烟，时而跷起二郎腿，好像在等待着什么时刻的到来。

"你确定这是十三日？"冬明晨问。十三日是孙莉案发的那一天，确切地说，是十三日下午。冬明晨问完之后又觉得这个问题有些白痴，因为视频的右上角清清楚楚地标着日期以及确切的时间点。

冬明晨拉着进度条开始快进，画面中的李国胜一直等着，过了一个小时之后，他才动身，走到卧室里，掀开那个熟悉的床板，轻抚那个晶莹剔透的玻璃柜。

接下来发生的事情超出了冬明晨的预料范围，只见李国胜打开那个玻璃柜，瞬间涌出一层雾气，他顺势将孩子抱起来，走出卧室，坐在椅子上，将家乐放到自己的腿上，嘴里小声说着什么，然后又晃晃家乐的胳膊，仿佛在等待着他的回应。

家乐的胳膊像皮绳般垂下来，皮肤因为冷冻而发白。李国胜依然自顾自地逗着家乐，然后时不时地看向前面，朝前面喊上几句。

就这样又过了很久。

冬明晨快进着，直到李国胜仿佛听见了什么，抱着家乐走向对面的沙发。冬明晨突然意识到，李国胜刚才所有的动作分明像是在医院排队，冬明晨感到自己的心脏猛地跳动了一下。

李国胜从茶几下面拿出一个医药箱，然后从里面掏出听诊器。当听诊器贴在家乐的胸膛上的时候，李国胜像着迷了一般，他的头随着听诊器的游移开始慢慢地歪着，附耳倾听。眼睛慢慢地闭起来，时而皱起眉头，一副认真而投入的神情。

冬明晨接着快进，他有些不愿意看到这些镜头，有些美好，又有些残忍。

"过了！"直到传来王元的声音，冬明晨才停止快进，"时间过了。"

冬明晨看向屏幕上的时间，下午四点。十三日的这个时候，冬明晨已经接到报案了。

屏幕上的李国胜将医药箱收好，又走向了卧室的方向，准备掀开他掀起过无数次的床板。

冬明晨的手停住了，现在看来，这段监控录像强有力地证明了孙莉被杀那天李国胜并不在场，一个人怎么可能在监控底下活动的同时还可以分身跑去杀人呢？

"什么时候开始监控李国胜的？"冬明晨问。

"大概……就是十三日吧。"王元说。

"正好是从十三日开始？为什么是十三日？当时发生了什么？"冬明晨一连抛出来几个问题。

"当时一时没了线索，后来发现了李国胜经常会去购买干冰，就开始监控他。"王元挠了挠头，想了想。

"正好十三日开始监控，也是十三日案发？"冬明晨疑问的语气表明他觉得这有些过于巧合。

"是，有什么问题吗？"王元有些疑惑。

"哦，没事……"冬明晨缓缓地说，思绪又跟着眼神飘向了一边。

其实冬明晨一时之间是有些措手不及的，经过前面的调查，东阳区和西阳区的案子几乎毫无违和地联系在一起，而李国胜——也只有李国胜，才是连接这两个案子的关键，而且他完全有作案动机和作案手段，但是现在的监控录像显示他并没有作案时间。

难道前面发生的一切都只能算是巧合？

冬明晨一时难以接受，但是心里却说服自己不得不相信。

会不会是李国胜身边的人呢？冬明晨又想。但是谁可以帮一个人去杀人呢？为财？李国胜断然是没有这样的经济实力的。可能只有同仇敌忾的心情才会去帮助他吧，但是李国胜孑然一身，他的身边又能有谁呢？

神秘人？冬明晨突然想到王元跟踪过的神秘人，那个再也没有出现过的神秘人，或许李国胜真的不是孑然一身？

冬明晨突然理解了王元刚进来时那灰头土脸般的丧气。

冷静下来之后，冬明晨在想这可能不是一个坏消息，反而可以说是个好消息，或许现在基本可以确定李国胜不是凶手。只要可确定的因素越来越多，未知的东西就越来越少，也就越来越靠近真相。

冬明晨一下子靠在椅子上，让四肢得到放松。他的思绪还是有些乱，只好先静静地坐一会儿，突然想问王元张起扬去哪里了，又收住了口。

冬明晨一般心情不怎么好的时候都会去女朋友那里待着，他在这个城市里也没有其他更亲近的人了。

第三十章 女人与张小言

张小言留着一头短发，笑起来的时候露出两颗小虎牙，让人联想到可爱。冬明晨的印象中短发的女孩儿性格都很直率，而张小言也的确如此，冬明晨就喜欢她这一点。

张小言话很多，但不让人生厌，反而更让人感受到她的真诚，所以张小言给自己的职业下了一个定位，就是做销售。然而她还喜欢自由，不愿意在别人手底下干活，所以最后选择自己开一家店。她原本计划开一家化妆品店，后来又想，女人怀孕的时候一般不能用含有某些特定化学物质的化妆品，可是怀胎十月是女人一生中最美的时期，在这个时候却不能用化妆品，那将是多么遗憾的一件事啊，所以张小言又打算专卖孕妇化妆品，后来干脆直接卖孕婴用品了。虽说她对大学四年学的经济管理专业不太精通，但是管理起这家店来还算游刃有余。

现在店里只有一个顾客，顾客也是一个人来的，张小言自然而然地和顾客聊起来。

"姐姐的丈夫是做什么工作的啊？"张小言问，同时帮她拿开放在过道里的一个铁质的单脚货架。

"他啊，警察。"女人抿嘴笑了笑，笑起来的时候有种说不出的魅力，眼睛没有眨过，却像闪烁着温暖的光。人们常说的星星也会一闪一闪的，应该就是这种美好吧，男人也都会为这种笑容倾倒吧。张小言有些羡慕地想。

"真的啊，我男朋友也是警察哦，他是哪个区的？"张小言惊讶地说，然后又补充了一句，"你笑起来的时候真好看，你丈夫当初追你的时候肯定没少费心思吧。"

"好巧，那我们都是美丽的警察家属，"女人说话的时候调皮起来，让人感到温柔当中又多了些俏皮，甚是可爱，然后又想起张小言一通连珠炮般的发问，实在不好展开回答，就只说，"他是东阳分局的。"

"哦，我男朋友是西阳分局的。"张小言吐吐舌头，又拿起一盒孕妇专用护肤品，在女人眼前晃了晃，调皮地说，"姐姐是在找这个吧。"

女人接过来，整齐的小白牙立马又露出来，然后像对待小妹妹一样用手指轻轻点了一下张小言的额头，说："聪明！"

张小言吐吐舌头，然后有些惊讶地问："怎么都只见姐姐自己来啊，还没见过姐夫呢？"

女人的脸上依然带着笑意，只不过好像暗淡了一些，拿着东西的手愣了一下，说："他啊，没时间啊！"女人拉起张小言的手又说，"你以后可能也会有这样的困扰哦！"

张小言刚问出口，还在担心自己是不是说错话了，可是听到女人这样说，心里又释然了，"嘿嘿"笑了一下，然后又想起冬明晨，在心里说：忙？他敢不陪我！

两人又聊了一会儿，女人又挑选了一些东西才离去。

冬明晨走向门口的时候，女人正出门，向对面走去，冬明晨见那女人温柔地迈着步子，小腹好像已经有些隆起了，为女人原来优美的曲线增添了一份沉静。然后冬明晨才想起，这个女人正是他前几天在店里看到的那个有些熟悉的女人。

冬明晨在远处看见张小言向她热情地挥手再见，心想女朋友又发展了一个好友兼客户了。

冬明晨迈进门的时候还回头看了一眼，女人越过斑马线的时候，安静地迈着步子，温暖的阳光给她的皮肤披上一层淡黄色的光泽。

“刚才的那个女人是做什么工作的？”冬明晨见到张小言就问。

“怎么了？干吗，”张小言一把抓住冬明晨的胳膊，“人家可是有夫之妇。”

“怎么，有夫之妇不一样抢过来。”冬明晨故意这样说，嘴里还发出得意的笑声，然后不等张小言抓住他胳膊的手狠狠地掐上来，又正经地说，“不闹了，我真觉得有些熟悉，可能以前还真见过。”

“对哦，”张小言想了想说，“她的丈夫也是警察啊，没准儿你们还真见过，她好像是个护士。”

“是吗，护士啊，还挺般配的。”冬明晨想了想说。

“不过她丈夫是东阳分局的。”张小言又补充说。

“东阳啊，那就不可能见过了。我刚调过去，那里的人还没认全呢！”冬明晨以前跟东阳分局的人来往也不多，所以与大多数的人都不熟悉。

“你调东阳去了？怎么没告诉我？”张小言惊讶地问道。

“我一时忘记了，本来也没多大的事，都是一样工作。”冬明晨抱歉地看着张小言解释道，然后又说，“给我煮碗面吧，我饿了，脑子还有些乱，吃完去休息休息。”

“好吧，你等着。”张小言说完上了楼，楼上是他们生活起居的地方。

冬明晨说脑子乱其实是真心话，所以他想在这里清闲一会儿。

冬明晨没有想到，他正痛快地往嘴里吸溜着面条的时候接到了王元的电话——二环的一个小区里发生了命案。

王元说到重点的时候，只说：“你看了就明白了。”

冬明晨又吸溜了一大口，撂下筷子，和张小言打声招呼就走了。

张小言看着冬明晨倏地一下又消失，突然想起刚才店里那个女人说的话“他忙啊”，不由得噘起了嘴。

第三十一章　他是精神病

　　幸福里小区算是位于这个城市的中心地段了，不过小区的时间也不短了，建筑物大多还是那种淡雅的砖红色的色调，留着这个城市老式小区楼房建筑的明显的痕迹。但只是老建筑的外壳而已，内核早就聚集了一群这个城市中快节奏生活的人们。

　　冬明晨赶到的时候，张起扬早就在现场了，王元照例在接到报案的第一时间就通知了张起扬，他心里还是过分依赖这个昔日的队长。张起扬的脸色有些劳累，面部的皮肤无精打采地松弛着，眼皮努力地向上抬，好像随时都会因为筋疲力尽而趴下来，不过眼睛依旧发出锋利的光芒。

　　"昨天晚上没睡好？"冬明晨问。

　　"没怎么睡好，昨天晚上去见了个朋友。"张起扬淡淡地说，他并不想说自己昨天晚上做了一个噩梦。

　　"朋友？"冬明晨不由得蹦出疑问，在他的印象中张起扬很少有警队之外的朋友，以前就是这样，所以听张起扬说见朋友，他很好奇。

　　"可能没跟你说过，我的大学同学，史进。"张起扬向冬明晨转过头去笑了笑，"怎么了？"

　　冬明晨想起自己刚来东阳分局的时候有一次张起扬不在，王元就说他去找史进了。好像是个心理咨询师？他想这个自己还未曾谋面的史进应该还是有两把刷子的，能和张起扬聊得来并且成为朋友，随时可以去会会。

"哦，听王元说过，是不是心理咨询师？哪天有机会给我介绍一下啊，查案可能也需要博采众长，比如了解一下心理学。"冬明晨扮着鬼脸说道。

"好，有机会一定让你们见一面，他可能会很乐意交你这个朋友。"张起扬说完就往楼门口的方向走了，冬明晨也马上跟了上去。

死者的家里很整洁，其实是空旷带来了这种整洁，客厅里的家具很少，好像少到无论怎么摆放都不会感觉到乱。整体看上去像二十世纪七八十年代的房间，但多了一种考究的气质。

家具很少但都很有讲究，茶几是花梨木的，层次分明的木质体现着大自然造物时柔和的曲线美，椅子和沙发也都是名贵的木材做成的，踏进房间的那一刻，仿佛就会联想到木质特有的馥郁芳香沁入心脾。

这会让人不禁开始联想，死者会是一个什么样的人。

冬明晨看到尸体的第一眼就明白了王元为什么说"你看了就明白了"，死者的脖子上插着一把刀，刀上的鲜血早已经凝结成了深黑色，领口的衣服也因为血液的浸透和干结而紧紧地黏在了皮肤上，看来死亡时间已经不短了，但重要的是脖子上的那一刀，除此之外，死者身上再没有其他的外伤了。这让冬明晨和张起扬想起了李国胜，还有孙莉。

死者名叫张立昌，看上去年纪在六十岁左右，头发依然很黑，但是隐约还有几丝白发跳出来，不吝地暴露着死者的年龄。

水果刀孤零零地插在张立昌的脖子上，刀把上还沾了星星点点的血迹。

死者被发现的时候，就是现在这个姿势，头微微地斜着，靠在沙发上，整个人也是倚在沙发上，如果不是脖子上的那一刀，这个姿势会让人联想到他正乘着窗外打进来的阳光睡着了，这个长眠的姿势也很舒适。

不过他应该并不是这样死去的。张起扬注意到了张立昌身上的几处擦伤和瘀伤，但是并不明显，看来张立昌生前应该和凶手有过争斗，不过显然力不敌手，很容易就被制伏了。

"谁报的案？"张起扬突然想起死者是独居，不免有些好奇。

"我报的案……"屋内一个和张立昌差不多年纪的男人说，"我和他以前是同事。"

"你是怎么发现的？"张起扬问。

"我和他以前是同事，也是好友，"男人又重复了一遍，"还是茶友，所以经常一起品茶，今天我原本就是和他约好来品茶了。"

张起扬看了一眼茶几，上面摆着精致的茶具。

但是当男人敲了一遍又一遍的门之后，里面一直没有人回应，打电话也没有人接，因为男人和张立昌事先约好了，所以才起了疑心，然后就报警了。

"没有人在可能是出去了啊，就算是事先约好了也有这个可能啊，你怎么就突然想起来要报警了呢？"张起扬疑问道。

"他一般不出去的，主要是我实在不太放心，因为……"男人顿了顿，"因为他有过病，这儿的病。"男人用手指了指自己的脑袋。

"精神病"这三个字对张起扬来说像是故意的暗示，让张起扬的心头突然一颤。

离开的时候，张起扬还留意了一下，死者住在二楼，阳台上的窗户正开着通风，阳光从外面照进来，暖洋洋的。

从窗户外面可以很容易地翻进来，重要的是可以躲过楼里的监控。

张起扬在心里暗暗地骂了一声。

小区里的监控察看起来也不太现实，这个小区所在的地段得天独厚，里面的居民大多是白领上班族，而且大部分的房间都是出租的，并且通常都是合租，所以小区的居民数量很大，同时一天的人流量也很大。这种情况下，想从小区监控里找出无论是哪个时间段的可疑人员都是不现实的，这条路看来是行不通了。

警局办公室的白板上贴上了张立昌的名字，冬明晨又在旁边加了个括号，里面写上了：曾患有精神病。

"张立昌，曾是个外科大夫，五十六岁，有一个儿子，现在在美国。"王元说到这停了停，微微地叹了口气，"看来是个空巢老人，而且儿子还飞到了遥远的美国。"

"外科大夫？他曾在哪家医院任职？"冬明晨把目光从白板上张立昌的名字处移过来。

"就在东阳区人民医院，不过两年前已退休。"王元说。

"哦……不对，"冬明晨突然话锋一转，眉峰微微地聚了起来，"现在五十六岁，两年前张立昌是五十四岁，外科大夫会在五十四岁就退休？"

"因为……后天性脑萎缩，已缺乏一定的医疗判断力。上面是这样写的。"王元低头看着资料说道。

冬明晨嗫嚅着嘴唇："这些信息是从哪里搞来的？"

"东阳区人民医院。"王元好像意识到冬明晨对这个答案并不满意。

而现在冬明晨却在想另一件事，他的手慢慢地握起来……精神病，然后退休，一段时间以后，便只剩下了单位记录的简简单单的几行字。好像这几行字就可以概括一个人的一生，但是世界上哪有这么简单的事？如果不能概括，是不是说明简单的几行字下面隐藏了什么？

冬明晨突然想起了孙莉，同样只留下简单的几行字，好像如果没人注意，这个人就会伴着这仅仅几行字的履历走向坟墓。

"对了，完整的验尸报告应该要等到明天才能出来了。"王元打断冬明晨的思路。

王元的话让冬明晨想起张立昌脖子上的那一刀，难道又不是真正的死因？或者又是出于报复？就像刘海腿上的那一刀一样？

白板的另一侧上面挂着李国胜、孙莉等人的名字，他们被诸多错综复杂的连线交叉在一起，又形成了一些新的节点，有的节点上还画着醒目的问号。白板的这一侧现在只有一个孤零零的名字——张立昌。

冬明晨的眼睛看向白板，他不愿意去想象一个不甚理想的结果，但它还是从脑海中模糊地跳出来，难道白板的两侧又会连接到一起？

冬明晨手里的纸杯慢慢地被捏出一个凹陷。

第三十二章　融进雨水的血

死者张立昌的儿子叫张丰年，他是第二天下午到的，在收到张立昌死在家中的消息之后连夜赶了回来。他在美国的金融行业中摸爬滚打多年，现在已经做到了管理层。

王元见到他的时候对他的印象也没好到哪里去。王元想，年轻人野心大，想去更大的世界闯荡打拼无可厚非，但是无论如何也不能将老爸一个人丢在家啊，更何况张立昌的情况还有些特殊，曾患过精神病。

"长得倒像青年才俊，不过办事也太不靠谱了吧，把他老爸一个人放家他倒放心。"王元说道。

这话到了冬明晨的耳朵里，就变了一种味道。是啊，把患过精神病的老爸一个人丢在国内，他也放心？一个猜想在冬明晨的脑海中浮现，现在还不知道这个猜测有多大的可能性。

在经历过孙莉的案子之后，冬明晨体会到破案的时候需要尽量考虑更多的可能性。还有一点很重要，也是这一点才让冬明晨产生这个猜想，那就是精神病无论如何诱发，都不一定是案子的重点，重点是精神病这个头衔可能被利用。

这个猜想只是一种可能性，所以冬明晨打算缓一缓再见张立昌的儿子张丰年。他打算先去找报案的那个人。而王元，冬明晨给他安排了其他的事。

那个经常找张立昌喝茶的同事叫王大川，他也是东阳区人民医院的外科大夫，比张立昌小两岁，还没有退休，他说话的时候总是带有一种特有的温和。这大概是长久以来的职业习惯练就的品质，加上年龄越来越大、人生越过越短的沧桑感的外在表现，可能他经历过太多的风浪，才能如此平淡。

他的家里也是平淡之处求得真滋味的布设风格，淡雅的暖色调让人的身心一下子放松下来；冬明晨进去的时候，眼睛都忍不住要闭上，看看能不能嗅到野外的清新。

"我们平时经常一起喝茶、聊天儿，"王大川说，"其实他平时也没有什么其他的爱好。"

"他是因为精神病离职的，别人都这么说，你觉得呢？"冬明晨抿了一口王大川泡好的茶，只喝了一口，冬明晨就觉得果真和自己平时用大杯子随便冲出来的味道不一样，又解释说，"我是说你觉得他平时怎么样？"

"这个……"王大川推了推鼻梁上的眼镜，他鼻梁上的皮肤有些苍老了，上面留下两块眼镜压出的痕迹，"其实，我想说一则事件，这个外面很少有人知道，不过我是亲历了这个事的。"

冬明晨脑子一转："你是说他并不是因为精神病离职的？"

"嗯，不是。"王大川低头抿了一口茶，他一眼看过去是有些学究气的，不过这样的人同时也给人一种真诚有原则的感觉。

冬明晨心里默默地想，果然不是，这个起码证实了他心中猜测的第一步。

王大川说话的时候很平静，不予置评地叙述着，像在讲一个故事。

事情是这样的，张立昌虽然在东阳区人民医院当了几十年的外科大夫，但他的医术与其他医生相比还是稍有逊色。因为他有足够丰富的从医经验，所以才可以在医院吃得开，但他在外科始终挑不起大梁。

这是张立昌平日里的一些情况，但事件的主要起因还在于一场手术。

两年前，东阳区的幸福里小区进行过一次小规模的改造，只限于最早建起来的那几座楼房，翻修的工人大多都是外地来的，挣几个辛苦钱。其中有两个南方来的兄弟，哥哥叫孙道康，弟弟叫孙道力，兄弟俩年纪轻轻，常年都在这里做工，老大刚结婚一年多。

翻修楼房本身就是辛苦的工作，但是工人们都习惯了，甚至也习惯了在恶劣的天气下工作，比如下雨。

也正是在一个雨天，孙道康兄弟俩接到了工头布置的任务，明天之前要把二楼的架子搭好，这样才不耽误第二天的进度。

两人是合伙搭架子的老手，干这活儿轻车熟路。因为下着雨，他们心里多少都会有些不情愿，但是因为会单独加工钱，咬咬牙也去做了，这也不是多大的事。更何况不能惹着工头的老虎尾巴，毕竟以后还要在这里工作，搞好和工头的关系总不会错的。

这是他们早就明白的处事手段。

那天下雨的时候，天有些昏暗，并没有打雷，但是孙道康掉下去的时候，却好像发出了雷鸣般的声音。

孙道力站在架子上，腿几乎都动不了了，好半天才发出一声野兽般的嘶喊。

孙道康脚下踩滑了，掉了下去，楼层并不高，但是当孙道力冲向孙道康的时候，吓得腿都软了。

地面上放着一段折弯的钢筋，而现在，这段钢筋深深地穿透了孙道康的脖子，血液浸透了上面的锈渍，同样也融进了雨水和泥土。

幸运的是，孙道康被及时送到了医院，而且，钢筋虽然穿透了脖子，却巧妙地避开了主要的血管和气道。孙道康暂时保住了性命，但是需要做手术将钢筋取出来。

这个手术很危险，难度也很高，一旦触及要害部位，就会危及性命。脖子这个地方，是人身体最脆弱的地方了。

当时外科的主刀大夫做这个手术是最合适不过的了，其他的人，按说没有这个资格，但是当时的主刀大夫刚下手术台，实在太累，就将这个手术交给了张立昌。

张立昌欣然赴命，但是生死转瞬……手术中，孙道康的动脉破裂，加上原来就已经失血过多，就这样没救过来。

至于动脉破裂的原因则成了谜，意外，还是人为，还是人为的意外？无人得知。

然而，事情并没有结束，孙道力疯了。

一个大活人，说没就没了。孙道力心里憋着一口气，一同做工的工人们也憋着一口气。

孙道康结婚一年半，老婆肚子里还怀着孩子，六个月大。孙道力也为嫂侄憋口气。

工人们曾到医院讨说法，医院为了不把事情张扬出去，也没报警，要私了。

孙道力也过着一边做工一边讨说法的日子。

不得不说，这件事医院要承担很大的责任，其实严格来说，主刀大夫在的情况下，说什么都不该让张立昌来手术的。

张立昌被停职，而工人们工作的工地正和他在一个小区，他少不了面对他们的质问，只好将自己关在家里。

医院并没有承认自己有任何过失，只想赔钱了事，直到孙道力想去法院告张立昌。

但是与此同时，一个令人惊讶的消息传来了——张立昌病了，患了间歇性精神病。

孙道力突然手足无措了，他一直憋在心里那口气无处发泄了。

后来，张立昌也脱责了，因为间歇性精神病。

冬明晨听的时候很认真，他习惯听别人讲故事了。

"所以你觉得张立昌在家里被逼疯了吗？"冬明晨问。

"也许吧，他一个人憋在家里，而且每天还要面对那么大的压力。"王大川说。

"当时他儿子呢？"冬明晨的眉头微微地皱了一下。

"丰年当时在国外，后来回来的，老爷子得病之后立马赶回来的。"王大川好像是想了想才说的。

"那张立昌之前出这么大的事，他儿子不知道吗？"

"这个我就不太清楚了，可能知道，也可能老爷子没有告诉过他。"王大川说，然后又皱了皱眉，"这事和丰年有什么关系吗？"

"没事，我就随便问问。"冬明晨说，然后又突然想起来什么似的，"你觉得他患病之后，状态怎么样？"

"我去找他的时候，还可以。他总是很平和，他本来也就是那个脾气，很平静的状态。"王大川说，接着又补充道，"不过他是间歇性精神病，可能状态也得分阶段的。"

"你是说，你见他的时候一般都和以前差不多？或者说看不出来患病？"冬明晨问道。

"嗯，差不多吧。"王大川又扶扶眼镜。

冬明晨回去的路上，思来想去，同情孙道康，同情孙道力，突然又有些同情张立昌，只是不知道，他应不应该被同情。因为自己的猜想还没有被推翻，也还没有被证实，一切都还不好下定论。

冬明晨回到警局的时候，突然想同张起扬说起自己的猜想，但想到张起扬早就离职了，心里突然感到一丝异样。

冬明晨只好到门口抽烟散心，感到胸口像被棉花般的东西塞住了。

冬明晨吐出一口烟，看着烟雾飘散，他的目光也茫然地飘向远方。他又吸进一口烟，突然有些怀念以往和张起扬并肩战斗的岁月，那个时候他们总是有用不完的精力……

他记得自己曾经在 G 省的一座高架桥上救了他一命，记得当时张起扬看向他的眼神，那种眼神和平时工作中的眼神不一样，像是温情在眼眶里化成了一汪水。他也记得张起扬的雷厉风行，敢和任何人叫板，记得他的说一不二，那种天下第一的正确而有自信的魄力。

但是，关于张起扬，他好像仅仅记住了这些。

冬明晨之所以这么想，是因为他意识到自己其实仅仅了解工作中的张起扬。

冬明晨吐出烟雾的时候，那烟雾看上去已经淡得像哈出的一口水汽。

冬明晨努力地回忆着，他不能被一个"好像"说服，可是他的意识好像渐渐模糊，嘴里不停地嘬着烟。

虽然他感觉到不断沉入大脑的尼古丁会像宇宙爆炸一般把记忆冲击成更加细小的碎片，但他还是抽着烟，也想着。

烟雾漫上冬明晨有些迷惑的眼神。

第三十三章　瓮中识鳖 (2)

王元回来的时候一脸挫败感，显然他一人出马并没有得到任何有价值的线索，回来之后只是将那个医师的履历在电子档案中复述了一遍，这一点冬明晨也考虑到了。

毕福宽，精神病医师，从业十三年。如果真依冬明晨料想的那样，那么他应当是个老油条了。从业期间没有任何备案的不良记录，不过也没做过什么惊天动地的好事，档案如同白纸一般。但是越空白，就越让冬明晨觉得不对劲。

"你有没有觉得这个人什么不对劲？"冬明晨问王元，然后伸出手比画着，他想尽力表达清楚。

"不对劲？"王元想了想说，皱着眉头，"那倒没有，他看上去是个很冷静的人，或许学过心理学的总会给人一种这样的感觉吧。据我了解，这样的人，就算是他做过类似的事，也会防范得密不透风的。"

冬明晨沉吟了一声，突然说："那咱们还是照做！"然后重重地拍了一下王元的肩膀。

在这一瞬间，王元觉得冬明晨像极了张起扬。胸有分寸，手握乾坤，这在王元的心中是一种让人甘愿追随的魅力。

"哦，对了，"王元突然叫道，声音也高了很多，"我过去的时候，他说了一句'看来你们压力也不小，我还以为警察们扎堆得病了呢'！"

"他以为你去看病？"冬明晨问道。

"应该是，不过听他的话好像还有警察去找他看过病。"王元耸耸肩。

"不会吧，他是精神病医师，对吧？"

"不过平时类似于心理咨询师。"

"像那个……史进？"冬明晨说。

王元撇撇嘴，没说什么，权当是默认了。

"那我们开始吧！"冬明晨利索地起身，披上外套。

办公室里，张丰年看着眼前的两位警官，手里摆弄着纸杯，不停地摇来摇去，每次都险些让水溢出来。

冬明晨第一眼看向他的时候，就特别想用眼神告诉他：你以为我们请你来，是来协助调查的？希望你能注意到不远处就是审讯室，可能那里才是你真正应该待的地方。所以冬明晨的眼神一直想伪装成一把刀子。

"两年前的事你们听说了吧，肯定是他们有意复仇。这帮孙子，连病人也不放过。"张丰年的话语中虽然透露着愤怒，但是语气却很平淡，说的时候，依然晃着手里的水杯。

"有道理，"冬明晨附和道，"对了，两年前你回来过一次，对吧？"
张丰年点点头算作同意。

"据我所知，你回来之后很快就走了，大概是在老爷子确定患病之后。"冬明晨抿了抿嘴，眼睛故意看向窗外，只用余光瞥着张丰年，"而且你这两年一直在国外，从没回来过。"

"你什么意思？"张丰年微微地抬起头。

"据我所知，老爷子一个人在这边，也没有其他的亲人了。"冬明晨仍然不正眼看他，避免与他有目光上的交流，这是对付内心孤傲的人最为有效的办法，"我在想，你一个人远在海外，怎么放心得下老爷子？"

"人上了年纪了，安土重迁，这很正常。"张丰年看向冬明晨。

"是正常，"冬明晨沉吟了一下，又补充道，"但是在你们这里就不正常。"

冬明晨一摆手，王元将一份履历递了过去。

"这个人认识吧。"冬明晨晃了晃递给张丰年。

上面是毕福宽的履历，当年为张立昌做精神病鉴定的时候，他是主要的负责人。

张丰年的眼神微弱地闪烁了一下，然后又镇定下来，嘴里嗫嚅着："记不太清了，你也知道，我基本上都在国外。"

"但是他可认得你啊！"冬明晨的眼睛直视着张丰年，"当初事发的时候，老爷子没得安生，天天憋在家里不出门。"

张丰年默不作声。冬明晨无时无刻不在观察着张丰年任何细微的反应，以确定自己是不是要继续说下去，很明显现在他得到的答案是：说。

"所以你想出了这么个瞒天过海的法子，不惜贿赂毕福宽，欺上瞒下，给老爷子扣上个精神病的帽子，最后让事情无果而终。"

张丰年握住倾斜得过分了的水杯，手僵住了。不小心洒出的水顺着指尖慢慢地滑过手背，最终落在地上，好像可以听得到水滴落地的声音和张丰年的心跳声。

"其实你想让老爷子跟你到国外去，但是老爷子安土重迁，不愿意去。不过留老爷子一个人在国内你也可以放心，因为他根本就没有精神病，这样来解释才足够正常。"冬明晨说。

张丰年抬起头的时候，他的眼睛好像蒙上了一种淡淡的灰色，像在雷雨阴霾的天气时看向窗外。相反，此刻冬明晨心中的一块巨石得以落地，心情瞬间雨过天晴。

冬明晨又看向张丰年，他好像要开口说什么，但是喉结像是被一种东西凝结住了，没有办法开动。

"录个口供吧。"冬明晨淡淡地说，心里突然掠过一丝淡淡的阴霾。

冬明晨要出门的时候，张丰年依然那个姿势坐着，喉结慢慢地上下蠕动，继而传来有气无力的一声："但还是没了啊……"

冬明晨停下脚步，他知道张丰年说的是张立昌最后还是死了，他好像也有点儿理解刚才凝在张丰年喉头的东西，或许就是哀伤，还有失望。

冬明晨瞬间从侦破的快感中走出来，突然想起凶手才是案子的重点。

"有了张丰年的口供，你待会儿可以把毕福宽也带过来了。"冬明晨对王元说。

而王元正在想冬明晨是如何有把握确定张立昌的精神病是假的呢？其实王元去找毕福宽的时候心里还是没有底气的，到了那儿之后，谈话完全受制于人，也没问出什么来。直到现在王元才发现，原来冬明晨就没打算让他问出什么来，或者冬明晨早就已经做好了他什么都问不出来的准备。

"你怎么有把握认为你的猜测是正确的？"王元问。

"我没有把握，所以我才要证实啊！"冬明晨的眼神很坚定，也很阳光。

王元想起张起扬曾经也说过类似的话，所以他觉得冬明晨和张起扬有几分相似。或许是因为他们以前都参与过缉毒，所以培养出了如同狼一般的特性，迅猛而诡诈。

"那如果猜错了呢？"王元问。

"有时候是会出错的，但有时候我们没得选择。所以如果猜错了，做到不要伤害他们就好。"冬明晨说到这里眼神也变得黯然了。

冬明晨的回答让王元觉得他们俩还是不太一样，如果都是狼，也应该有着不一样的特质。

冬明晨搓了搓下巴，如果是谋杀，那么现在已知的和张立昌有过节的只有孙道力了，但是他有必要两年后才来复仇吗？还是这两年间又发生了其他的事？又或者孙道力发现了张立昌的精神病是假的，所以心里重新燃起了为兄复仇的杀心？

冬明晨一口一口地吸着烟，思绪万千，直到尸检报告出来之后，他才察觉到一丝信号。

第三十四章　死亡原因

尸检报告静静地躺在桌子上，不远处，张立昌也安静地睡在另一个世界。

尸检报告上的专业表述，冬明晨看起来虽然有些晦涩，但是在听着刘松详细解释的时候，还是忍不住看了一遍又一遍。

因为疑虑、紧张和无措，这就像当人面临危险的威胁比如劫持的时候，就算自己身上没有带武器，但是同样会一遍又一遍地在身上摸索一样。

"死者是死于急性肺水肿，我敢断定。"刘松认真地说，同时用手指了指张立昌脖子的部位，"虽然死者的脖子上中了一刀，但这个并不是致命伤，或者这个也可能没有造成任何伤害……"

"你是说这个是人为制造的？"冬明晨问道。

"没错，不排除脖子上这一刀是死后所伤的可能性。"刘松的目光表示着赞同，"我检查了死者的肺部，简单来说，表现为急性肺水肿的症状，而且这个可能才是真正的死因。"

冬明晨听到这里，眼睛里突然闪过一丝光亮，继而心里又开始暗暗懊悔。

"什么原因可能导致肺水肿呢？"

"很多，可能是自身原因，比如通过一些心源性的疾病诱发。"刘松自己又摇摇头否定，"但是张立昌生前并未有过任何心脏方面的疾病。"

"还有呢？"冬明晨催他。

"其他原因就很多了，但是能在短时间内导致死亡的可能还有，"刘松顿了顿，"溺水等。"

"但是现在最主要的问题还不在这儿，"刘松又开始说的时候，表情已经和刚才不一样了，好像有些紧张，"我打开张立昌的腹部检查的时候，发现了胃部有一片这样的区域。"刘松拿出一张照片给冬明晨看，胃部组织呈现出一片深色的区域。

"这个是组织受损的表现。"刘松在旁边补充道。

然后刘松不说话了，他看着冬明晨的眼睛慢慢地瞪大，嘴巴慢慢地开启。

刘松知道冬明晨在想什么了，因为太像了……作案手法和死亡原因都太相似了……

刘松验尸时看到胃部组织出现一片深色的区域之后，猛然想到了自己和张起扬夜闯医大做的实验，然后瞬间想到了干冰，这也是他有所激动而紧张的原因。

冬明晨听到肺水肿的时候也突然想起，孙莉死后检查出了肺水肿的症状，当时就一直想不通导致肺水肿的原因。

刘海除了胸口上的那一刀之外，腿部还中了一刀，孙莉手腕上被水果刀割出了伤口，张立昌脖子上被捅了一刀……但是这些表面上的外伤都不是真正的死亡原因，而最可能的是，他们皆死于干冰。

冬明晨的脑子里想着，刘海、孙莉、张立昌……但是张立昌无论如何也跟他们扯不到一起，不过他们都死了，他们三个同谁结怨呢？李国胜？李国胜和张立昌好像没有任何交集。

冬明晨回到办公室的时候，脑子里一团乱麻。

这个案子非同寻常。因为是凶杀，所以冬明晨还是决定去见见孙道力。虽然他在心里告诉自己，从这个方向入手可能已经没戏了，但他还是想去。他只是想去了解这些人，单纯地去了解他们的生活，就像他尝试去了解孙莉、杜雨和李国胜一样。

冬明晨查出了孙道力目前在 B 市工作的地址，他开车到那里的时候天色已经暗了下来，工地上的大灯已经亮了起来，残瓦断砾在灯光的照耀下发出有些刺眼的白色，这是个正在拆迁的工地。

冬明晨过去的时候，他们还在工作，机器轰隆隆地开着，墙壁像纸板一样折断，粉碎。砖石像水滴一样溅出，分离，散落遍地。人影在整个场地上闪烁跳跃，显得格外灵活，这时他们的身影也显得格外生动。

冬明晨见到孙道力的时候，他穿着一件墨绿色的外套，上面沾了些尘土。他的脸庞很硬朗，让人感觉像是连绵的群山在随着风的呼吸随意起伏出来的形状，黄色的皮肤因为常年的风吹日晒，有些发黑。

孙道力见到冬明晨的时候是比较有礼貌的，但是可以感觉到他是那种身体中流着野蛮血液的人，身上强健的肌肉紧绷着。

"上周六，你在干什么？"冬明晨直接提问，然后拿出了张立昌的照片在他眼前示了一下，"他死了，我们怀疑和你有关。"

孙道力看到那张照片的时候眼睛里突然放出一种光芒，像一种发亮的仇恨。不过那仇恨的火苗好像不打算熄灭，他依然两眼放着光，声音好像是从齿缝儿里挤出来的："这个家伙……"

"我问你上周六在干什么！"冬明晨提高了音量，他明白这时他需要强硬一些，否则眼前这个习惯用暴力解决问题的人是听不进去的。

"我就在这里，工头还有那么多工友都可以做证。"孙道力说完又冷笑了一声，"果然是因果有报。"

通常情况下，他们周末也不休息的。

突然，"砰"的一声响动。孙道力突然挥出像铁一样的拳头打在旁边的墙壁上，同时还伴随着一声冷笑。

"怎么样，他死得惨不惨？"鲜血从他攥紧的拳头的指缝儿中流出来。

冬明晨镇定地看着他，说："他有罪过，但是罪不至死。"

孙道力慢慢地收回了自己的拳头，上面的鲜血混合着污垢黏在一起。

"我知道，我摊上这种事了，心中就会有仇恨。"他微微地叹了口气。

冬明晨看着他的脸庞被白色的灯光照着，凸显着皮肤表面上粗糙的纹理和颗粒，像披上了一层银沙。

"要是没有法律，我可能早就废了他了。"他的眼神不再锋利，仇恨的火焰终究都会熄灭，因为复仇给人留下的最大的遗憾就是永远都不能解决问题，也永远都不能挽回一切，"不过他的死不是我造成的。"

冬明晨回去的时候已经很晚了，孙道力的确是没有作案时间的。除非工头和全部的工友都来帮他撒这个谎。其实孙道力如果想要报仇何须两年之后再动手呢？在谈话中，冬明晨还发现孙道力其实并不知道张立昌的间歇性精神病是假的。

张小言来到楼上看到冬明晨的时候，他已经穿着衣服睡着了。

第三十五章　人生快车

窗外的景色难得的美。

天空是纯净的蓝色，路两旁的植被或嫩黄，或浓绿，像被水洗过了一样，泛着油亮。列车已经飞驰了两个小时了，两边的景色依然纯净、明亮，色彩鲜艳得有些不真实，像是画笔画出的世界。

张起扬把头斜倚在窗户上，他有些累了，眼睛微微地闭着，不让太多的光线进入眼眶。

史进就坐在对面，看着张起扬，依旧神秘地笑着。他面前的桌板上放着一听开启的啤酒，不时地拿来啜一口。

张起扬睁开眼睛的时候，感觉窗外的光线一瞬间就填满了整个车厢。

车上只有他们两个人。空荡荡的车厢，随着车轮呼啸着摩擦的声音轻微地摇晃着。

张起扬站起身，一遍又一遍地环顾着整个车厢。他像只猎犬一样嗅着空气中任何一点点残存的气息，但是了无所获。

"人呢？"他猛地回过头来看向史进。

"他们还没上车。"史进脸上一贯神秘的微笑。

"该死！"张起扬这时心里十分惶恐。

突然，列车好像钻进了一段隧道，车厢里突然黑暗了。

漫长的隧道、温暖的黑暗，大概像人们深处子宫的时候赖以生存的黑暗。张起扬感觉像要面临自己的初生。

当暖黄色的光照射进来的时候，一对夫妇上车，相互依偎着。女人怀里抱着一个婴儿，他的小脚丫顽皮地不断往上蹬。

他们年轻，脸上洋溢着幸福的微笑，他们也让张起扬瞪大了眼睛。

"爸……妈……"张起扬始终无法表达自己心里的万语千言。

尽管张起扬的声音越来越大，最后接近于一种嘶喊，但他们依然听不到。

张起扬喊累了，身体也疲倦了，瘫软在座位上，眼神中浸透着期望。

一个目光倔强的孩子上来了，他走到夫妇的后面，坐下之后就开始说话，嘴巴不停地开合着，却像是在自言自语。

声音只是隔了一条过道传过来，却变得不是很清晰，回音被拉得很长，又或者是加了混响的效果，像那声音是需要回溯到十几年前，从时间的裂缝中缥缈而出。

"我喜欢乐乐和可可啊，我喜欢跟它们一起玩……我感觉只有它们才能理解我。"孩子一本正经地说，眼神中却好像笼罩着一层疑惑。

"我喜欢数学，我喜欢它严密的逻辑，它说一是一，说二是二。你输入一个确定的值，它也能给出一个确定的结果。只要我对它有所掌握，它就永远不会欺骗我，但是……"孩子咬了咬嘴唇，眉毛挑起，"但是人就不是这样，人会说谎，会狡诈，会欺骗自己，人也会欺骗别人，会欺骗我！"

孩子说到"欺骗"的时候眉毛已经挑起得有些凶狠了。

"所以我喜欢跟数学打交道，不喜欢跟班里的同学玩，又怎么了？"孩子理直气壮地说，但是语气中还是流露着委屈。

"我还不明白，你们为什么说我固执，我固执是因为我是对的啊！"孩子的语气变得更加的急促和激烈。这声音好像是从回忆深处传来，伴着回声不断地冲击着张起扬的耳膜。

然后是一个女孩儿走过，姣花正对月，步履生凡尘。

是蓝欣。她的目光依然是那么温柔，她的脚步依然是那么坚定。

"我喜欢你啊，是因为你跟别人不一样吧。有人说，爱情是两个人在茫茫人海中发现了彼此的特质那一刻产生的，谁说不是呢？"张起扬听见她开口了，"不过这也有可能是我在欺骗自己，但我愿意这样被欺骗。"

"好啊，我答应嫁给你。不过，你要答应我一件事，每天早上醒来的时候，你都要在我身边。"蓝欣的嘴角向上扬起。

张起扬看着，努力回想自己当时的回答。

然后蓝欣好像变了一种表情，脸色变得灰暗，眼角慢慢地堆砌出晶莹的泪光。她抱紧双腿，头微微地低着，声音颤抖着，每说出一个字都伴随着抽泣："你说，我会不会以后都不能怀孕了？"她说完之后眼泪也跟着涌出来。

张起扬想冲过去，却发现自己无法移动，双脚被紧紧地黏在地上。他只好嘴里喊着，想说些什么，他首先想到的肯定是慰藉的话语吧，但是当嘴巴猛地张开的那一刻，却不知道到底要说些什么了。

"蓝欣……"他嘴里只是慢慢地挤出她的名字。

张起扬看着蓝欣的泪水淹上脸庞，看见她最无助的样子，但是令他最为痛心的是，却没有看到自己在她的身旁。

张起扬的脑袋因为努力回想而变得膨胀，他开始试图回忆自己当时是否给过蓝欣一个依靠的肩膀，是否将她拥进怀里。

此刻，张起扬像是乘坐了一列人生旅途的快车，记忆中形形色色的人物开始在这里重现，而张起扬在人生的回忆中游弋了一遭。

继而踏上列车的是冬明晨，他是记忆中几年前的样子，那时他刚退役不久，初出茅庐却不莽撞。张起扬想起了他那冷静的眼神，还记得他碰上的第一个案子，当时一个人借了高利贷，债主天天上门逼债，泼油漆，刷字报，大大的血红色的"欠债还钱"的字样，触目惊心，剪断电线，于是整家人晚上只能在黑暗中度过，这个人的妻子终有一天忍受不了那血红色的压力和屈辱，从阳台上跳了下去。

冬明晨看到那个人的妻子摔出的鲜血，像极了门口泼上去的红色油漆。

后来那个人提刀出门，废了债主的一条腿，当鲜血顺着刀流下来的时候，刀片上明晃晃地闪着光，里面印出那个人扭曲而纠结的脸庞，然后他将砍刀深深地嵌进了自己的脖子。

那时冬明晨问过张起扬的一个问题就是："为什么会这样？"

与冬明晨同行的还有以前的同事，他们都是意气风发的模样。

接下来上车的是王元，刚刚毕业的他，身体里涌动着正义的热血，那热切的目光仿佛随时都在说："咱们大干一场吧。"

是啊，大干一场吧，警察的大干一场在于什么呢？没有惊天动地的大案，就要处理好鸡毛蒜皮的小事。发现丝毫罪恶的火苗，都要将法律执行到底。

张起扬看过去，那是一个满心维护正义的小伙子。

然后几乎所有的人都开始涌上列车了，他们从张起扬的眼前经过，带给他一星半点的片段式的回忆，他们每个人都是那么鲜明与生动。

李国胜好像在说："我爱孩子，我没有错。"

可是爱与正确不一定站在一边。

孙莉的手好像在紧张地抖动着："我应该注意到的，那个就是欢欢的身体。如果我早点儿注意到，可能……可能他就不会……"

杜雨没有说话，脸上的肌肉有些痉挛，遮上了一层阴霾。她洗刷了以前的自己，却会留下永远的愧疚吧。

然后是张立昌，他的脸色像蒙上了一层白纸，张起扬在想他是否无辜。

不断地有人涌进车厢，车厢内的空气变得压抑，变得令人捉摸不透，让张起扬感到窒息。

他的脑袋开始有些昏沉了，像一大堆回忆涌入之后的膨胀和疲倦。

史进还坐在对面，眼神中闪着光，微微地笑着。

张起扬突然想起，在这趟自己人生旅途的列车上，只有史进是最初就在车上的，好像史进贯穿了自己的一生。

他突然习惯性地从上衣兜里掏出一张纸，那是张牛皮纸，可能是要长久保存。上面是一份名单，有两列，中间清晰地被一条很粗的黑色的分割线分开，好像这两边完全是两个世界的人。

一边写着：史进、冬明晨、王元、吴文未、李国胜、孙莉、杜雨、张立昌……

而另一边……张起扬看过之后感觉手足无措，随后一团疑惑向他袭来，他的窒息感好像又加剧了。

在下一秒钟吸气的瞬间，张起扬将头伸出窗外，想呼吸一下新鲜空气，但是凸入眼帘的却是玩具，一件又一件硕大的玩具，它们甚至比张起扬的个头儿还要高，小熊玩偶在张起扬看来已经比真实中的熊还要庞大了。

列车就是在玩具沙盘的轨道上飞速地行驶着，周围的树木呈现出鲜艳的绿色，但那其实是鲜艳的玩具。等到张起扬抬头的时候才发现一张孩子的脸，孩子笑着，单纯地为玩具火车可以奔驰而欢笑。

孩子的那张脸，那么的大，像遮蔽了天空，而张起扬此刻就像进入了巨人国一样。

孩子每笑一下，那张脸也会跟着靠近。

张起扬突然又想找出那个名单，他想看看孩子在名单上的哪一边，因为他觉得眼前这个孩子对他很重要。但是他的手被死死地卡在窗户上了。张起扬扭动着身体试图挣脱，但都是徒劳的。当他发出一声接近呐喊的声音的时候，他只是躺在椅子上，猛地睁开双眼。

"做噩梦了？"史进看着张起扬脸上的汗流下来。

张起扬急促地呼吸着，眼睛环顾了一下四周，这是史进家里，然后过了一会儿才点点头回应史进的话。

"我要走了，"史进站起身来，"以后我们可能再也不能见面了。"

"走？去哪儿？"张起扬一时没反应过来，马上问道。

"还不知道去哪儿，但是我不想在这里待了，可能到处去转转，"史进顿了顿，"但是应该不会回来了。"

"什么时候走？"张起扬急切地看着他。

"等你让我走的时候吧。"史进说。

张起扬想着，我让你走的时候？我当然是不希望你走的。

因为他觉得史进是真实的，有时候真实的就像另一个自己。

但是他现在要走了，张起扬的心思刚从梦的世界中回来，在现实当中，又开始乱了。他躺在催眠椅上，闭着眼睛，有一搭没一搭地跟史进说着话。

第三十六章 动 机

一大早，警局办公室里就凑齐了一帮人。

张起扬的脸色和以往一样平静，手里的烟头已经快燃尽了，可还是夹着。眼神看向白板的时候，心却不知道该放在哪里，关于史进的思绪不时地飘进张起扬的脑海里，他怎么突然就要走呢？他要去哪里呢？

千金易求，知己难觅。及待走后，张起扬的心情想必是非常的失落吧。

王元看着白板的眼睛是发亮的，像猎人看到猎物时一样兴奋，但是可能又比猎人多了一分疑惑。他有注意到张起扬两眼无神和沉默不语，但是他好像习惯了，习惯张起扬这种状态的存在，哪怕是在平时。在王元眼里，这像是在思考，或者下一秒钟他就会蹦出什么新的点子。

白板上面一侧是以刘海、李国胜、孙莉为中心的几个人物，另一侧是张立昌，冬明晨自然地将两侧连在一起。

好像是再明显不过的了，死者同为精神病，或者是有着精神病史，而且最重要的是死者在患病期间都有过伤害他人性命的经历。想到这里冬明晨突然觉得孙莉被列入其中是不是有些太过冤枉，毕竟她从未想过伤害任何人，就算是上课的时候惩罚孩子，无论如何罪不至死啊，更何况她自己又何尝不是一个受害者。

死者真正的死亡原因都是干冰致死，胃部的组织损伤表明，死者都是因吞下干冰而致死的。冬明晨在白板的中央写下"干冰"两个字，然后又引出一个箭头，指向的地方又写下：肺水肿，急性（经鉴定，吞食干冰完全有可能诱发急性肺水肿）。

死者的身上都有水果刀造成的伤口，而且这些水果刀都取自他们各自家里的厨房，那么，捅这一刀是凶手临时起意？这样或许可以掩盖蓄意杀人的动机，但是这些近乎一样的作案手法还可以起到什么作用呢？

冬明晨摸着下巴的手停了下来，如果自己没有发现真正的死因的话，就会从刀子的伤口那里入手，比如刘海死后，凶手为什么要在他的腿上插一刀？

李国胜的儿子被刘海驾车撞上的时候，正是从一条腿上碾了过去，流血过多，导致没能抢救过来。而张立昌，也是一样，他仅有的一处外伤在脖子上，他为孙道康做的手术同样是在脖子处。至于孙莉，李合欢的死亡对外宣称的是自杀，所以凶手在手腕上造就了类似于自杀的伤口。

显然死者的伤口都会将调查引向报复杀人的方向，所以最初的调查也都是按照这个思路来的。

"故作悬疑的一刀，故作悬疑的外伤。"冬明晨嘴里轻轻地说。张起扬和王元都看向他，表示默认。但是张起扬的眼神依然泛着空洞，没有焦点地望着空气。

不对，冬明晨心头突然一紧，闪过一个念想。

故作嫌疑的外伤的确会干扰自己的调查方向，但是凶手有必要这么做吗？如果我们发现不了真正的死因，一直沿着报复杀人的线索查下去，早晚也会发现走不通的，就像对李国胜和孙道力的调查都走到了死胡同，自然而然就会转变调查思路。那这故作悬疑的伤口究竟有什么用处呢？难道是为了拖延时间？让一个又一个的案子分散着我们的注意力，让我们不停地做着无用功，以便犯案者有更多的时间，来准备制造下一个被害者……

冬明晨想到这里的时候，脊柱一阵发凉，但是事实也的确是这么进展的，刘海、孙莉、张立昌，一个接一个……

如果我们永远都发现不了真正的死亡原因呢？冬明晨想，那么最终的调查毫无疑问会了无线索，然后……

积案！冬明晨的脑海里突然蹦出这两个字，因为张起扬有钻研积案的习惯，无论调到哪里，总会将积案带在身边，所以他再熟悉不过了。

如果发现不了死因，这些案子都会变成积案，被束之高阁，很有可能永远都无人问津。想到这里冬明晨已经决定好下一步该怎么做了。只是冬明晨还有些不明白的是，为什么这些故作悬疑的外伤用的都是死者家里的水果刀？这样反而更容易让人将前后的案子联系在一起，那么这样岂不是不利于凶手拖延时间？又或者这纯粹是凶手的一种习惯？从犯罪心理学的角度来解释，这个的确是有可能的，甚至有变态者会始终痴迷于同一种杀人方式。

这些案子的相似度让人不得不相信是同一个凶手所为了。

冬明晨在白板上写写画画，他想起张起扬之前同他讲过，破案就是不停地假设、验证、推翻、再假设，反反复复，直到得出真相。有时候如果我们错信了一个前提，就有可能查出一个不存在的世界，最后也有可能因为一个小小的证据，就将这个世界推翻。

那么这个错误的前提是什么呢？就是习惯地相信了这个就是凶杀，就是报复，就是血淋淋的复仇，而事实好像不是。

冬明晨抽一口烟从嘴里吐出来继而又用鼻孔吸进去，他想起张起扬还说过，查案的这个过程有些像精神病患者的心路历程，精神病患者就是因为相信了一个错误的但是可能自己却认为十分美好的前提，从而构建了自己虚假的"完美"世界，这个世界只有他们自己才会相信，但是在这个世界里他们却不会寂寞。

"死者的共同点是都患有精神病，"王元把目光从白板上转向冬明晨，"而且还都有过失伤人的经历。"

"可能有人对他们特别仇视？然后不顾一切地想要铲除他们？"冬明晨说道。

"也就是说假设凶手是同一个人，他自认为自己是社会正义的维护者，他不能理解精神病患者的过失伤人，更不能理解过失伤人可以一定程度的免责。"王元边说边点头。

"所以他选择维护自己的正义，杀了他们，也为他人复仇？"冬明晨的语气像是在发问，但自己心里好像已经相信了。

王元看向他，也是肯定的目光。

冬明晨心里"咯噔"一下，等着一切都在脑子里想过一遍，他才注意到张起扬已经不在这儿了。

张起扬坐在外面走廊的椅子上，头仰着，眉头微微地皱起。

"怎么了，头又晕了？"冬明晨走过去的时候问道，问完又拿起水杯接水，放在张起扬手里。

"有那么一点儿，低血糖。"张起扬说着，摇着头苦笑，然后拿出一个药盒。

"这个用吃药吗？"

"不是药，"张起扬打开药盒，捏出一块糖，"糖，缓解一下罢了。"

低血糖……冬明晨默默地想，然后又说："还是多注意休息。"

其实低血糖让冬明晨回忆起来案发的情况。当时冬明晨并不在这里，但是根据王元说的和记录，当时刘海死亡的现场，张起扬就因为低血糖晕在了那里。

阳光从窗外打进来的时候照在张起扬的脸上，上面光影的轮廓看起来更立体，好像也更加憔悴了，冬明晨看着张起扬想着。

冬明晨已经决定好下一步的行动了，首先就要查找一下警局最近两年的档案。

第三十七章　大鱼带出的网

　　吴局拍桌子的时候，两个人都知道坏事了。办公室的门开着，吴文未的手掌拍在桌子上的时候，木头的材质发出的声音如同鼓皮的叫喊。

　　外面的人愣了一下才又开始忙各自的事去了。队里的人从早晨到现在忙得不可开交，因为早晨发现的命案。

　　"这还不够明显吗？凶手分明就是同一个人啊！"吴文未向两个人吼着，然后走到门口"砰"的一声把门关上。

　　吴文未是真的着急了，在平时，他一般都把这些事交给下面的人去处理，比如王元。当然以前他都是放心地交给张起扬，自己是很少过问的。

　　王元微微地低着头，眼睛看向侧面的一边，默不作声。

　　"你看我干吗？"吴文未对王元说，"你看你那没精打采的样子，给我抬起头来！"

　　王元只好抬起头，听着吴局骂，等着他发泄完了。冬明晨因为刚调来不久，局长并没有直接对他发火。

　　"四个了，四个人了，你们厉害啊，整个 B 市几年都没出过这样的事。"

　　死者是早晨的时候被发现的，死在自己独居的一座郊外的别墅里，别墅的业主并不是死者，看来他可能只是临时住在这里。

死者叫张志，二十三岁，胸部中了一刀，检测到也有急性肺水肿的症状，那么那一刀也就很明显了，同样是故作悬疑。

张志是个公子哥，和一些纨绔子弟一样，整天吃喝玩乐，不求上进。两年前，张志在四环玩飙车，撞伤了一个环卫工人，逃跑的时候可能由于紧张又撞死了一个小伙子。小伙子是修车的，当时手里正拿着扳手，小伙子的身体被顶到墙上，扳手的一端从他的胸口穿了过去。

张志的父亲虽然恨铁不成钢，但在骨肉亲情面前，还是失去了原则，他动用了一些关系最终保住了儿子的性命。当然后果是，张志戴上了精神病的帽子。后来张志也被他父亲关在家里，一般不许外出。

"你说说，这个案子打算从什么地方入手？"吴文未的话打断了冬明晨的思绪。

"应该在全市范围内搜集近几年来类似的案子，虽然最近发生的这几个案子没有留下太多有价值的线索，但是只要涉案越多，时间跨度越长，就一定能找到更多的线索和漏洞。"冬明晨利索地说，他现在的确也是这么做的。

"那好，有新线索了吗？"吴文未的语气已经比刚才平和了许多。

"目前还没有。"冬明晨低了低头。

吴文未从椅子上站起来，走向冬明晨，眼神中突然涌出一种淡淡的温热与期盼，然后又伸出手搭在冬明晨的肩膀上，说："好好干。"

冬明晨一时不知如何作答，只好热情地附和着。

"要是需要其他分局的配合，直接找我，我帮你搞定。"吴文未又说，"还有，张起扬对案件的参与程度，我希望你心里要有个数，多劝劝他，别干这行了。"

冬明晨点了点头，心情却有些复杂。

"两年前的事，听说了吗？从那以后他离开了警队。"吴文未说。

"听说了。"

"包括你俩以前都在缉毒处的时候，你也知道，他风格太强硬，工作起来就是不要命的主儿。两年前的事可能不算是张起扬的责任，但是如果换个人，处理方式和结果或许会温和一些。"

冬明晨在一边听着，不知道该怎么接话。

"你先回去吧。"吴文未接着忙活自己的事去了。

冬明晨回到办公室的时候，白板上已经多了张志的名字。白板上几乎清晰地显示出从案发到现在的所有脉络，冬明晨看了一遍又一遍，几乎可以将他们重现在脑海里。

他慢慢地比较着彼此的异同，心中突然浮现出一个疑团：案底。

在刘海的案子和孙莉的案子发生的时候，都会出现和案情相关的人的档案，就像是预测了警方的调查线路一样。还有就是警局内的案底，王元曾说关于刘海伤人的案底在警局的电子档案中被抹平了。

这一切究竟是凶手的疏忽还是故意为之？用来给警方施加无名的压力？但是后来为什么就不再有了？现在最起码可以肯定的一点就是这个应该不是凶手的作案习惯。

那么最初消失的刘海的电子档案呢？凶手是单纯为了制造恐怖的氛围？还是必须要这样做？如果是必须要这样做的话，原因又是什么呢？

冬明晨长长地呼出一口气，让自己的身体斜躺在椅子上，尽量得到放松。

"冬队，你看看这个！"王元手里抱着一摞档案匆忙地走过来，脸上好像已经因为过度的惊讶而没有了其他的表情。

冬明晨翻开第一份档案的时候瞳孔已经开始慢慢地放大，然后是第二份，第三份……时间最早的是在一年前……

"这些都是？"冬明晨张大了嘴巴。

"都是。"

"怎么办……"王元说话的时候呼吸都有些急促了。

张起扬看到的时候也呆住了，他的眼前一黑，晃晃悠悠地要倒下去。冬明晨一把扶住他，突然想起他低血糖，就开始在他身上摸索那个随身携带的药盒，但是张起扬突然一把抓住冬明晨，手上的力道像大树强劲的老根。

冬明晨愣了一下，只好不再动，直到张起扬摆手，冬明晨才放开，然后看着张起扬闭着眼睛，手在自己身上慢慢地摸索着。张起扬又掏出那个药盒，捏出几片东西放在嘴里。冬明晨的眼睛瞥到那个药盒，圆形的；只是再看张起扬捏出那几片东西的时候，冬明晨的眉头却锁住了。

　　那几片东西并不像是糖，圆圆的，明亮的白色。但是冬明晨记得张起扬昨天吃的是方糖，这带给冬明晨一种不好的感觉。好像但凡任何细节都能引起冬明晨的注意，心思缜密，活起来必然会很累。

第三十八章　疗养院

桌子上厚厚的一摞积案已经被冬明晨翻了几遍了，不知不觉晚饭的时间都过去了，窗外的路灯已经点亮。

桌上的烟灰缸里塞满了烟头，杂乱无章，有些烟灰还落到了桌面上。冬明晨不知道有没有必要将这些案子再重新调查一遍，他吸进去一口烟，继而喉咙里发出一声干瘪的咳嗽声。

这一摞积案，几乎相同的案子，一个又一个患有精神病的人死亡，死亡原因多半都是简单写个急性肺水肿，有的甚至直接说死因不明。

这些档案中的死者大部分都属于东阳区和西阳区，共有十一人。也就是说一年之内这个城市有十多个人属于非自然死亡，却无人知晓。

冬明晨也不曾知道，所以他心里现在才会夹杂了更多的遗憾。或许冬明晨之前也曾接触过类似的案子，只是和大多数人一样将它忽略了，贴上了死因不明的标签，然后束之高阁。

冬明晨从这些档案中发现了一个猫儿腻，假如这些案子都是同一个人所为，那么这些死者却跟最近发生的几起案子有着明显的不同，那就是他们并没有外伤。如果这些案子的凶手都是同一个人，那么他为什么在后来的几起案子中制造外伤呢？本来冬明晨就怀疑过制造那个外伤的必要性，现在更加不明白了。

冬明晨捡起一个熟悉的案底研究起来，他之所以会选择这个是因为这份案底中提到的一个人——刘天一，这让他想起了大学时听到的一则逸闻。

看完资料之后，冬明晨的眉头开始皱成一团，后面写着当时这个案子主要的经手人是张起扬。

冬明晨突然站起来，走出办公室，拨通了张起扬的电话，他刚好有时间可以赶过来。

"讲讲这个案子吧。"冬明晨将案底递给张起扬。

张起扬接过来看了两眼，就跑到档案室里翻找起来。

冬明晨想，张起扬以前大概没少翻过那个档案室，他的记忆或许可以精确到里面的每一格档案。

"这个是我当初自己整理的。"张起扬翻出了一份更厚的案情资料，递给冬明晨。

上面记录着，刘天一画作的内容以及画作右下角的日期，预料到了那个精神病人的死亡，这个令冬明晨难以相信。

当然张起扬也难以相信，不然他不会记得那么清楚。冬明晨的好奇心已经被激发了起来，他打算把这个案子重新调查一番。

"明早一起去吧。"冬明晨建议说。

张起扬的眼神中突然闪过一丝紧张，他开口说话的时候依然是冷静的，但是凭借冬明晨对张起扬的了解，完全可以感觉到他声音里的颤抖和犹豫。

"我明天约好了咨询的客户了。"张起扬的眼神又恢复了原来的平静。

冬明晨把这一切都收入眼底，张起扬竟然在破案的事上拒绝了自己。按理说这不是张起扬的性格，放在往常，就算是天大的事只要是撞上破案张起扬都会把它抛在脑后的。冬明晨的脑海中回想起一个热忱而无所畏惧的张起扬。

冬明晨看着那一摞积案，慢慢地走过去，伸出双手，突然感觉脚下踩了个什么硬硬的小东西，冬明晨忙把脚移开，是一颗白色的小药片。

张起扬打开药盒的样子又浮现在冬明晨的眼前……冬明晨蹲下身去，捡起白色的小药片放进了兜里。

第二天一早，冬明晨到了警局之后就带着王元去往建明疗养院。

建明疗养院依山傍水，通往疗养院大门的路都被郁郁葱葱的植被包围着，在车里看过去，除了绿色的植被，就是蔚蓝的天空，甚是清爽。

晨起的阳光正开始温暖这片世外的净土，空气中还飘着料峭的冷气，但是草地和石板路都铺上了一层暖色。或老或少的人在外面呼吸着清晨的新鲜空气，或者游戏，哪怕是一个人的游戏。冬明晨竟然也有了一种无处不欢的感觉。

见到刘天一的时候，他正用铅笔在白纸上飞快地涂抹着。房间里没有开灯，阳光从窗户射进来，可以清晰地看到一道淡黄色的光束，刘天一借着这一束光，手在白纸上不停地飞驰。

冬明晨走到他身边的时候，他还没有停止。冬明晨原本不会相信什么预知未来的魅惑式的言论，但他还是想见见刘天一，或许了解他们更能帮助他调查当下这个案子，所以他现在正镇定而迷惑地看着刘天一。

"按理说你应该是我的学弟，"冬明晨微微地俯下身子，看着他说，"我本科和你读的是同一所学校。"

刘天一看了看他，空洞的眼神像一汪平静的水，丝毫没有任何波澜，然后继续他的涂鸦。

"那天晚上你自己走失以后，发生了什么？"冬明晨有些着急，想用手扳过来他的肩膀，可是突然停了下来，只是在他肩膀上拍了拍。

这次刘天一连头也没抬。

王元一步冲过来，拽出刘天一的画，刘天一"哇"的一声叫出来，突然要挣扎起来。冬明晨趁机扶住刘天一的肩膀，轻声轻语地说："学弟，看着我，告诉我那天到底发生了什么？还有那个病人死掉的那天晚上，你为什么画那幅画？"冬明晨边说边用手指向隔壁的方向。

刘天一什么话也不说，只是疯狂地摇头，喉咙里时不时地撕出几声干瘪模糊的噪声。

"冬队！"身后传来王元的声音。

王元的表情凝固了，脸上的惊讶也凝固了，其实更像是惊吓。他手里的画僵在半空中。

"你看这个……"王元结结巴巴地说。

那幅画有些潦草，不过还能分辨出来画的是什么，所以冬明晨在接过那幅画的三秒钟后，也愣住了。

那幅画上清晰地画着冬明晨和王元正经过疗养院的大门。冬明晨今天穿的便衣，牛仔裤、冲锋衣，画中冲锋衣的帽子也高高地翘起来。他们进门的时候把车停在一旁，画中的车也清晰可见，车头处的车牌号也没错。右下角的时间就是今天早上。

冬明晨突然感到自己的脚被黏在地上了。

草坪上，冬明晨抬起头深深地吸进一口气，问王元："你相信那幅画吗？"

"我不知道……"王元犹豫着，然后突然一咬牙，"不信！"

"为什么？改口这么快。"冬明晨在草坪上走了走。

"直觉。"

王元也不知道为什么，他只是觉得不能信。

草坪上软软的，踏上去像是有无数只小手在挠痒痒。草坪上晒太阳的人都被这会儿的阳光给烘得懒散了，自由而散漫地躺着、坐着、站着。

冬明晨目力所及之处，有一个女人在优雅地漫步，他一眼就认出来，那个是在张小言店里见到的女人。

冬明晨观察着，只见女人悠闲地走到一个老人的旁边，然后坐在那里，时不时地附和着老人说一两句话。不过老人话也不多，所以两个人大多时间都是沉默着。

捺得住沉默的感情，往往让人觉得历久弥香。

"警官，这是你们要的两个人的记录。"身后传来院长的声音。冬明晨刚才特地找他要了刘天一和死去那个精神病人的资料。

"谢谢。"冬明晨说。他心里却在默念刘天一，然后朝他房间的方向投去疑惑的目光。阳光投在玻璃上，也正好反射过来，这时的阳光已经有些强了，刺向冬明晨的眼睛。

冬明晨的眼里突然闪过一丝亮光，他跑向疗养院的大门口，然后看向刘天一的那个窗子，接着他又疯狂地跑到刘天一的房间，冲到窗子前。

刘天一吓得一下子避开，大叫一声化成了喉咙里的杂音。

冬明晨突然松了口气，刘天一只是从窗户中看到自己和王元进来了而已，然后顺手画在纸上。从窗户的位置看去，看到的景色和画中的是一样的。

难道那幅画也仅仅是看到了而已？冬明晨突然想起那个病人死亡时刘天一画下的那幅画。他必须找到那幅画，那幅让人望而生畏的画，那幅让人只能解释他为疯子的画，或许它已经像这个案子一样被束之高阁。

第三十九章　谁的名字

　　今天老人开口说话了，蓝欣在踏上地铁的那一刻，心也跟着飞驰起来，她的脸上虽然不是一直挂着笑容，但是眼神一直泛着光。

　　暖暖的阳光抚上老人脸庞的时候，老人有些褶皱的脸上像镀了一层温润的光泽。在进门的那一刻，老人突然回过头来，好像突然记起什么，问蓝欣："扬儿今天什么时候回家？"

　　蓝欣突然怔在了原地，以前老人偶尔会开口说话，却从来没有涉及丈夫，所以蓝欣一时竟有些不知所措。

　　老人看了蓝欣一会儿，又说："让他早点儿回家，今天是他生日，没忘吧？"说完就继续往前走了。

　　"好，没忘，一定！"蓝欣在后边大声喊道。

　　蓝欣心里泛上一阵欣喜，这或许预兆着老人已经恢复得越来越好了？只是今天并不是他的生日，蓝欣又有些失望，但是有什么关系呢，总之这个是好的征兆。所以蓝欣的心才像飞起来了一样，飞出疗养院的围墙，飞到张起扬的身旁。

　　蓝欣今天归来的时候，又路过自己曾经就读的大学。一个男生走到树下的时候奋力跃起，将一片依然鲜艳的叶子摘入手心，蓝欣看着他年轻而矫健的身影，想起了自己的青春时代。

当男生落到地面上的时候，将叶子送到旁边一个女孩儿的面前。男生做出单膝跪地的姿势，女孩儿看了看惨遭男生毒手的叶子，反而甩出拳头捶向男生的胸口。男生一闪，就把女孩儿的手攥在手心了。叶子夹在两人手的中间，是鲜活的颜色。

同样甜美的味道好像穿越了多年的时光，又回到蓝欣的心间，所以蓝欣总是割舍不掉这个离自己现在的家不过十公里的校园。

校园周围的楼房有的已经在重建了，旁边几座有些老旧的住房已经几近空巢了，大概马上就要考虑拆掉了吧。从 A 座到 C 座，周围充满了郁郁葱葱的生机，别致幽雅。蓝欣还是第一次知道这里的楼房也是按照 ABCD 的顺序命名的，和学校里的楼房排序一样，但是这里已经变得日渐冷清。

蓝欣路上的时候就想着要把今天的好消息告诉张起扬：老人记得要给他过生日。或者是不是可以把老人接出来真的给张起扬过上一个假生日，这样岂不是更好？蓝欣想着这个点子，已经替张起扬决定了。

晚上将会有一次简单而温暖的小聚餐，蓝欣计划着。她想提前打电话通知张起扬一声，但是电话一直没有接通。蓝欣一般都是有急事才会给张起扬打电话，担心打扰他工作。张起扬一般都会回复的，但是今天却没有。

蓝欣开始有些紧张了，但是也只好在家里等着。直到暮色漫上整个天空，张起扬才拖着倦怠的身子推门进来。显然实行她的计划已经来不及了，但是蓝欣还是将老人问起他生日的事说了。张起扬只是淡淡地"噢"了一声，就窝在沙发里了。

张起扬现在心里很乱，他感到自己的记忆好像总是会出错。有时候，他感觉自己在生活中好像扮演了不止一个角色，每当遇见一个人，他都要费力地想自己对他应该抱以什么样的态度，和他有着什么样的交集，以便确定自己应该扮演哪个角色。因此遇见每个人都好像是在答题，要选择一个正确的角色来饰演，当然他也很怕答错。

蓝欣不知道张起扬的心情为何如此低沉，只是安静地陪着他。

"起个名字吧。"蓝欣依偎在张起扬的身边，把他的手拉到自己的小腹上，轻拍着说。

"女孩儿就叫张倩文。"张起扬淡淡地说。

"还不错，男孩儿呢？"蓝欣问道。

"男孩儿……张南。"张起扬说话的时候表情较刚才并没有太多的变化，好像这个时候他的脑子已经一团乱麻，将注意力都消耗在了剪不断理还乱的思绪中，已经丝毫不能控制自己的表情了，或许他在费力思考应该说什么话的时候就已经筋疲力尽了，因为他同样在害怕着答错。

"嗯，就叫张南。"张起扬又重复了一遍。

蓝欣的手突然停住了，僵在了张起扬的手上。

"叫什么？"蓝欣翻过身来，抓住张起扬的手。

"张南，怎么了？"张起扬的手抚摩着蓝欣的头发。

蓝欣感觉自己刚吸进去的一口气仿佛憋在了胸中，她不知道张起扬是怎么考虑的，看着他平淡的眼神更不知道该如何回答了。

"为什么是张南？"蓝欣的声音有些颤抖。

"张南，嗯……好听，还有些熟悉。"

本来蓝欣已经没再向张起扬提过以前的事了，张起扬也不曾提过，这在两个人的心中已经形成了一个默契，但是张起扬现在却主动提起了，而且却说"熟悉"！蓝欣的瞳孔开始放大，眼神中聚集着疑惑，过往的情感在里面涌动，仿佛随时都会涌出。

"熟悉？"蓝欣嘴里嗫嚅着。当张起扬看过去的时候，蓝欣的眼眶里已经噙满了亮晶晶的泪花。

"只是熟悉？"蓝欣用手摇着张起扬的肩膀。前一分钟的她其实还在信心满满地决定要做一个冷静者，做两个人此刻情感的稳定剂，但是当泪水涌出的那一刻，千思万绪就都决堤似的从脑海深处翻滚出来了。

"那是儿子的名字啊！"蓝欣说出这句话的时候已经开始抽泣了，声音只是从呼吸的间断中喊出来的，然后很快便被抽泣的声音所掩盖。

张起扬愣住了，脑子开始像个超负荷的机器一般运作。他开始确定刚才的问题，确定眼前的这个人，然后检查自己所扮演的角色，难道又错了？他和妻子在探讨着儿子的问题，所以他应该保留自己哪个角色的记忆？

张起扬开始紧紧地抱住蓝欣，开始吻她，体悟其中的每一丝感觉。蓝欣的泪水从脸颊上滑下来，苦涩的；蓝欣的嘴唇是温软的；蓝欣的脸颊随着抽泣微微地抽动着，但皮肤是光滑的。张起扬认真地吻着，他想用触觉丈量自己所处的这个空间，丈量自己短暂人生中错综复杂的记忆。

如果张起扬面部的肌肉开始抽动，那他一定是想起什么了。张起扬粗粗的呼吸吹到蓝欣的耳边，直到他自己的触觉连同意识开始慢慢地复苏，直到他感受到蓝欣的气息。

如果张起扬流下了泪水，那他一定是欺骗不了自己了。蓝欣看见张起扬的眼中泛起了泪花，然后听见他喉咙里响起一声低沉的雄性的抽噎声。

南南……那个无数次出现在自己梦中的孩子就是儿子。他有时候湿漉漉的，脸被泡得苍白；他有时候在玩玩具，他有一个玩具沙盘，上面有塑胶植被，绿油油的，还有一条轨道，上面一列电动列车不停地飞驰着；他有时候爬向浴缸，头也不回，然后落进去，沉闷的声响溅出水花，然后再也不会出来。

一大颗泪珠滑落到张起扬的嘴里，苦涩和舌尖融为一体。他好像找到了此时此刻应该具有的记忆，但是他浑身的气力却完全松懈下来了。

谁也没有想到在浴缸中洗个澡都有可能会出现意外。从南南三岁的时候开始，那个面孔就已经定格了，他不再长大，也不会长大了。

那是阳光明媚的一天，张起扬下班回来的时候被户外的自然桑拿蒸得浑身熨帖，身子轻快得好像要飘起来。

如果没有在门口听到孩子的哭喊声，这将是平常而美好的一天。但生活好像总是喜欢和我们开玩笑，似乎在考验着人的承受力。

张起扬听到哭声后，疯狂地敲门，却无人回应，然后用手一下一下砸上去，直到门上沾上了鲜血的痕迹，母亲才若然无事地打开门。可是这个时候孩子的哭声已经消失了，整个房子安静下来，像死神掠夺后的片刻安宁。

张起扬开始疯狂地搜索着整个房子，每个房间、每个角落，他不记得身后是否还有着自己的母亲，他也没有想到问自己的母亲，最后在卫生间里发现了南南。

浴缸的水龙头开着，"哗啦哗啦"地流着水，浴缸早就已经注满了水，水开始溢出来，南南的身体漂在水面上，一动不动。张起扬几乎像发疯了一样不停地按压着南南的小心脏，一遍又一遍地抢救，可是任凭他再怎么努力，南南都不再动了。直到张起扬的身体疲倦得像被严重拉长的皮筋儿，已经不能绷起丝毫的张力，散在湿漉漉的地上。

母亲呆呆地站在一旁，张起扬的眼神正痛苦地看着她。

"你爸在看着啊，你爸呢，你爸在看着他啊……"母亲嘴里重复着。

旁边的南南已经停止了呼吸，张起扬就那样躺着，他真想和南南一样死过去，不去看眼前的一切，但是一阵阵痛苦的抽泣却逼得他胸部剧烈地震动着，嘴里喊出声来。

"你爸呢……"母亲边走边说。

"啊……"张起扬爬起来几乎是拼尽全力地喊道，"我爸早死了，早死了！"然后又冲进母亲的房间，拿起摆在桌子上的父亲的照片，冲到母亲面前，让她看着。

"早死了！"张起扬嘴里呜咽着，指着照片。

张起扬的父亲在他高中时就离开人世了。

老年痴呆诱发且加重了张起扬母亲的精神病，医生是这样说的。

张起扬看着自己的母亲，他心里涌上了巨大的恐惧，他看到自己的母亲将自己的儿子送入坟墓，他们都是自己最爱的人哪！

他将背负一座沉重的大山了，而蓝欣又何尝不是？当蓝欣第二次怀孕的时候，张起扬把母亲送入了疗养院。他认为这样做或许就送走了自己的痛苦还有担心，但是他也遮上了心里那个还未痊愈的伤疤，不再跟人提起。

后来，蓝欣的肚子越来越大，但是哪想到会有流产的一天。

原因不明，甚至连医生都没有给出一个生理上的原因，损伤或其他。

然后是第三次怀孕，第二次流产……然后是这一次怀孕……

蓝欣天生就是一个乐观的人，她的体贴温柔钻入两个人相处的每一个角落，像脆弱的骨架，却尽力支撑出一个坚硬的外壳。

张起扬回忆着，他确定了自己现在所扮演的角色，确定了自己短暂人生中乱七八糟的记忆中的一段。

张起扬躺在窗台上，让冷风吹着自己，刚才他的脑子是清醒的，现在他同样要保证他的脑子也是清醒的。他从身上掏出那张牛皮纸，默默地看了一会儿，拿起笔来，在史进的名字上狠狠地画上一道又一道，然后写在了另外一列的最下面；写完的时候张起扬的眼角突然有些湿润了，闪着亮晶晶的光。

第四十章 死亡在画上

　　冬明晨在档案室里翻了半天才找到刘天一的那幅画，还好时间不算太久，那幅画看起来依然跟当时差不多。

　　果然是乱七八糟的线条，一个人的形状被勾勒出来，背景是褶皱形状的纹路。画上的人头斜向一边，微微地仰着，不像是熟睡，倒像极了死亡。

　　问题在于这幅画的构图，如果下面是一张床，背景的褶皱是床单被扯出的纹路，那么人的身体应该是几乎要填满整个画面的，更何况当时的死者是一个成年人。但是现在画上的人却只占了画面很少的一部分，完全不符合人和床之间的比例，而那些褶皱如果再说成杂乱的床单未免就有些牵强了，这倒像极了漂在水上的一个人。如果是这样的话，距离冬明晨的猜想就不远了。

　　只能等王元回来才能验证冬明晨的猜想了，而此刻的王元正在市图书馆的报纸堆里扎着，可能也只有那里才会保存着几年前的报纸了吧。王元记得冬明晨特意强调要找出刘天一出事那天的具体日期。

　　冬明晨等到回复的时候，太阳已经高高地抬头了。

　　"四月三日，"王元掏出一卷报纸，"这个是第二天的报纸。"

　　这条新闻在当时是头版，不过那个时间市里开了个重要的会，并不是头条。

　　加粗的黑体字清楚地写着：大学教什么？大学生野外迷路险丧命。

在新闻正文的首行，冬明晨看到了自己服兵役前所在大学的名字。配图中是几个垂头丧气的大学生，刘天一在照片的一侧独自待着，他蓬头垢面，身上沾满了泥土，像是从泥土里钻出来一样，脸上的尘土已经干结了，像石灰涂在脸上。

"对了，对了，李合欢出事的时间就是四月二日，"冬明晨点点头，"知道孙莉带着孩子们春游的时候去的地方吗？"

王元默然，他当然知道。

"就在这个地方旁边。"冬明晨用笔在报纸上画下上面的"白杨林"三个字。

"然后呢？"王元木然地站着。

"看看这幅画。"冬明晨将刘天一的那幅画递到王元面前。

"你是说……"王元皱了皱眉头，觉得不可思议。

"没错，就是他亲眼看到了李合欢漂在水面上的尸体。"冬明晨说，"而这幅画就是证明，出事的时间也和李合欢死亡的时间一致。"

"至于为什么他回来之后疯了，也和这个有关？"王元晃了晃手中的画。

"或许吧，"冬明晨想抽烟，犹豫了一下，又把烟放回烟盒里，"不过彻底把刘天一从这个案子中剥离出去吧。我原来还在想一种可能，就是隔壁的那个病人死掉的时候，他是不是目睹了整个过程，现在看来……"冬明晨摇摇头。

"对，更何况当时案发在夜里，刘天一也没有办法出去。"王元说。

疗养院的那个死者叫郭涛，后来的尸检结果是急性肺水肿，其实他身上还有死前挣扎的瘀伤或者擦伤，但是当时无人问津。

郭涛生前并没有任何可以诱发肺水肿的症状，所以这个死因实在是有些说不过去。另外郭涛生前有过故意伤害的经历，这个倒和前面发生的几个案子对得上。

五年前，郭涛还是一个正常人，过着平凡人的生活，上班、下班、休闲。每当夜幕降临，他也和其他人一样，拥有着万家灯火中的一盏。他刚刚有了女儿，他以为那是自己的公主，他会伴她成人，将她送进社会的大门。他还想着要在女儿婚礼的那一天不醉不归，因为他不确定以后还有没有什么事再值得他如此高兴了。

但是四年前，他失去了自己的小公主。妻子在为刚刚一岁的女儿洗澡的时候，中途没有热水了，就边烧水边洗，在等待水加热的过程中，粗心的妻子一心扑在了麻将上。当她想起来时，女儿已经没有呼吸了，脆弱的身躯呈现出一种苍白色。

郭涛回来的时候，觉得世界都塌了。他疯狂地跑到邻居家，把麻将桌砸个稀巴烂，把菜刀重重地砍在他们家的木门上。他想把浑身的力气都用完，以便见到妻子的时候最起码身体上可以是冷静的，可是他没做到，他坐在家里的地板上痛苦地吼叫着。

三年前，他将邻居推到楼下，一共三个人，全部当场死亡。妻子在冲突中被他失手用水果刀划伤。

他像个疯子，目击者说。

之后他被诊断为严重的精神分裂症，不能控制自己的行为，此后他就再也没有出过疗养院的大门。在疗养院中，他也是院里人眼中最为危险的一个，他曾经用藏在枕头下面的钢笔刺伤了一名工作人员；在这之前，他曾用这个钢笔两次试图刺穿自己的胸口。

或许他是愤怒的，因为上帝对他太不公平了。

冬明晨想着，已经决定并案侦查了。但无奈的是，郭涛这个案子对案情的整体发展并没有任何的帮助，只是让冬明晨多见了一个人间惨案而已。

"为什么要捅上一刀呢？"冬明晨的眼睛没有焦点地在桌子上游移着。

"啊？什么一刀？"王元一愣。

"还记得吧，只有从刘海被害开始，死者身上都会有外伤，"冬明晨拍了拍之前的案底，"而这里的这些全都没有，为什么？"

"刘海身上共有两处刀伤，其中腿上的那一刀是李国胜捅伤的，这个李国胜已经招认了啊！"王元皱皱眉头。

"那么孙莉的死亡也伴随着刀伤该怎么解释呢？是为了干扰我们的调查方向，让我们把怀疑重点放在李国胜的身上？当然也确实干扰了我们的调查方向，但是后来李国胜因为不在场，已经洗脱嫌疑了啊。这样一来张立昌身上的刀伤就更不好理解了，因为张立昌跟李国胜扯不上半点关系啊！"冬明晨抿抿嘴，说完之后痛快地喘了口气。

"这样的话，我们就不会怀疑李国胜，难道凶手这样做是为了帮助李国胜摆脱嫌疑？"王元接话道。

"帮李国胜摆脱嫌疑？"冬明晨转了转椅子不可思议地说道，"张立昌身上的刀伤的确可以使李国胜完全脱离嫌疑，但是为了什么呢？再说了，之前我们已经排除了李国胜。"

"对，帮助李国胜摆脱嫌疑对他自己只能是有害无益，完全不是正常的思路。"王元说道，他的眼神慢慢变得无神，充满了疑惑。

"一定是有目的的，一定。"冬明晨飞快地站起身来，双脚在地上来回踱着。

"太巧了，不是吗？"冬明晨突然停下脚步，眼睛望向王元，"同一天，李峰和刘海的妻子设计了刘海，也正是那天李国胜找刘海复仇，然后也恰恰是同一天，凶手也赶去了现场杀人，不是太巧了吗？"

"嗯……"王元在一边沉吟着。

要从头查起，冬明晨暗暗地咬了咬牙。

"当天最早赶到现场的是谁？"冬明晨问。

"我，我到的时候张队已经躺在地上了。"王元说。

冬明晨突然意识到，大概两天没见过张起扬了。

冬明晨一时间想起来太多的画面，他双手插进兜里，眉毛慢慢地挤到一起，手却摸到了一个东西，是那个白色的药片。

冬明晨突然心里划过一丝疑虑，还是要先解决一件当下心头的要事。

第四十一章　蓝　欣

　　这件事要私底下办，首先就不能交给法医，警局内部的人最好还是不要考虑了，食品药品监督管理局也不太好，何况自己在那里也没有熟人，查起来肯定太过拖沓，私事还是越少的人知道越好，冬明晨心里想着。

　　在路上的时候，冬明晨就已经想好了人选。他从女朋友张小言那里要到了那个女人的联系方式，期间还被张小言好一通考察和威逼审讯。

　　"你还来真的啊！"张小言甩出一拳，"我没有她的手机号，我最近这几天也没见过她。"

　　"你还真是胆儿肥了，有什么花样你背着我点儿啊，倒是直接跟我明着来了。"张小言大概像韩国电影《我的野蛮女友》中女主角的形象，说话间又一脚踹过来。

　　冬明晨装作很疼的样子，但是无论说什么都过不了张小言这一关了，只好拿出一个白色的小药片。

　　"我想要知道它是什么，"冬明晨突然严肃起来，晃晃那个小药片，"她是护士，查起来应该比较方便。"

　　张小言懂事地点点头。

　　只是这个时候冬明晨还不知道她的名字，所以当他仅凭着那张熟悉的面庞在人群中辨认出她的时候，他还不是足够的惊讶。

他们约在美里亚百货商场的一楼见面，冬明晨电话打过去的时候她正在购物。冬明晨心想选在这个人多嘈杂的地方，正是个好主意，根本没有人会注意到自己。

她穿着米色的长裤、白色的上衣，眼睛投射在过往的人流上，显得有些茫然无措。

"你好，冬明晨。"冬明晨自然地微笑着，露出洁白的牙齿。

"哦，你好，蓝欣。"蓝欣没注意到冬明晨的出现，有些惊讶。

同样惊讶的还有冬明晨，他知道张起扬的女朋友也叫蓝欣。冬明晨终于明白自己为什么第一次看到蓝欣的时候就觉得有些熟悉，因为他以前在张起扬的钱夹里看过蓝欣的照片。

"那张起扬是……"冬明晨脸上的惊讶一览无余，不问点儿什么实在是太不合适了。

"我丈夫。"蓝欣回答，"你们是同事？"

冬明晨没想到他们已经结婚了，因为自己从没听张起扬提起过，或许这也可以解释为什么蓝欣在接到冬明晨电话的时候痛快地答应了他的请求。

冬明晨现在有些犹豫，他刚调过来几周的时间，对这个地方还不够熟悉，重要的是，他也不敢确定自己真的了解张起扬了，毕竟两个人很久没在一起共事了。另外更让他不得不犹豫的是，自己原本找人去查这个药的时候，本想避开的就是警队的人，当然也包括张起扬，但是现在偏偏撞上了，而且还是张起扬的妻子，这让他更加的手足无措……

但是最为重要的是，蓝欣曾和张小言说张起扬是东阳分局的警察。张起扬已经被开除公职两年多了，可是蓝欣却以为冬明晨是张起扬的同事。

冬明晨的脑袋里突然像激过一丝电流，心跳也跟着加速了，难道蓝欣不知道张起扬已经被开除公职了？还是故意隐瞒没说？

"你需要我帮忙，是吗？"蓝欣平静地说，无论她再怎么挤出对陌生人习惯性的微笑，她现在的状态只能说是平静，"我能做到的话肯定会尽力的。"

"对，查一下这个药。"冬明晨一咬牙，然后掏出那个白色的小药片。虽然不知道查完之后会有怎样的结果，但是他现在不想考虑那么多了。

"哦，这个，警队不能查吗？"蓝欣捏起来看了看。

"因为涉及一些警队内部的问题，所以还是不要在内部查了，于是烦请你帮忙，也请你保密。最好也不要告诉张队，他工作已经挺忙的了，没有必要再让他分神。"冬明晨扯了一个小谎。

"没问题，不过我现在休假了，可能查起来比较费时，但我会尽快的。"蓝欣习惯性地抿了抿嘴唇。

"对了，张队这两天在家里忙什么呢？"冬明晨故意这样问。

"在家？张起扬这两天没在家啊，晚上也没有回来。听说最近在忙一个连环的案子，前两天他还被领导批了一顿，"蓝欣说，然后顿了顿又问，"这两天他没有去上班吗？"

"哦，我可能没见到，我在负责另一起案子。"冬明晨抿了抿嘴，又扯了一个谎，冬明晨也在顺着蓝欣的话说，看来她好像真的不知道张起扬已经被开除公职了，冬明晨想了想又说，"那这件事就拜托你了。"

蓝欣的眼神中好像隐藏着淡淡的哀伤，她显然也不知道张起扬去干什么了。

冬明晨突然想到了史进，张起扬可能去了他那里。

"现在想来，我认识你很早了，多年前我和张起扬就是同事，那个时候我就知道你。祝福你们，爱情长跑修成正果。"

"谢谢，我倒很少会听他说起工作上的人或事，还没有听他说起过你。"蓝欣淡淡地说。

"哦？那他有和你提起过史进吗？"冬明晨问。

"史进，这个倒常听他说起，他们是大学同学。"蓝欣说，"不过却不是你们这一行的。"

"他们关系怎么样啊？你对那个史进了解多少？"冬明晨问。

"他们关系很好啊，一直都很好。我对他的了解倒不多，"蓝欣顿了顿，又有些好奇地说，"我知道他是个心理咨询师，怎么了？"

"没事，我只是久仰他的大名了。"冬明晨笑笑就跟蓝欣告别了，要不然问东问西的实在容易令人起疑心，他们约好第二天蓝欣把结果告知冬明晨。

冬明晨出了商场之后，就转向去了花园路小区。

楼梯比冬明晨想象的要狭窄很多，老式的小区几乎都是这样设计的。突然进去是有些压抑的，灯光亮起来，楼道里也会顽强地附着一层阴暗。冬明晨爬到六楼的时候，突然撞进他视线的就是 601 的门牌。

当天王元赶到的时候张起扬已经晕倒在了门口的位置，而第二天张起扬醒来之后，并不记得当时刘海的腿上是否已经中刀了。

根据李国胜的口供，当时并没有第三者在场，所以李国胜到达现场的时候张起扬还没赶到，最起码还没有晕倒。

那么凶手肯定是在李国胜之前来过的，如果李国胜的口供都是真实的，凶手、李国胜和张起扬是怎么在那么短的时间内完全错开的呢？

冬明晨的目光突然停在了楼梯上，他慢慢地走上去，眼前蒙上了一层黑灰的色调。冬明晨一脚跺在地上，灯光亮了起来，七楼的两家住户门上的贴纸展现在冬明晨的面前，上面分别写着招租的信息，冬明晨逐一按照上面的信息打了电话。

"怎么了？三个月都没租出去了，你要租吗？给你便宜些。"
"刚租出去，下个月搬进来，怎么？价格要是合适的话，我租给你也成。"
电话那端分别这样答复道。
冬明晨挂掉电话的手还在紧紧地握着手机。

蓝欣回到家之后就收拾收拾去了医院，她的兜里装着那个药片。心里有事的时候她是憋不住的，她必须得让自己忙起来，但是兜里的药片只算事情之一，更重要的是张起扬。

女人是天生的直觉动物，敏锐的直觉往往比缜密的推理更加准确。而现在蓝欣的直觉告诉她冬明晨对自己的旁敲侧击，好像有着什么潜台词，而这个潜台词好像正针对着张起扬。

前天晚上的画面浮现在蓝欣脑海中的时候，她更加惴惴不安，张起扬吻着她，流着泪，像个孩子似的记起儿子的名字，然后撕心裂肺地号啕大哭。所以蓝欣心有余悸，只好将自己的精力又投入到药片的调查当中，避免去想。

事实上，女人是多么善于隐藏心事，任心中暗流汹涌，脸上却波澜不惊。

白色的药片，上面没有刻字的标识，一看就知道是西药。但是无色无味，这个倒让蓝欣作难了。

医院的药品成分鉴定设备，没有申请是不能使用的，只能靠自己的土方法了，推测比对。假如药品的形状甚至构造稍微不一样，就有可能比对不出来。实在不行，蓝欣打算拜托在大学任教的同学，学校的化验设备还是比较先进的。

蓝欣从类别开始比对，先是抗生素，一直到天色暗下来了，还是了无所获。

桌子上的药片一直在那儿放着，蓝欣已经准备放弃了，她捏起药片在灯光下看着，发现它变了颜色……在她的印象中只有一种药物会在光下渐变色……

蓝欣最终还是决定拜托在大学任教的同学帮忙确定一下。

蓝欣心里想着结果，深夜的时候就拨通了冬明晨的电话，她找不到任何等到明天再告诉他的理由。

"盐酸三氟拉嗪……你确定？"冬明晨的声音立马紧张起来。

"确定，具体的情况还要看服药者的使用剂量。"蓝欣说。

"剂量……"冬明晨的手有些颤抖，只好伸出另一只手来稳定住，"剂量不确定，如果是随时呢？随时服用……"

"严重，但我不是很清楚……我还没接触过这方面的病人。"蓝欣有些犹豫。

"谢……"冬明晨话还没说完，就慌乱地挂断了电话。

冬明晨的声音很紧张，她听出来了，她记得冬明晨说过涉及警局内部的一些事，难道这个药是警队内部的人服用的？那就麻烦了，蓝欣想。

但是现在的蓝欣绝对不会料想到结果比她想象的要严重许多，而她远远无力承受。

夜幕将星光都画在一块画布上，蓝欣咬了咬自己的嘴唇，想起张起扬说过的话。

"我还没有见过流星呢！"蓝欣把笔一扔，透过图书馆的窗户看向夜空，抬起胳膊碰了碰在一边看书的张起扬。

“你知道流星是什么吗？”张起扬问。

“怎么，你想说是死去的人们啊，我不要听，这个太老套了。”蓝欣笑着说。

“不是，那么多人离去，怎么没看到有那么多流星啊？”张起扬认真地说，“流星是那些特殊的人，有些人生来就是特殊的，而流星就预示了他们的出现。”

蓝欣抬起小脸，认真地听起来。

“可能很少有人能理解他们，但是是金子总会发光的，就像流星一样。”张起扬接着说。

“这样的人，包括你吗？”蓝欣噘了噘嘴。

“快看有没有流星！”张起扬笑着伸手一指，合上刚才看的书，上面的标题写着：变态心理学的一万个变式。

第四十二章　张起扬 (1)

　　阳光照进来的时候，催眠椅的影子被拉长到很远。椅子立在房间的中央，这些陈设都没有变，东西还和原来一样摆放着，只是史进不在了……

　　客厅里没有开灯，但是因为有阳光，房间里不至于那么昏暗。张起扬窝在史进的办公椅上，史进要走了……

　　张起扬一杯一杯地灌着桌子上放着的红酒，烟灰缸里的烟头已经满了，不过更像是很长时间都没有清理过了，内壁上的烟灰都积了厚厚的一层，史进已经走了……

　　酒精在血液中的浓度越来越高，脑袋越来越沉，他是不喝酒的。

　　张起扬不喝酒，这个史进是知道的。张起扬也同史进讲过，酒精会腐蚀自己的大脑，而自己的大脑就像一台精密的仪器，需要精准地运行。因为他是辣手神探，他曾经可以搅动风云，他需要完美地操纵自己的大脑。

　　"你相信你能完美地操纵你的大脑？"史进当时应该是这样问的。

　　事实证明史进是对的，张起扬的确控制不了自己的大脑，所以也没有必要拒绝酒精。张起扬想着又灌进去一杯。

　　张起扬现在才明白，为什么在自己梦中的人生快车上，史进一直陪伴着自己，因为史进压根儿就是自己啊。张起扬曾经就觉得史进对自己永远是真诚的，真诚的就像另一个自己。

但是现在，史进走了，空荡荡的房间，不会再出现他的影子，张起扬只好用酒精来填补这片空虚。

大学时，张起扬曾经看过一部电影，名字叫作《圣殇》。

电影里面的男主角是个孤儿，没有人知道他是经历了怎样的孤独和痛苦才长大，他学会了暴力，学会了残忍，学会了怎么保护自己，也保护自己的孤独。于是他找到了自认为最对口的职业：催债。

他是冷血的，他用尽手段将欠债人弄成残疾，以便获得保险金来偿还债务，这个成了他每天的生活。一天，一个声称是他母亲的女人走进了他的生活，他开始的时候是那么反感，因为他习惯了孤独。但是女人却不依不饶，任凭他折磨、侮辱自己。他开始慢慢认可她，他冰冷的情感开始复苏，婴儿的种子经过了三十年的冬眠，对母爱的渴望又重新复苏。他打算收手不做这一行了，他希望和母亲安静地生活。但他没有料到的是，她并不是他的母亲，而是带着鲜血的印记来报复自己。因为他曾在催债的时候逼死了女人的儿子，而女人也选择了一种最残酷的方式来报复他，在他相信自己就是他的母亲的时候离开他。等到女人从楼上跃下的时候，他的世界崩塌了。影片最后，他穿着女人织的那件毛衣，卧在货车下面，任凭货车在路上拉出长长的血迹，直到路的尽头，连死亡时留下的印记都是那么的孤独。

"最深的孤独，是神圣的殇。"张起扬说。

"对。"史进说。

这部电影总会让张起扬想起小学和中学时的自己，老师们都说他很倔，很多时候只相信自己认为的。但是张起扬觉得，他相信自己是因为自己是对的；他很少跟身边的同学玩，是因为他们都不理解自己。

老师们又都觉得张起扬是个孤僻的孩子，但是张起扬并不这样认为，他每天都跟可可和乐乐一起玩。张起扬的数学很好，他小学和中学时都拿过 B 市的奥数比赛冠军。张起扬觉得数学是最真诚的，数学从来都是精确的，不像人，人会虚伪，会欺骗自己，也会欺骗别人。

大学时，他遇见了室友史进，他们一起度过了大学生涯。他们像了解自己一样了解着彼此，他们互通心事，他们指点江山，激扬文字，他们时常在一起谈论自己的梦想。

因此张起扬感动和惧怕着电影中的孤独的时候，也会感到欣慰。因为史进就在自己的身边，理解着自己。但是现在史进要走的时候，他不确定自己是否和电影中的男主角一样痛苦。

张起扬醉了，醉得双眼迷离、双手颤抖。他就那样坐着，眼角滑下的泪珠正反射出窗外射进的阳光。他站起身来，走到办公室的另一个房间里。

白板竖立着，上面同样有一个名单，一共有两列，中间用一条又黑又粗的线区分开，一边的最下面正写着史进的名字。张起扬拿出笔来，向史进的名字画去。

张起扬用笔涂着的时候，眼泪汹涌地落下来，然后是一道又一道，直到那个地方成为一团黑色的色块，再也无法看出那个地方是谁的名字。他以为这样可以把这个人物从自己的心头抹去。

张起扬坐在催眠椅上想着，还有最后一环了，史进走了，也是时候进行最后一环了。张起扬迷醉了，但这却是他最清醒的时候。所以他默默地计划着。

第四十三章　冬明晨

冬明晨接到蓝欣电话的时候还没睡，接了电话之后却怎么也睡不着了。二十分钟后，他已经到了张起扬家小区的楼下。

他不确定要不要通知王元或者其他人，他现在心里还没底儿，更不知道告诉了其他人之后会出现什么后果。冬明晨从得到蓝欣的消息到现在，大脑一片空白，他连自己该做什么好像都不知道了。更让冬明晨感到手足无措的是，他应该如何告诉蓝欣这件事。蓝欣现在显然是什么也不知道的，冬明晨无法想象这对她将是多大的打击。但是无论如何冬明晨现在已经被心中巨大的疑问推着往前走了，他长长地呼出一口气。

书房的窗户没关，冬明晨很少玩翻窗户这种把戏了，不过三层还不算太费劲。

他轻手轻脚的，努力不发出任何的声音，旁边的房间里就是熟睡的蓝欣。

窗前就是张起扬的桌子，电脑和各种档案占据了上面的空间。

冬明晨的第一个动作就是开电脑，除了一些常规文件，冬明晨没有发现任何异常。然后是抽屉里，各类的文档，还有一个圆形的药盒，像个扁平的饼的形状，冬明晨转着，突然一侧开了，里面是糖，反向转一下，另一侧的白色药片漏了出来。冬明晨将药盒揣进兜里。

另一个抽屉里的东西比较杂，但是其中两张名片让冬明晨不得不注意。

一张是毕福宽的名片，冬明晨突然想起王元曾说有警察去找过毕福宽。

另一张名片让冬明晨眼前一亮，那个是史进的名片。

心理咨询师，119心灵工作室，地址：常青藤花苑C座119。

这个未曾谋面的人物又让冬明晨充满了好奇，张起扬会不会是去找史进了？冬明晨突然想。冬明晨立刻涌上来一种去找张起扬的冲动，但是马上又犹豫了。他就算见到了张起扬，要说什么呢？还不如先单独找史进，把事情都搞清楚。冬明晨紧紧地握了一下手中的名片。

第二天天刚蒙蒙亮，冬明晨就到了看守所。他一夜没有睡觉，回来的路上胡乱吃了点儿东西，填了填肚子就来了。

毕福宽的案子还没判下来，所以他还是先在看守所里待着。

"张起扬？我真的不认识啊！"毕福宽有些着急地说，"我不记得有过这个病人，真的！我也没必要骗你啊！"

冬明晨看着眼前的毕福宽，感觉他不像是在说谎。或许张起扬找毕福宽的时候用的就不是自己的名字，冬明晨从手机里找出一张张起扬的照片，然后拿给毕福宽看。

"就是这个人，找过你没有？"冬明晨问道。

"他……"毕福宽皱了皱眉头突然说，"记得，记得，他之前常来找我。"

"之前？说准确点儿，什么时候，多长时间来找你一次，都是干什么？"冬明晨心头一紧，立刻打起十分的精神来。

"大概是在两年前了，他大概一个月或者两三个月来找我一趟。"毕福宽说。

"找你干什么？说仔细点儿！"冬明晨有些着急。

"最初我也感到奇怪，他来找我既不咨询也不看病，只是托我搞到一些药，都是处方药，他也愿意出高价，所以我就……就帮他准备一些。"

"拿的什么药？"冬明晨眉头皱起。

"主要是盐酸三氟拉嗪……"

"盐酸三氟拉嗪！"冬明晨突然厉声起来，"难道你不知道这种药是用来干什么的吗？"

"我知道……我当然知道，不过他看起来的确不像，显得很冷静、很干练，真的完全不像。"毕福宽解释道，"所以我想有可能他是为别人准备的呢，所以我就没怎么在意。"

"你知道他是做什么的吗？"

"他应该是个警察，最早的时候我见他的车，那个车牌号应该是公安局的，当然后来就没再见过那个车了。"

"他只拿药？有没有说过什么？"

"没有。"

"不，说过！"毕福宽突然又改口，"大概就是在两三个月之前，他说以后可能不会再来了，让我多准备一些，所以那次我印象比较深刻。"

"那你准备了多少？"

"三个月的剂量吧。"毕福宽说。

"然后你就再也没见过他了？"

"没有，"毕福宽说，突然又皱了皱眉，"但是他不叫张起扬啊，他说自己叫史进啊！"

冬明晨心里"咯噔"一下。

史进像影子一样跟着张起扬，张起扬也偏偏选择用了史进的名字。

冬明晨用手摸了摸衣服兜里史进的名片，眉头微微地蹙成一团。

三个月的剂量，按理说应该快用完了。冬明晨现在心里已经种下一个关于这个时间期限的种子，时刻让他注意着，谁知道它何时会突然从迷雾中萌发。

冬明晨从看守所里出来就打算好了，要见史进一面，他有太多的问题要问史进，另外最好还是约出来单独见面，这样最起码可以避开张起扬。

冬明晨拨通了名片上的座机号码，传来了"嘟嘟"的声音，然后就停止了。

对方显然是接听了电话，但是没有声音。

"喂，您好。"冬明晨的声音传进话筒。

对方还是没有声音，一秒钟后反而挂了电话。冬明晨再打过去的时候，已经无人接听了。

冬明晨又按照上面的手机号码拨了过去，输入号码的时候他没仔细看屏幕，但是拨过去的时候却愣住了，屏幕上显示着张起扬的名字。

电话接通了，冬明晨一时有些不知所措，他甚至希望张起扬不要接电话，因为他不知道自己要说些什么，更何况自己刚才打了史进的座机，那个接电话的人会不会就是张起扬呢？如果是张起扬，他会不会猜到自己正在查他呢？冬明晨看着手机屏幕大气都不敢喘。

无人接听，冬明晨长长地吐出一口气，想不通为什么史进的名片上却是张起扬的手机号。冬明晨跳上车，直接往史进名片上的地址飞奔而去。

冬明晨走进 C 座楼的时候才发现它的破旧，想当然地认为它即将被拆掉重建。楼房的外面被植被包围着，爬山虎已经爬上了二楼的窗户，给整个建筑笼罩上一层幽雅的味道。

史进工作室的门上有一个漆得发亮的精致铜牌，上面写着：119 心灵工作室。外面有一道铁门，上面的漆有的已经脱掉了，不知道什么人会把办公室选在这种地方。本来这个地方就是居住小区，交通也不是很方便，而且楼房比较老，完全不适合做生意。其实毗邻大学，安静幽雅，倒适合隐居，事实上周边大学很多离休的教授之前就住在这片地方。

门锁着，冬明晨无论怎么敲门也没有人回应。

"这家住人了啊，咱们有伴儿了。"一对老夫妻搀扶着上楼，老爷子笑着跟身旁的老太太说。

冬明晨闻声停止了敲门，手指不小心碰到了铁门的破损处，擦破了皮。

"这里原来没有人住吗？"冬明晨转向身后问，老夫妻正走到楼梯中间。

"没有啊，我在这儿住了几十年，这得有几年没人住了。"老爷子说。

"这门上不是还有招牌吗？"冬明晨张大嘴巴问。

"招牌是最近几年才装上的吧，不过还是没有人住，所以我之前以为这是仓库，但是……"老爷子还没说完就被冬明晨打断。

"仓库？"冬明晨嘴里嗫嚅着。

"但是我一想，谁会把仓库设在这儿呢！"老爷子自以为睿智地"呵呵"笑了。

"那你怎么确定这里不住人的呢？"冬明晨皱起眉头。

"很简单啊，晚上从来没有开过灯。"老爷子心平气和地说。

而现在冬明晨已经无法心平气和了，他一巴掌拍过去，铁门像个老人喘息着发出沉闷的轰隆隆的声音。这沉闷的声响同样回荡在冬明晨的脑海里，脑袋"嗡嗡"地像炸了一般。

"怎么，这里没搬来人住啊？"老爷子问着，冬明晨却已经听不进去了，他跑出楼道口，眼睛像监视器一样扫视着周围的环境。

冬明晨站在外面向上面的窗户望去，看到了那个工作室拉着窗帘……

第四十四章　史　进

　　这个房间，是张起扬的第二个家，也是他第二个魂灵的寄放所。

　　张起扬看了看房间的四周，不禁想到自己马上就要离开了。他尽力将这里所有的有关史进的回忆都收进脑海，保存下来，哪怕是这里的每一个座位、每一本书、每一处花草，他也要留一个备份，然后勇敢地迈向一个人的孤独。

　　他的醉意经过了浅薄绵长的睡眠反而酿就了更陈的味道。他制订好了后来的计划，他准备好了要服用的药，这是他与自己的意识搏斗的最有效的利器，以便于保持清醒，以便于对自己的计划有一个把握。

　　他也准备好了工具，他明白这可能是自己最后的也是最合适的归宿了。他醉心于这个自己推导出的完美世界，也将没有任何退路。

　　张起扬长长地喘出一口气，然后露出坚定的眼神。

　　就在这时，电话铃响了。这个沉寂已久的电话，很少有人打来过，张起扬疑惑地望向电话的方向。

　　"喂，您好。"张起扬接起电话，是冬明晨的声音。

　　张起扬突然一愣，仍然努力保持头脑清醒，他想不通冬明晨为什么来找史进，难道自己做的什么被冬明晨发现了？如果他只是单纯来找史进就没事了，只要门锁着，冬明晨应该也发现不了什么。

这个时候，张起扬的手机又开始不安分地振动起来，是冬明晨，张起扬没有接。

这两天张起扬收到过很多冬明晨打来的电话，他都没有接，他目前也不清楚需要让冬明晨知道些什么。

至于蓝欣，张起扬每天会照常回家，可能早一些，可能晚一些。在蓝欣的眼里，他还是一切照旧。但其实他每天看到蓝欣的时候内心是很复杂的，他那错综复杂的记忆中还时常会浮现出自己和蓝欣的点点滴滴，美好而不失感动。

他想起自己好像很少陪伴蓝欣去做检查或购物，张起扬回忆起来的时候就只剩下悔恨了，他决定在计划开始之前要先好好地陪一陪蓝欣。

张起扬回过神来的时候，才意识到要走了，如果冬明晨待会儿过来发现自己就不好了。

张起扬走后，冬明晨联系了开锁公司的人。冬明晨是沿着心中的疑问找到这个地方，这个地方也给冬明晨带来了更大的疑惑，所以他不能等了，不管会不会违反规定，都必须下手去做了。

一个小时后，随着"啪嗒"的一声，锁开了，开锁公司的人走后冬明晨才进去。

灯的开关就在门口，冬明晨伸手按开，当灯光铺满房间的那一刻，冬明晨愣住了。

这哪是客厅啊，完全是一间豪华的办公室，先看灯光的源头，璀璨的琉璃吊灯将灯光融化成明亮温和的模样，整个室内都铺上一层暖黄色的光晕。进去几步，右手边就是真皮沙发，一套相互对放着；中间有一张剔透的玻璃茶几，精美的茶具整齐地摆放在上面，另外还有几个红酒杯散放着。左手边是一张办公桌，上面整齐地竖着心理学相关的书，此外还有几个桌面饰品，不规律地放着。办公桌后面是一个书架，上面摆满了书，政史经哲，无不涉猎。

冬明晨往前踱着脚步，脚下是米白色的毯子，铺满整个客厅。

这样的一番景象让冬明晨有些惊讶，什么人会选择把办公室设在一个老旧的居民小区中，同时将自己的办公室装饰成这般模样？

冬明晨的心里竟然有些发慌，想着的时候已经走过了整个客厅。

书架的旁边还有一道门，推开门的那一刻，房间中央的一把催眠椅出现在冬明晨面前，椅子的位置和阳光好像是完美契合的，阳光从窗户照进来的时候总是正好为催眠椅投下一个安静的影子。冬明晨走进去，房间的另一端却让冬明晨骤然停住了脚步。

一张几乎快有整个房间宽的桌子上面杂乱地放着各种资料，墙壁上挂满了照片、旧报纸，李国胜、张立昌、孙莉，甚至还有一些冬明晨没有见过的人的照片。

冬明晨慢慢地挪动着脚步，旁边竖立着一个白板，上面同样贴得、画得满满的。冬明晨看向白板的另一侧，目光停在了那个奇怪的名单上面，紧锁着眉头。

名单分成两列，一边写着：吴文未、蓝欣、冬明晨、王元、李国胜、孙莉……

另一边的人名却少了很多，有几个已经被涂黑了，没有涂黑的只剩下了一个：南南。

每一列上面分别写着大写字母 I 和 R。

冬明晨怔了一会儿，然后就拿出手机开始拍照，白板、堆满各种资料的桌子，房间的每一处，冬明晨都拍了下来。

冬明晨尝试把眼前所看到的一切同这间办公室对上号，他不敢相信眼前这满满的关于案情的资料，很多都是警局的内部资料，史进要这些何用？更重要的是他又是如何获得的？

他现在查阅着这里的资料，他不确定这里什么时候会有人返回，返回之后会不会告他非法入室，所以他需要尽快。

接下来他打算去找蓝欣，尽力把能说的一切都说清楚，还要去找史进这个人，无论如何都要了解透这个人。

人被疑惑堵住胸口的时候像喘不过气来，只想工作，正如现在的冬明晨。

第四十五章　不存在的史进

张起扬突然回家的时候没有告诉蓝欣，见到蓝欣的时候她正在做饭，张起扬斜倚在门口看了好一会儿，熟悉的身影，他想最后再看一次，将这幅画面保存到自己脑海中。他想不起来自己曾经多少次从背后给她一个拥抱，正如现在。

"中午怎么回来了？"蓝欣没有回头，嘴上却含着笑说。

"你猜！"张起扬像个孩子似的跳到蓝欣的身前，"今天不是该去做检查的吗？"

"啊……"蓝欣突然有些高兴，然后转脸又嗔道，"不过我上周刚检查过了啊，你记错了。"

蓝欣还没说完的时候，张起扬的手臂已经环上了她的肩膀。

"对不起。"张起扬说。

蓝欣没有说话，她懂事地依偎在张起扬的怀抱中。

"别做了，去个地方。"张起扬说着拉起蓝欣。

奇隆咖啡店位于××大学的旁边，张起扬和蓝欣上大学的时候只有周末才会来这里偷闲，现在老板已经换了好几茬，客人倒大多还是大学生，他们都被简化成青春的符号。

他们去大学城附近的老餐馆吃了一遍。蓝欣拉住张起扬，笑着说："不去了，

不去了，我的肚子快要撑破了。"

张起扬拽着蓝欣说："去吧，去吧，去看看。"

他们也去了老掉的旱冰场，来玩的人已经不多了。

最后张起扬拿出了那个小本子，那是一个空白的笔记本，上面只有日期，而每处有日期的地方都夹着一片红叶。

那是每一年，他们的足迹。他们每年都会来这里逛一逛，然后带走一片最美的红叶，这是两个人之间的默契。

"叶落枯萎，爱情萌生"这几个字被写在本子的开头，也一直延续到本子的结尾。

从第一枚叶子，到最后一枚叶子，八年。

等到华灯初上的时候，两个人漫步在街头，想起原来他们已经在一起那么久了。

张起扬合上了本子，两个人停下了脚步。

"今天晚上加班。"张起扬摸摸蓝欣的头。

"嗯……"蓝欣知道，三不问，不问时间，不问地点，不问人物。

张起扬把蓝欣送回了家，转身消失在了黑夜中。

也正是这个时候，蓝欣收到了冬明晨的短信。

三个小时后，蓝欣才无比后悔没有紧紧地把张起扬留在自己的身边，也是在三个小时后，蓝欣才恍然大悟，为何张起扬今天的行为有些反常。

短信上很急，蓝欣收拾收拾就出发了。

冬明晨发短信的时候还在担心着，张起扬有没有跟蓝欣在一起，所以冬明晨最开始想打电话又放弃了。

冬明晨把见面的地方选在西阳区的一个茶室，他以前经常去。

这个地方，应该碰不到熟人了，冬明晨想。

冬明晨坐着的时候喝了三杯水了，然后又灌了杯酒，等到蓝欣过来的时候他又喝了杯水。

"史进，你了解多少？"蓝欣刚坐下，冬明晨就问。

"啊？史进是张起扬的大学同学，做心理咨询的……怎么了？"蓝欣说。

"我去找过他，但是感觉不对劲，一切都不对劲，"冬明晨的语气有些急促，"首先我就搞不明白，他的名片上为什么是张起扬的手机号。你见过他吗？他是个什么样的人？"

蓝欣的眉头慢慢地锁起来，嘴巴微微地开启着，她突然意识到一件事。

"我……我没见过他。"蓝欣突然意识到她从来没有见过史进。

"没见过……"冬明晨的眉毛拧成一团，"怎么可能没见过？他们不是大学同学吗？你应该见过啊！"

"但是……"蓝欣慌了。

"我去问了当年张起扬的辅导员还有老师，他们班没有史进这个学生，所以我想你应该认识。"

"没有？不可能，他们还是舍友啊！"蓝欣叫道。

"舍友……"冬明晨的眼睛感觉快被撑破了，手突然有些颤抖，"你说舍友？张起扬跟你说的是舍友吗？"

"是啊！"

"不可能！"冬明晨突然有些喘不过气来，"据他们辅导员说，张起扬大学一入学就申请了校外住宿，大学四年都是一个人在外面独居的。他们辅导员还说，为此他还专门找张起扬谈过话。"

"啊……"蓝欣怔怔地看着，好久都没有说话，然后头开始晃着，手不停地摆过来摆过去，"不可能，不可能啊！我记得他说过，他的宿舍在……在 C 号……C 号楼 119，他没必要骗我的，没有必要。"

冬明晨在一边看着蓝欣的样子，他开始尝试让自己冷静下来，如果这一切蓝欣都还蒙在鼓里，冬明晨简直难以想象蓝欣将会承受怎么样的打击。

"C 号楼 119……"冬明晨一拍大腿，"史进的办公室在常青藤花苑 C 座 119！"

蓝欣说完在一旁呆住了，她突然想起自己的确从未看到张起扬回过宿舍，自己从未在宿舍楼找他；他住在哪里，她也从来没有见过。

"你是想说张起扬从来就没有住在过学校里吗？"蓝欣说。

"嗯，"冬明晨点点头，"还有，我去了史进的办公室，我很不理解，那里简直像是张起扬的第二个办公室。"

冬明晨从手机中找出那些照片给蓝欣看，满满的杂七杂八的各种资料和档案。冬明晨看了这些档案，几乎要比警局内关于案情的资料还要全。

蓝欣皱着眉头看着，她想起了家里张起扬的书房……

"我更不明白这张到底是什么意思，"冬明晨指着最后一张照片，"看，这边的很多名字都涂掉了，现在就剩下一个名字……"

"南南！"蓝欣眼睛呆呆地望着上面说。

"嗯，是谁？"冬明晨的眼神中充满了疑惑。

蓝欣还没开口眼睛就已经湿润了，冬明晨反而在一旁愣住了。他从未听说过张起扬之前还有一个儿子的经历，也不知道孩子的死亡和他母亲之间的关系，更没听说过他的母亲很早就有着轻度的精神病，而且后来诱发并加剧了老年痴呆的症状。

"死了……"冬明晨的眼睛红红的，蓝欣哽咽着。

冬明晨再看向那张图片的时候睁大了眼睛，那两个英文字母让他恍然大悟，然后心里涌出巨大的恐惧感。

I，Illusion，幻想。

R，Reality，现实。

原来那一列是张起扬幻想出来的人物名单。

冬明晨感到自己的血液加速地流动着甚至膨胀着，他的每个毛孔都热血沸腾，与此同时，他的肺却像难以呼吸一样。

"或许……或许史进就是位于幻想的那一列。"

"你是说史进不存在？"蓝欣喊道，但是她不得不在心底认可了。她从来没见过史进，她想起去疗养院陪老人的那一天，有人还说看到自己的丈夫来过一趟把老人接走了，或许那个人根本就不是张起扬说的史进，而就是张起扬本人。蓝欣又回想起那个登记簿上"史进"的签名，是那么的不对劲，杂乱潦草，就像史进这个人的真假难以辨认一样，那个字迹也根本难以辨认。更何况最重要的一点是，如果史进来的话，可以进去探望，却不能把老人接走。因为疗养院只认可病人家属。

"嗯，不存在……"蓝欣过了会儿自己说道。

"我还要告诉你一件事，张起扬两年前已经被局里开除公职了。"冬明晨尽力保持镇定，他又将两年前张起扬和抢劫犯对峙并最后开枪的过程说给蓝欣。

蓝欣哽咽了。

冬明晨在一边看着，不知道要不要接着说下去。

蓝欣依旧在哽咽着，但是泪水却挤不出了。

"你知道我让你查的那个药，是谁用的吗？"冬明晨一咬牙。

"不知……"蓝欣说了一半突然不再说了，经冬明晨这么一问，她已然猜到了。她太了解了，盐酸三氟拉嗪是常用来治疗精神分裂症的药，当前的这一切表现，几乎毋庸置疑了，她颤颤巍巍地接着说，"你是说张起扬？"

冬明晨点点头。

蓝欣就算有着再大的情绪波动，平静下来也会觉得理所当然了，然后只剩下空洞的眼神和沉寂的心，她突然想起那个她专门为张起扬准备的药盒。

蓝欣递给张起扬的时候，张起扬的大叫吓了蓝欣一跳，张起扬的表情在那一刻像凝住的钢铁，可是那里面装的只是方糖。现在想起来，张起扬的那句厉声而惊慌的"我不吃药"，仿佛仍然在耳边回响，让蓝欣心有余悸。

张起扬平时工作挺忙的，但真的只是工作忙吗？张起扬每天回家的时间越来越晚了。蓝欣现在才发觉她已经习惯很多事都是自己一个人在做，包括购物，甚至包括去医院做检查。

还有那个张起扬忘掉儿子名字的晚上，蓝欣想或许他根本不是忘掉了儿子的名字，而是精神世界中的一个自己不愿想起儿子的名字，而当另一个自己想起的时候，他又会像孩子一样号啕大哭。

丈夫的身体也越来越差了，低血糖后来成了习惯性的病症缠上了他。蓝欣还想起那个晕倒了之后就昏迷不醒的张起扬，她也想起医生叮嘱的话。

"低血糖这个东西啊，说轻也轻，说重也重，你丈夫的情况还是比较严重的，还是需要多注意，不然长期这样下去，可能会影响脑功能，严重的甚至会诱发精神病。"医生很严肃地说。

而且张起扬的母亲是患有精神分裂症的，这个也有遗传的可能。

所以蓝欣现在坐在这里，一边回忆，一边任凭自己的心情绝望到极点。

蓝欣还是更愿意想起在那个漫漫无尽的秋天，当校园都被枫叶染红了的时候，和枫叶下落的速度赛跑的张起扬。

"叶落之前，我能够追到你！"他说。

"这个不算。"张起扬接住一片微微发红的叶子。

蓝欣还是很愿意回想起那个在讲台上侃侃而谈的张起扬，他是那么特殊啊，蓝欣想，就像他自己也说过，天上的流星是那些特殊的人，每当世界上多一个这样的人，就会有一颗流星划过，因为他们和流星具有一样的特质，短暂却绚丽。

蓝欣的泪水早已经漫进了嘴里，里面全是咸涩的味道。

冬明晨愣愣地待在一边，不知道该如何开口安慰。他从兜里摸索出一盒烟，突然意识到这里不能吸烟，又放了回去。张起扬以前的形象在冬明晨眼里并没有解体，也没有变得模糊，反而让冬明晨开始慢慢地回味品玩起来了。

如果史进是不存在的，名片上的电话是张起扬的也就没有什么好惊讶的了，但是史进的名字为什么被画掉了？冬明晨突然疑问起来。

还有那个有关张起扬的内心世界的名单，那几个涂掉的名字冬明晨永远也不可能知道他们是谁了。

当务之急，就是找到张起扬。而蓝欣同样也不知道张起扬去哪里了。她想如果自己三个小时前就知道这些，肯定不会让张起扬离开自己半步的。

蓝欣、张起扬、冬明晨，这几个人注定一夜无眠了。

第四十六章　真　凶

同样一夜无眠的还有吴文未，他刚躺在床上就被冬明晨的电话叫起来，冬明晨的车已经停在吴文未小区的楼下了。

"你刚开始就知道，是不是？"吴文未刚上车冬明晨就说，他的声音有些大了，已经完全不像下级对上级说话的语气了。

"我知道什么啊？"吴文未有些疑惑，"我不知道。"

"你知道张起扬儿子的事。"冬明晨的目光坚定得像一把刀子。

"这个我知道，怎么了？"吴文未说，"你没问过，我觉得也没必要告诉你啊！"

"但是现在，他……"冬明晨拿出那个药片拍在车前面，"他现在需要服用这个，这个你知道吗？克服幻觉，医用一般用来治疗精神分裂症啊！"

吴文未半天没有说话，他已经反应不过来了，他的眼睛仿佛要从眼眶里蹦出来，伸过去要拿那个药片的手又停住了，说："这个我真的不知道。"

"我相信你不知道，但是现在张起扬不见了！"冬明晨说。

"这两天是没见过他，会不会出什么事？全市搜索，"吴文未说，"不，全市搜索不合适。"

"你确定他的确是……"吴文未疑惑地看向冬明晨。

冬明晨镇定地看着吴文未，他把今天发生的所有的事大致讲了一遍。而吴文未坐在旁边，嘴巴越张越大。

吴文未的确察觉到张起扬在发生儿子的事之后有了一些变化，但是他想当然以为那是张起扬拼命地想把所有的精力都投入到查案中，来转移自己的注意力。吴文未也没少找张起扬聊天儿，希望他能够放松下来。但是谁能想到，没过多久之后，张起扬就在抢劫犯的案发中失手了，误伤了人质，也结束了自己的警察生涯。

最初张起扬因为身体状况住院之后，吴文未也坐不住了，这个像疯子一样整天忙来忙去的人也该好好休养一下了。

毕竟张起扬曾经是自己的下属，吴文未也不会丝毫都不关心。

之后，吴文未去过张起扬的家里，准备和他好好聊聊。

而那天张起扬正好去跟踪李国胜，只有蓝欣在家。

张起扬书房的桌子上照旧摆着层层叠叠的积案。

吴文未打开灯，拿起一份来看，里面只有几个人简单的档案。

第一个就是孙莉，上面简单列着个人信息，最主要的是其中有个详细信息，上面写着：孙莉，单贞小学女教师，曾带学生出游，六环东六公里处，其中一学生溺水死亡，两者或许相关。

第二个是杜雨，杜雨的倒是十分简单，除了个人信息之外上面只是写着：孙莉同事。

第三个同样很简单，那一栏简单写着几个字：李建业，该学生的父亲。

吴文未看着有些疑惑，但他以为张起扬可能是在调查什么案子。

只不过当天吴文未走的时候忘记关灯了，而那个有孙莉个人信息的档案袋正在档案堆里微微地翘出来，然后等待着被神经脆弱的、迷醉的张起扬发现。

第二份同样是两人的简单的档案，一个是李国胜，一个是刘海。刘海的上面只是简单地写道：刘海，肇事伤人，导致多人受伤，李家乐死亡，死者父亲是李国胜。

这两个人吴文未知道，是最近案发的两个人。

紧接着第三份，里面的两个主人公是刘天一和郭涛。

吴文未待了一小会儿，就只好走了。蓝欣也着急地出了门，那天是她辞职前的最后一次上夜班。

"郭涛？刘天一？"冬明晨突然大叫，"那天是什么时候，肯定是我调来之前了吧？"

吴文未看着冬明晨着实被吓了一跳，冬明晨心里也七上八下的。

吴文未回答的声音被淹没在冬明晨发动汽车的引擎声当中，他现在就要去张起扬的家里。

冬明晨的车飞驰在路上。他有一个猜想，这个猜想可以将所有的一切都联系起来，重点在于积案，张起扬书房办公桌上的积案，可能绝对不止积案这么简单。

张起扬封存已久的积案，冬明晨曾经认为这是一种习惯，一种刨根问底的态度和执着，所以早年跟着张起扬的时候也养成了这个习惯，无论自己调到哪里，总是带着积案，因为那是自己手上还没有完成的承诺，也是没有洗尽的冤屈，更是未伸张的正义。

但是现在……冬明晨不确定是不是这样……

自从冬明晨说完，蓝欣就一直没有睡，她除了发呆之外，已经没有任何其他的心思了。

张起扬的积案用一个书架放起来，冬明晨慢慢地一个一个把它们打开，除了前三个已经知道的，下一个让冬明晨心头一颤，是张立昌，上面写着：曾因医疗事故误伤致死。

然后下一个……冬明晨连大气也不敢喘。

等到地上铺满了档案的时候，冬明晨的腿都软了，瘫倒在地上。

档案中的主人公无一例外的都是近几年来死亡的精神病患者。

和冬明晨根据精神病、肺水肿关键词筛选出来的案底上的主人公别无二致，假如真有什么不同，那就是张起扬桌子上档案都很简单，而且矛头直指主人公。

不像是积案，倒像极了……杀人计划。

如果凶手真的是张起扬，那么就可以解释最初刘海案发的那一天，凶手、李国胜、张起扬是如何巧妙地错开的了。

李国胜当时没有见过现场有第三者，案发现场在六楼，张起扬只是等到李国胜来的时候上到七楼就可以了。七楼很早就没有住户了，也不可能让任何人注意到。

这样也可以解释为何简单的档案会在案发前出现在张起扬家里，因为这根本就是张起扬自己的手笔。

这样也可以解释，在调查刘海案件的时候，为何刘海之前的案底神秘地消失了。张起扬虽然早就不在职，但是想删个案底简直太容易了。

那么也可以解释，跟踪李国胜的那个神秘人为何身手老练，可以甩王元几条街了。

其实也可以解释，为什么凶手要费尽心机地为李国胜洗脱嫌疑了。

可是杀人动机呢？冬明晨脑海中闪过蓝欣、张起扬、张起扬的母亲、南南……他以为自己是这个社会正义的维护者吗？如果有那么一个这么自以为是的人，好像张起扬再合适不过了。

"从现在开始要将重点放在所有与他人发生过伤害关系的精神病患者身上，还要派警员时刻注意着，到这些人所在的地方定期巡视！"冬明晨慌张地说着。

吴文未默认了。

十分钟后，值班的警员已经开始动起来了。

只不过，吴文未省略了有关张起扬的内容。

冬明晨现在脑子里一团糨糊，觉得很多东西解开了，但是好像又有很多东西没解开。

冬明晨不确定刘海腿上的那一刀究竟是不是李国胜所伤，但是据王元说，李国胜躲闪的眼神让人不得不怀疑他是不是隐藏了什么……

还有就是无论那一刀是不是李国胜捅的，张起扬为什么会在后面的行动中延续那一刀？

冬明晨之前没解开的谜，现在依然没解开。

冬明晨躺在地上，身子像要沉入地下。他害怕，他不敢相信刚才的推测，他都开始怀疑自己了。他摸摸自己的腿，又用力掐一下，他要确定自己是真实的。

他今天只跑几个地方，生活却像经历了人生的大起大落。

他有些痛苦，但是只能憋在心里，无法号啕大哭。憋得无法喘气，抽烟抽到嗓子都哑了。

这个时候，门突然被推开了。

王元呆呆地站在门口，睁大了的眼睛里闪烁着泪花。他原本是来找张起扬。

"你听见什么了？"冬明晨问。

"我全都听见了。"王元呆滞地站在门口，丝毫没有挪动一步，"我不信！"

王元从加入警队那天开始，就奉张起扬为偶像。

一颗泪珠滑下来的时候，他飞奔而出。

冬明晨目光呆滞地看着天花板，眼里含满了泪花。

第四十七章　张起扬 (2)

张起扬进来的时候还没想到冬明晨已经发现了这里，也已经发现了这个白板，所以他还是将这个地方作为自己的据点。

其实现在待着的时候，他才不会寂寞无聊。因为只有自己一个人待着，他才不用强迫自己成为正义凛然的刑侦队长，也不用成为一个双手鲜血淋漓的刽子手。静静地待着的时候他的心里是乱的，但是乱了好，乱了才不会寂寞。

张起扬也终于明白，史进并不是自己，虽然他曾经相信史进就是另一个自己。他终于可以去面对失去自己心中臆想出来的一个知己的事实。

张起扬默默地想着，什么才是最痛苦的？对于他来说，最痛苦的事莫过于承认自己曾经认为美好的事都是捏造出来的了吧。

他灌进肚子里一大口红酒，咬咬牙，准备面对现实。因为他有更重要的事要去做，去追求自己的完美世界。

张起扬看着白板上面的名字，他即将抹去的还有"南南"。

抹掉南南，也将自己所构建的美好都打碎。

最初，他鬼使神差地翻进了那家疗养院，翻进郭涛的房间，直到看着他像条离开水的鱼一样挣扎着迎来缓慢却痛苦的窒息。

张起扬当时就那么冷漠地看着他。

他也难以还原当时的感觉了，或许没有仇恨、没有痛苦，也没有兴奋，有的只是麻木不仁。

有了第一个人，然后也就有了下一个人。

同样是用窒息的手段杀死。

张起扬的儿子是窒息死亡的，正是因为这个他才选择用这种方式来结束别人的生命。有时候，张起扬麻木地看着他们慢慢地窒息死去，就会想起儿子的死，甚至还会感到一丝亲切。

他也知道这是一种畸形的心理，所以他才经常往史进那里跑，冷静一下自己。因为他越发感觉到难以用理智来控制自己，他其实是在用意志同脑海中的另一个不受控制的意识搏斗。

后来，他强迫自己接受一些药物，药物能让他的注意力更集中，思维更理智，以便扮演好生活中的各种角色，丈夫、警察、领导、下级，但是这种扮演却糅合了自己的痛苦。

不过他从来没打算过要把工作辞了，直到遇见那个十恶不赦的抢劫犯。歹徒钻进胡同的时候，如果不劫持一名女子做人质，张起扬可能就不会那么愤怒；如果那个女人没有怀着孕，张起扬可能就不会更加愤怒。

但事实是那个抢劫犯像个疯子似的抓着女人，他笑的时候浑身的血都是冷的，而笑声像恶魔在噬齿。

张起扬的手指早已紧紧地扣在了扳机上面，他很想开一枪，但他还可以忍。

直到歹徒大笑着说："哈哈，你信不信我在她肚子上划一刀？"

他忍无可忍了。

那一刻，张起扬想起蓝欣流产后的哭泣。

那一刻，张起扬扣动了扳机。

只是第一枪却打在了女人身上。紧接着，第二枪，抢劫犯头部中弹。

王元冲过来的时候一切都已经结束了，他什么也没看到。

其实歹徒没有过任何要下手的行为，也没有必要开枪。

但是张起扬说歹徒想要下手伤害人质，王元就信了，于是帮他做了证。

但毕竟误伤了人质，最后他还是被开除公职。

张起扬脱离了警察队伍之后，少了约束，也开始更加沉迷于自己的复仇计划中。

直到有一天他锁定了自己的又一个新目标——刘海。事前他就整理好了关于刘海肇事的档案，这是他的习惯，把每一个目标的相关资料整理起来，汇总在一个档案袋里，并且为每个涉案人都做一个简单的档案，就像是自己的杀人计划一样。只是他不小心把李国胜和刘海两个人的档案落在了书房里，后来又被蓝欣发现了。

张起扬早就调查好了，刘海住的小区是个老楼，七楼没有住户，只有一个邻居还是个独居老人，晚上从不出去，每到天黑就休息了。但是当天他没有预料到的是，李峰和李欢欢早就计划好了要杀害刘海。他到现场的时候，门正开着，刘海躺在地上还有微弱的呼吸，张起扬没有心软，下手，然后看着刘海的呼吸慢慢消失。

张起扬正准备返回的时候，李国胜上楼的声音惊到了他。他立马跑上了七楼，猫在楼梯上观察着李国胜。之前他看了刘海肇事的资料，突然想起眼前的这个人就是李家乐的父亲。

李国胜看着刘海的尸体愣了半天，没想到刘海已经死了，然后他走进厨房，提着一把水果刀出来，深深地刺入了刘海的大腿。因为李国胜当时突然想到，儿子离世的时候同样是伴着一条残腿的。

李国胜刚刚离开，张起扬的手机铃声就响了起来。

是王元的电话，通知他发生了命案。当张起扬问完案发地点在哪里的时候，脑子瞬间蒙了。他心里明白，王元一直很信任自己，但是如果王元知道他现在就在现场，并且刚刚进行完一次谋杀，他会有什么反应？

张起扬当时脑子里的第一个念头就是不能让王元知道。他慢慢地站起身来，走下楼梯，突然眼前一黑，就栽了下来，扑倒在门前。

醒来之后，张起扬自然而然地把注意力转移到了李国胜身上。李国胜是去复仇的，不过李国胜的出现好像让张起扬找到了自己的影子。

张起扬之前就删掉了警局里刘海肇事伤人的记录，这样可以避免警方查到李国胜那里，但是李国胜横空出现又在刘海腿上刺了一刀。张起扬料想警局的调查方向会往报复上靠，这样一来李国胜成为嫌疑人只是早晚的事。所以他打算顺水推舟，帮助李国胜摆脱嫌疑。

首先，他打算以后每次作案都加上一刀故作悬疑的外伤，这样就可以让警方把后来发生的案子和刘海的案子联系起来，把嫌疑从李国胜身上移开。

一天夜里，他来到李国胜的门前，从门缝儿塞进一个信封，信封里一张纸上面写着：你当时捅刘海一刀的时候，他已经死了，无论对谁你都要这样说。

李国胜照信封里说的做了，他也暂时摆脱了嫌疑。因为当时还没有查明死者真正的死因。不过李国胜每天固定的行踪却引起了张起扬的好奇，于是张起扬开始跟踪李国胜，戴上一顶黑帽子，加个口罩，这样别人很难认出他来。第三次跟踪的时候，他遇到了王元，当时王元也在跟踪李国胜。

张起扬察觉到王元已经发现了自己，王元也放弃了跟踪李国胜，转而跟踪张起扬。不过当时王元并不知道自己跟踪的那个神秘人就是张起扬，张起扬绕了几个街口才把王元甩掉。

后来警方就发现了李国胜每天固定的行踪是为了去买食用干冰。

张起扬心里清楚，自己杀死刘海的手法就是用的干冰，如果警方哪天发现了刘海真正的死因，毫无疑问，李国胜又会成为警方首要的嫌疑人，他的家里就有可能放着作案工具。

然后张起扬才想到下一步，目标直指孙莉。

只有再犯一件完全类似的案子，才能把嫌疑从李国胜身上转走。

在作案前，张起扬还及时办了一件事，那就是监控，他建议王元秘密监控李国胜的活动，包括在家里安装监控，这样李国胜就有了不在场证明。

后来孙莉案发的时候，冬明晨也开始调查李国胜，但是监控录像显示，孙莉被害的那天，李国胜一直待在家里。

张起扬这番努力地帮助李国胜，可能只是因为他在李国胜身上找到了自己的影子，一个父亲的影子。

李国胜也不是从来没有察觉过张起扬的跟踪和协助。李国胜也对刘海的死亡抱有怀疑的态度，他只是怀疑当时刘海已经死了，但是不敢确定，再加上警察来讯问之后却不再有什么大的动静，他开始隐隐感觉或许刘海的死亡原因另有其他？

直到有一次，那个跟踪他的神秘人跟着自己到了四坪村，以后便没有再出现。李国胜都是在四坪村购买干冰的，这让他想到或许这才是神秘人跟踪自己的原因？

李国胜半夜翻进验尸房。他将一块又一块的干冰塞进刘海的嘴里，然后合上他的嘴巴，帮助他咽下去。他面无表情地虐待着刘海的尸体，心里没有任何的波澜。他现在只想搞清楚，那个跟踪他但在暗中帮助他的人到底是谁，有何用意？

其实张起扬真的只是想帮助他，帮助一个像自己一样的父亲。

后来孙莉的案子也更加清晰。他没有预料到李国胜其实就是李建业，也没有料到孙莉只是一个替罪羊而已，无论如何都罪不至死的，但是自己却下手杀了她。

张起扬开始反省，也开始加大药量辅助治疗，于是自然而然地找到了毕福宽，私下购买更多的药物。

张起扬偶尔也会去看望母亲，把她接出来逛一下，只不过每次在来访记录上签字的时候，他都会不自觉地签成史进的名字。

他制作了一个牛皮纸的名单，上面分为两列，一边写着真实的人，一边写着自己幻想出来的人。他随身带着这张纸，以便提示自己眼前的某个人到底是真是假。

张起扬想战胜自己的病症，他重新努力让张起扬回来，让史进离开，让其他幻想的人物也离开，离开自己的世界。

精神分裂症患者最大的困惑在于找不到自己，毕生也都在寻找真正的自己。这也是张起扬一直都在努力的。

现在张起扬坚定地站在白板前，也要让南南离开自己的世界了。

张起扬看着白板上南南的名字，然后画掉。

不过一个印记抓住了张起扬的眼球，在南南的名字上面，有个指纹的印记被没有干透的墨迹保存了下来。

张起扬突然想到，或许冬明晨已经来过了。

张起扬开始环顾四周，然后叹了口气，这里没有什么别的东西了，反正这里的一切在张起扬的计划中早晚都会让冬明晨看到的，只是现在还有点儿早。

他意识到自己不能待在这里了，免得撞见冬明晨。还有最后一个人要杀，张起扬边想着边把半瓶的红酒都灌进嘴里。

他匆匆检查了一遍，书架、桌子……带了些必需的东西走了，出门的时候用留恋的眼神望向书架的方向。

白板上南南的名字已经被涂黑了。

第四十八章　追　捕

追捕行动，或者说搜寻行动是连夜展开的。事实上也是以搜寻行动的名义进行的。几乎在行动开始时蓝欣也找到了冬明晨，她一个人坐不住，也没有那么大的能量，无论如何，她现在只想找到丈夫。

冬明晨的车就是指挥中心，他去的第一站就是常青藤花苑。

冬明晨看到南南的名字也被涂黑了，强打起精神，心里揣测着这位老上级的心思。

冬明晨下令搜查这个办公室，第一个被搜出来的东西是工业干冰，被保存在保温瓶里，最多的是张起扬存下的案情资料，由三个人同时整理着。

干冰完全在冬明晨的意料之中，其实现在他最想获得的资料还是关于他的计划，比如下一个目标是谁，但是一无所获。

蓝欣时刻跟着冬明晨关注着最新的进展。

其实还有一个问题萦绕在冬明晨的心头，那就是张起扬为什么要在每个案子中都制造出故作悬疑的一刀，现在看来不应该是单纯地为李国胜摆脱嫌疑这么简单了。

"你最后一次见到张起扬是什么时候？"冬明晨问蓝欣。

"就是昨天晚上。"蓝欣说。

"他说什么或者做什么了吗？"冬明晨按照习惯问。

蓝欣说着，把昨天发生的事都讲给冬明晨听。

"还说要带我去检查，但是我上周刚检查过。"蓝欣说。

冬明晨想到张起扬画掉了南南的名字，或许他在向蓝欣做最后的告别。

冬明晨突然想到之前的几起案子中，造成死者外伤的水果刀上并没有留下任何指纹。难道张起扬和蓝欣道别，是为了再犯一次案，然后留下线索自投罗网？

搜寻很漫长，却没有什么进展。

现在最好的结果就是没有结果，冬明晨想。

第四十九章　绝　响

蓝欣回家的时候心情沮丧到了极点，一天都没有任何的消息。

但是这种心情仅限于她推开家门之前，推开家门的那一刹那，蓝欣的心理彻底崩溃，她的惊叫声像丧偶的大雁在一样凄厉，给冬明晨打电话的时候她的声音已经变得扭曲，几乎听不出来了。

冬明晨赶到现场的时候，眼前一黑，几乎要晕过去。

蓝欣趴在张起扬的身上哭泣声苟延残喘般延续着，冬明晨拉她起来的时候，她已经站不起来了，身子虚脱得像根面条，继而被送上了救护车。

张起扬躺在地上，呼吸已经停止了，心脏的位置插着一把刀，头旁边的小保温瓶里空空的。他的双腿并着，两臂张开，像个十字架，又像十字架上的耶稣。

冬明晨猜错了，结局不是他想的那样。

相同的杀人手法，就像每一个被张起扬杀害的死者一样，死在他们每个人的家里，张起扬也把自己杀死在了家里。

或者说冬明晨猜对了一半。

"张……"冬明晨腿一软，整个人跪了下去。

接着跪下去的还有王元。

就在他们旁边，桌子上放着一个东西，是一个笔记本。

敞开的那页正有一片还绿着的叶子夹在那里，叶子还凉凉的，叶梗的断接处，正有一滴叶子的汁液凝成的晶莹的水滴。可能等不到它变红了。

夜风吹过来的时候，翻起书页，也翻起前面的红叶，跟着起舞。

第五十章 尾 声

警局门口。

王元的头发被风吹乱了，他问冬明晨："张队为什么要这样？"

冬明晨没说话，他想起来张起扬说过的话，在张起扬的嘴里这些话是史进说的，"在我这里没有精神病人，只有孤独的人，他们深信一个别人都不会相信的前提，继而根据这个前提去推导出一个自认为完美的世界，哪怕这个世界是虚假的，他们依然会相信"。

冬明晨想，在张起扬的世界中，他尽力做到自己理解的公正，哪怕那个人是精神病患者，也无法逃脱罪责。但恰恰因为张起扬深信这一点，知道自己也是精神病患者，那么在他的完美世界中，他自己当然也要去奉行吧，于是只能走向死亡。

或许这个才是案子的重点，或许这个也是张起扬制造出那故作悬疑的一刀的原因吧。反正冬明晨现在是相信了。

在张起扬的完美世界中，或许这就应该是他设定的结局。

而且张起扬胸口的水果刀上有他自己的指纹，只有杀死自己这一次他留下了指纹。

只是他可能到死都不明白，是他自己自杀？还是坚持着完美世界的张起扬杀死了双手血债的张起扬？

就像史进根本就是张起扬，张起扬也根本就是史进。

哪一个自己承担了凶手的角色？

或许都不对。

他的世界里没有自己，却毕生都在寻找着自己。

医院。

大夫走过来的时候，表情不大对劲。

"病人分明没有怀孕！"医生的语气中透露着坚决。

"没有怀孕？"冬明晨眉头紧锁。

"病人叫蓝欣？"冬明晨问。

"嗯，没错，检查显示没有任何怀孕的迹象。"医生说。

冬明晨愣住了，他想起蓝欣一个人在孕婴用品店里逛来逛去，很少说话，只是微笑着，慢慢地蹀着步子，像是在雨中漫步。

"不过……"医生扶了扶眼镜，"不过根据检查的情况来看，病人最近流过产。"

"最近？"

"嗯，大约一个月之前吧。"

冬明晨眉头紧锁起来，他想起张起扬未曾陪她检查过，他想起蓝欣的肚子，或许微微地凸起着，他忽然想起最初在孕婴用品店里见到蓝欣到现在还没有到一个月……

冬明晨的嘴巴好久都没有合上，幻想世界？

警局内。

一个警员在电脑前整理此案的资料。

"怎么样了？"冬明晨问。

"快了，快了。"

"李国胜的录像资料在哪儿？"

"嗯……这儿。"警员找到了。

"有备份吗？"冬明晨问。

"还没来得及。"

冬明晨拿过鼠标选中，按中了删除键。这些资料如果呈上去，上面是不允许李国胜把小家乐的身体放在家里床板下的，他心里想。

冬明晨仿佛也听到张起扬在喊：不要破坏他的完美世界。

常青藤花苑。

"冬队，这个是在书架上发现的。"一名警员说。

冬明晨看过去，一个双层的玻璃柜，里面氤氲出白色的雾气。

一个孩子正睡在里面，大概三四岁的样子，他的胸前有个木质的生肖小牌子，上面写着：南南。

单贞小学。

杜雨站在宣传栏前，上面是小学生作文比赛的获奖展示。

一篇一等奖的文章被刊登在大大的标题下面，题目是：珂女后传，作者：四年级二班元丽。

"小姨，看我那个，是我编的妈妈写的小说的续篇，讲的是阿珂的女儿……"元丽笑着拽住杜雨的衣角。

杜雨回头冲着元丽笑了笑，抓着元丽的手却紧了紧。